KETTLY MARS

Kasalé

Aus dem Französischen
von Ingeborg Schmutte

LITRADUKT

Bibliographische Information der Deutschen Nationalbibliothek:
Die Deutsche Nationalbibliothek verzeichnet diese Publikation
in der Deutschen Nationalbibliographie; detaillierte bibliographische
Daten sind im Internet unter *https://portal.dnb.de* abrufbar.

2024
Ungekürzte Ausgabe
Litradukt, Literatureditionen Manuela Zeilinger-Trier,
www.litradukt.de

Das französische Original erschien 2003 unter dem Titel »Kasalé« bei
Imprimeur II, Port-au-Prince, Haiti, und 2007 bei den Éditions Vents d'Ailleurs,
La Roque d'Anthéron, Frankreich.

Aus dem Französischen von Ingeborg Schmutte
Lektorat: Peter Trier
Umschlaggestaltung und Satz: Berliner Süden
Umschlagabbildung: Jernej Graj, Quelle: Unsplash
Herstellung: CPI Clausen und Bosse, Leck
Printed in Germany

ISBN: 978-3-940435-48-4

Die Fußnoten stammen von der Übersetzerin.

Erzwinge deine Chance
Umklammere dein Glück
Und geh auf dein Risiko los.
Dich zu betrachten
werden sie sich gewöhnen.

René Char

1

In dieser Nacht fiel Sophonie auf dem Höhepunkt des Regenschauers in andere Umstände. Ein flüssiger Traum bemächtigte sich ihres Körpers in dem Moment, als der Fluss über seine Ufer trat und in Gran'ns Hinterhof den Zimtapfelbaum entwurzelte. Sie erinnert sich nur an einen menschlichen, über ihren Schrei brandenden Wasserfall, ihren Bauch mit Schlägen bearbeitend, auf ihr Gesäß trommelnd wie die aufgewühlte Strömung, wenn sie in wütendem Geifer gegen Felswände schlägt.

Eine kleine feuchte Brise wehte wirr, ließ die Blätter erzittern. Schwach knarrte die einzige Tür der Hütte in ihren Angeln. Als sie aus Traumtiefen erwachte, vernahm sie das Plätschern der letzten Regentropfen auf den Bananenblättern. Ihr Herz klopfte wild. Sie konnte ihre bebenden Glieder nicht unter Kontrolle bringen. Ihr war, als kämpfe sie noch gegen die Angriffe des Wassers. Sie zog ihre Decke hoch, beschloss, nicht mehr weiter zu schlafen, aus Angst, erneut in den seltsamen Traum zu gleiten, dessen lebhafte Bilder ihr nicht aus dem Geist wichen. Einige Meter weiter unten führte die Rivière-Froide ein lautes Brausen mit sich, man hätte meinen können, einen Chor von zehntausend Männern zu hören.

*

Kasalé schlummerte in einem Nebelbett, erstaunt und erschöpft von der Heftigkeit des nächtlichen Gewitters. Trotz ihrer Müdigkeit und der ungewohnten Schwärze des anbrechenden Tages läutete die Routine in Sophonies Körper zum Aufstehen. Tastend suchte sie die Wand hinter sich ab, nahm von dem zwischen zwei Nägeln gespannten Draht das große Tuch, in das sie sich immer frühmorgens hüllte. Als sie bereits stand, gaben die Beine unter ihrem Gewicht nach. Sie drückte beide Hände auf den Unterleib und setzte sich gleich wieder. Mit gerunzelter Stirn und geschlossenen Augen folgte sie dem Verlauf eines schmerzhaften Ziehens vom Schritt bis zum Bauchnabel. Einige Minuten verharrte sie zusammengekauert, bis ihr Unwohlsein nachließ.

Kurz darauf machte sie sich in ihrem kleinen Hof mit dem Metallbecher in der Hand an eine schnelle Körperpflege. Sie ahnte die Gegenwart des Wassers wie die eines lebendigen Christenmenschen. Die in den Bäumen verborgenen Saumfingerechsen brachten, berauscht von der Frische, klare, heitere Töne hervor. Als sie gerade ihre Waschungen beendete, schwankte Sophonie unter einem Schwindelanfall und musste sich am eiskalten Stamm eines Bananenbaums abstützen. Überwältigt von einer Übelkeit spuckte sie einen dünnen Gallestrahl. In ihrem Gehirn keimte eine verrückte Einsicht, unterstützt von den Empfindungen, die ihren Körper aufwühlten. Etwas Absurdes, etwas Ungeheures, worüber sie hätte lachen sollen. Aber bereits eine Gewissheit. Der Fluss lebte in ihrem Bauch. Sie konnte den Augenblick auf die Minute bestimmen, an dem ein neues Leben in ihrem Schoß begonnen hatte. Manche Frauen täuschen sich in solchen Dingen nicht. In dieser Nacht hatte ihre Lagerstatt jedoch keinen Mann aus Blut oder Wasser empfangen. Zumindest glaubte sie das. Seit sieben Monaten und neun Tagen hielt sie ein Keuschheitsgelübde, ein Versprechen an den Heiligen Antonius von Nan-Godé, trotz der Gelüste ihres Fleisches streng ein.

Sophonie, versunken in ihr inneres Flüstern, bemerkte nicht, dass eine männliche Silhouette den Fluss hinaufkam. Athanaël sammelte, bekleidet nur mit einem weißen Baumwollslip, die schönen Steine ein, die der Wasserlauf von den Kasalé überragenden Hügeln herunterschwemmte. Er kam immer nach dem Regen, um das Rohmaterial einzusammeln, aus dem er die in seinen Katzenaugen schlafenden Formen herausmeißelte. Er musste sich beeilen, um schneller als die Steineklopfer zu sein, die den Ort besetzten, sobald der Zorn des Wassers nachließ. Oft erschien er mitten in der Nacht, unempfindlich gegen den Kältestachel auf seiner Haut, vollkommen unerschrocken vor dem Tanz der Schatten, die den *lakou** bevölkerten. Der Mann ließ

* Typische Siedlungsform im ländlichen Haiti, in der die Häuser mehrerer – meist miteinander verwandter – Familien um einen Hof gruppiert sind.

seine Muskeln spielen, um der schäumenden Wut Widerstand zu leisten. Mit ausgestreckten Armen umfasste er den Fluss von Ufer zu Ufer. Mit bloßen Händen maß er sich in gleicher Stärke mit den Elementen. Aber Sophonie sah ihn gar nicht. Sie erinnerte sich nicht an ihren Kampf mit dem Fluss-Mann, ihre stoßweisen Atemzüge, den Duft der Achseln des Unbekannten, verheißend wie der Duft der ersten Regentropfen auf nach Wasser dürstender Erde.

*

Der Schwefelkopf der Streichhölzer zerfiel, wenn sie daran rieb. Sie vergeudete fast die Hälfte einer Schachtel. Die Holzscheite rauchten lange, bevor sie brannten. Trotz ihrer Umsicht, sie am Abend zuvor mit einer Plastikhülle zu bedecken, waren sie feucht geworden. Sophonie hockte am Boden und blies aus Leibeskräften in das Feuer, Augen und Nase vom hartnäckigen Rauch gereizt. Nach mehreren Versuchen stieg eine kleine Flamme zögernd zwischen den drei Steinen auf. Sie brauchte zwanzig Minuten, um das Feuer für den Kaffee zu entzünden. Alles ging schief.

Sophonie ahnte eine große Veränderung in ihrem Leben voraus, ob aber zum Guten oder Bösen, hätte sie nicht sagen können. In ihrer Seele bildete sich ein Wirbel, der an diesem Morgen in einem Schwung die großen Bäume von Kasalé, den Fluss und den ausgebluteten Himmel mitriss.

Ruhig erblühte hinter den Hügeln von Saint-Roc die Morgendämmerung. Im Haus nebenan räusperte Gran'n sich den Schleim aus der Kehle, der sich dort über Nacht angesammelt hatte. Jeden Morgen bestimmten auf die gleiche Weise die Geräusche des alten Körpers Sophonies Erwachen. Sobald der erste Brotverkauf beendet war, würde sie zu Gran'n zurückkehren, um ihr die Nacht zu erzählen. Als Einzige würde die Alte ihr glauben, sie verstehen, ihr vielleicht sogar die ungewöhnliche Sache erklären, die ihr im Schlaf geschehen war.

Ein fahles Licht rann aus dem heraufziehenden Tag. Sophonie bemerkte den Zimtapfelbaum, dessen Kontur im aufsteigenden

Dunst des Flusses zerfloss. Eine erstaunte Blättermasse. »*Ouayaye!*[*] Der Zimtapfelbaum von Gran'n!«, rief sie und riss die Augen maßlos auf. Zwischen ihren Brüsten läutete ihr gebrochenes Herz Alarm. Der Baum lag auf der Seite, die herabgestürzte Mähne hing im Wasser. Bald würde er nachgeben, über den steilen, schlammigen Hang gleiten und vom Fluss davongetragen werden. Die Handvoll Wurzeln, die ihn noch im Erdreich hielt, würde nicht sehr lange halten. Sophonie suchte den unsicheren Himmel ab, versuchte die Ursache für das schwebende Unbehagen über dem *lakou* zu enträtseln. Keinerlei Anzeichen in der grauen Wölbung, nicht einmal der Flug eines Vogels, um irgendein Vorzeichen darin zu lesen. *Papa Bondie'm, sa kap pase la?*[**] Sie konnte ihren Blick nicht vom Baum, dem vertrauten Zimtapfelbaum, lösen, der am Abend zuvor noch wie eine Schildwache an Gran'ns Zaun gestanden hatte. In ihrem Schrecken glaubte sie, eine menschliche Form zu sehen, die auf der nassen Erde lag und mit ausgebreiteten Armen den Himmel herausforderte.

Sophonie atmete ein um das andere Mal tief ein, um Herz und Hände zu beruhigen. Sie goss das kochende Wasser in den Filter, auf dessen Grund sie einige Löffel Kaffeepulver getan hatte. Der belebende heiße Wohlgeruch, der in der frühen Morgenkälte aufstieg, munterte die junge Frau auf. Der Kaffeeduft verband sie wieder mit der Lebensroutine, brachte sie zurück zum täglichen Überleben. Einen Moment lang vergaß sie ihr nächtliches Entsetzen und die Aufregung, die sie beim Anblick des gestürzten Baums empfunden hatte, sie musste sich beeilen. Gleich würde sie ihren großen Weidenkorb nehmen und zur Bäckerei hinuntergehen, wo der Brotverkauf für die Händlerinnen beginnen würde. Sie musste früh eintreffen, sonst verpasste sie die ersten nach Carrefour absteigenden Arbeiter und auch die immer Zahlreicheren, die durch die Gegend stromerten und darauf warteten, beim Bau der neuen Brücke angeheuert zu werden.

* Ausruf des Erstaunens.

** Mein Gott, was ist los?

Sophonie zog einen weiten *caraco** über ihr Nachthemd, band wieder das Tuch um ihre Schultern. Von der anderen Seite des geschlossenen Vorhangs stiegen die vermischten Atemzüge der drei Jungen auf. Wie an jedem Morgen würden sie beim Erwachen die Kaffeekanne in der Feuerecke finden. Sie vergewisserte sich, dass in einem an der Wand hängenden Korb noch einige Maniokfladen übrig waren. Unter einem Matratzenende zog sie ihr Konto, einen kleinen, mit einem Riemen verschlossenen Beutel aus Siamstoff, hervor. Sie ergriff ihren umgekippten Korb auf dem Tisch an der Türecke und legte die winzige Holzbank hinein, auf die sie sich zum Verkaufen setzte. In der feuchten Morgenfrühe begab sie sich auf die Suche nach dem Leben.

2

Der schüchterne Tag glitt zwischen die Hütten, floss ins dichte Laubwerk. Kasalé verströmte, von frischem Wasser durchtränkt, einen Pflanzenduft, eine Mischung aus *zèbaklou*, *bonbonyen*** und feuchtem Ziegenmist. Der *lakou* auf einem der erhöhten Flussufer der Rivière-Froide sah verjüngt aus. Die leeren Sträßchen warteten auf helles Kinderlachen, herumlaufende, schnuppernde Hunde. Das Leben rieb sich die Augen. Aus den Hinterhöfen stieg Rauch auf. Klappernde Gegenstände eröffneten das frühmorgendliche Konzert.

Gran'n trat fröstelnd aus dem Häuschen. Im dichten Gras verlief ein von ihrem Schritt gebildeter Pfad. Mit einer Hand hielt sie unter dem Kinn die Enden des Tuchs, das ihren Kopf bedeckte. Mit der anderen stützte sie sich auf einen dünnen Bambusstab, während sie gleichzeitig den Henkel eines Nachttopfs mit Emailblumen zwischen Daumen und Zeigefinger klemmte. Die Alte

* Bezeichnung für eine recht weite Jacke aus blauem Jeansstoff.

** *Zèbaklou*: Basilikumart. *Bonbonyen*: Wandelröschen.

stieg mit demselben Handgriff, der ihrem frühen Morgen seit Jahrzehnten seinen Rhythmus verlieh, vorsichtig den Hang hinter ihrer Hütte hinunter und leerte den Nachttopf in eine Vertiefung mit sandigem Grund.

In dem Augenblick, als Gran'n sich umdrehte, geriet der verletzte Zimtapfelbaum in ihr Blickfeld. Fast hätte der Schreck die Alte umgeworfen.

»*Oh ! Oh ! Oh ! Rete ! Sa'm wè la'a ?** *Oh !Oh !Oh !*«

Sie konnte kein Wort mehr herausbringen. Eilig stieg sie den Abhang hoch, überquerte das Sträßchen und schlug mit aller Kraft an Nativitas Tür. In ihrer Hast war sie schnurstracks, den Nachttopf noch in der Hand, zu ihrer Nichte gelaufen. Nativita streckte ihren verschlafenen Kopf in die halb geöffnete Tür. Mit offenem Mund wollte sie dem ihre Meinung sagen, der sie so plötzlich aus ihrem *cabicha*** riss, nachdem sie eine schlaflose Nacht damit verbracht hatte, Bèbète zu beruhigen, die beim Zahnen Schmerzen plagten. Der Tee aus Baumwollblättern hatte dem Kind keine Erleichterung gebracht. Aber als Nativita Gran'n außer Atem mit dem Nachttopf in der Hand erblickte, öffnete sie schnell, um sie einzulassen. Sie warf einen Blick rundum und stellte fest, dass Sophonies Tür gegenüber zu war, während sie ihre eigene sorgfältig verschloss.

*

Antoinette, die alle Generationen miteinander Gran'n*** nannten, war mindestens fünfundneunzig Jahre alt. Sie wusste ihr Geburtsdatum nicht, konnte auch weder lesen noch schreiben. Nun ja, sie war in ihrem langen Leben hier und da herumgekommen. Überall, wohin sie der Dienst der *lwa* rief. Als *hounsi***** und mit Heilkräften begabte Dienerin der *Mysterien****** war sie durch Täler, über Berge,

* Was sehe ich da?

** Schläfchen.

*** Großmutter.

**** Initiierte Frau, die bei Voodoozeremonien assistiert.

***** *Lwa*, Mysterien: Bezeichnungen für die Geister des Voodoo.

durch kalte und heiße Gegenden gezogen. Viele Freunde, Diener wie sie, schmückten ihre Erinnerung. Aber immer wieder hatten ihre Schritte sie nach Kasalé, ihren Anfang und ihr Ende, geführt. An diesem Ort schlummerte ihre Erinnerung unter jedem Baum, jedem in den Hügeln steckenden Felsen, in jeder Erdspalte, jedem Vogeltriller. Hier, in der kalten Erde des *lakou*, in der so viele *Familienmitglieder** ruhten. Das hartnäckige Leben verweigerte ihren alten Knochen Ruhe. Manchmal nahm sie sich ihr nutzlos gewordenes Dasein übel. Aber ihr kam es nicht zu, den Willen der Geister zu befragen. Der Große Meister in seiner Allmacht lenkt die irdischen Schicksale nach seinem Willen. Er verleiht uns Leben, entscheidet allein über den Moment, es zu beenden. *Bon Dye konn bay, li pa konn separe.***

An diesem Morgen der Niederlage des Zimtapfelbaums erkannte Antoinette jedoch, dass die Zeit eine Kurve machte. Sie verstand, dass ihr Leben wie der entwurzelte Baum nicht mehr lange durchhalten würde. Und nichts auf der Welt konnte diese Gewissheit erschüttern, nicht einmal Nativita, die in trotziger Stille vor ihr stand, nicht einmal Pater Daniel und seine Eskorte von Lockvögeln.

Als die Alte einmal im Haus war, nahm Nativita ihr den Nachttopf ab und ließ sie in einer *dodine**** Platz nehmen. In einem Leinenbeutel fand sie ein paar getrocknete Eisenkrautblätter und brühte damit einen Tee auf, den sie mit braunem Zucker süßte. Manchmal litt Antoinette an einem Engegefühl. Nativita wollte um jeden Preis eine Krise vermeiden, die sie Zeit und Geld kosten würde. Sie reichte Gran'n den dampfenden Teebecher. Die Alte schüttete ein paar braune Tropfen auf den Boden und trank, vor jedem Schluck über die brennendheiße Flüssigkeit pustend. Ein wenig zitterte ihre Hand, wenn sie den Becher an die Lippen führte. Gleich, nachdem sie getrunken hatte, wurde sie wieder klar im Kopf, ihre Beine zitterten nicht mehr. Ihre Erregung hatte sich gelegt, und sie war bereit, sich dem Gebot des Lebens zu

* Bezeichnung für die Bewohner eines *lakou*.

** Der liebe Gott spendet seine Wohltaten reichlich, aber er verteilt sie nicht gut.

*** Schaukelstuhl.

stellen. Als einzige Erklärung für Nativita gab sie diese Worte von sich:

»Der Zimtapfelbaum ist gestern Abend umgefallen ...«

Vor Schreck ließ Nativita sich schwer auf einen Stuhl fallen. Sie begriff sofort, was Gran'ns kurzer Satz bedeutete. Die Familie und die Alten vom Hof kannten die Geschichte vom Zimtapfelbaum und Antoinette. Sie war eine Art Legende, ein Mythos, an den niemand mehr glaubte, außer einigen *dantan**, die wussten, dass trotz ihres Schweigens, trotz der Zeit, trotz der Vergesslichkeit der Menschen der Umgang mit den Geistern im Hof weiterging.

Eine starre Stille schwebte im Haus. Nativitas fünf Enkelkinder, deren Neugier durch Gran'ns ungewohnten Besuch zu dieser Morgenstunde angestachelt wurde, hoben nacheinander den Vorhang, der die beiden Räume trennte. Nativita sagte nichts, ergriffen von aufkommenden, widersprüchlichen Gefühlen. Sie verstand, dass der Moment gekommen war, die Masken zu lüften, offen Stellung zu beziehen. Vorbei die Zeit des Unausgesprochenen, Mitgedachten, die dem Unbehagen ihrer Seele als Schutzschirm gedient hatten. Sie fürchtete die Autorität der Alten, ihr hohes Alter. Sie hatte deswegen eine Konfrontation mit ihrer Tante immer vermieden. Sie wusste, dass sie sich eines Tages deutlich über ihre gegensätzlichen Auffassungen äußern müsste. Sie hoffte, diese Zeit endlos hinauszögern zu können. Gewisse Wahrheiten, weit entfernt davon, die Herzen zu beschwichtigen und zu versöhnen, gossen eher Öl ins Feuer der Animositäten und der Intoleranz. Es war besser, sie ins Vergessen zu verweisen. Nativita hatte bis zu diesem kalten Septembermorgen, an dem der Zimtapfelbaum ihr brutal ihre spirituellen Scheuklappen herunterriss, in einer beruhigenden Amnesie der *Mysterien* von Kasalé gelebt.

Seit etlichen Jahren hatte Gran'n den aktiven Dienst für die Herrscher des *lakou* verlassen. Kriegsmüde hatte sie sich als einzige Vodooanhängerin unter dem bekehrten Volk der Siedlung dem Willen der Mehrzahl derer unterworfen, die beschlossen hatten, dem belastenden Erbe zu entsagen. Die Alte täuschte

* *Dantan*: von früher.

Unterwerfung vor, um nicht in ihrem eigenen Hof ausgeschlossen zu werden, fand Zuflucht in der List. Nativita aber glaubte keinen Moment an die Aufrichtigkeit ihres Verzichts. Etwas an dem Ausdruck, der die Züge der Alten veränderte, wenn sie ihren Blick ins Geäst der Bäume des *lakou* schweifen ließ, oder an ihrer Art, die ersten Kaffeetropfen auf den Boden zu schütten, bevor sie die Tasse an die Lippen führte, bezeugte besser als Worte ihre Anhänglichkeit an die Geister ihrer Vorfahren. Außerdem diente Sophonie Gran'n als Komplizin, ermutigte sie in ihrem hartnäckigen Glauben.

Nativita stieg das Blut in der Kehle hoch. Außer, dass das Ereignis Furcht und Verdruss in ihr hervorrief, verwirrte Zorn ihren gesunden Menschenverstand. Zum Donnerwetter noch mal! Vor fast dreißig Jahren hatte sie feierlich entschieden, außerhalb dieser Geschichten zu leben. Was würde Pater Daniel denken? Schließlich antwortete sie der Alten in gehässigem Ton:

»Zimtapfelbaum? Um welchen Zimtapfelbaum handelt es sich, Gran'n?«

3

Kasalé ist von der Landstraße gesehen eine grüne Zwischenstation, eine der letzten Lungen am südlichen Rand der Hauptstadt. Man würde nicht vermuten, dass inmitten dieser Berge seit Jahrzehnten *lakous* mit verschwiegenen Geschichten leben. Wer die Hektik der Landstraße verlässt, auf den üben beim Aufsteigen Frische und Ruhe des Orts eine wohltuende Wirkung aus. Der Fluss, der die Gegend beherrscht, mahnt den Besucher, die Stadt und ihre Unstimmigkeiten hinter sich zu lassen. Hier herrschen die großen Bäume, das Wasser, die Erde, die Geister und die Steine.

*

Sophonie ging leichten, schnellen Schritts den Weg am Flussufer entlang. Kasalé erstreckt sich in der Länge von der alten Brücke, wo die Häuschen am dichtesten angehäuft sind, bis zu den letzten vereinzelten Hütten im Gewirr der Hügel am Fuß von Terre-Rouge. Öffnungen, die man in der den Weg säumenden Hecke aus Wildsträuchern geschaffen hat, verschaffen Zugang zu den verschiedenen Häuserblöcken. Sophonie wandte sich an der Wegkreuzung nach links und ging das Teilstück der Hauptstraße hinunter, das die Region von Rivière-Froide mit der Landstraße nach Carrefour verbindet.

Einige Kaffeehändlerinnen, zu denen sich bald Verkäuferinnen reifer Feigen und Avocados gesellten, installierten am Wegrand ihre Batterien von Töpfen. Hunde mit erhobenem Schwanz schnüffelten herum, angelockt von der Bewegung der Menschen und dem Brotduft, der aus der Bäckerei aufstieg. Diese lag ungefähr einen Kilometer entfernt. Sophonie traf dort auf der Außentreppe auf zehn sitzende, halb schlafende Frauen. Mit angewinkelten Beinen unter ihren Röcken warteten sie, an ihre Körbe gelehnt, auf die Öffnung der Türflügel. Der Brotgeruch hüllte die Straße ein. Dieser Duft brachte Sophonie erstmals aus dem Gleichgewicht, lange bevor sie die Bäckerei erreichte. Um sich zu erleichtern, brach sie am Straßenrand einen Stängel von einem Zitronengrasbüschel ab und atmete den säuerlichen Geruch ein.

Sophonie erkannte einige der anwesenden Frauen. Freundlich grüßte sie in die Runde, bevor sie sich abseits der Gruppe in eine Ecke setzte. Zu ihrem Leidwesen befand sich dort bereits Espéranta. Sie wandte sich an Sophonie und verdrehte dabei ihre großen Augen.

»Gevatterin Nachbarin, guten Tag! Und die Nacht?« Ohne die Antwort abzuwarten, fuhr sie fort: »Könntest du, Liebste, mir aus der Klemme helfen? Ich habe wieder einmal meine Plastikbeutel zu Hause vergessen. Ich brauche zwei Dutzend. Morgen gebe ich sie dir ganz sicher zurück.«

Espéranta schaute sie mit einem einnehmenden Lächeln auf den Lippen an. Immer schwerer ertrug Sophonie ihre Schamlosigkeit. Sie wusste sehr gut, dass Espéranta niemals Plastikbeutel kaufte, um ihr Brot einzupacken, und sich dafür immer auf die anderen verließ. Diese Tussi glaubte, die Welt sei ihr zu Diensten, und nahm unbekümmert den Besitz anderer in Anspruch. Die Frauen von Kasalé wandten sich verärgert durch ihre Eskapaden von ihr ab. Wenn eine Frau nicht vom *lakou* war, musste sie eine gewisse Zurückhaltung, einen Anstand wahren, um mit der Zeit akzeptiert zu werden. Wenn sie ihren Platz nicht verließ und den anderen kleine Gefälligkeiten erwies, erkaufte sie sich damit eine Adoptionsurkunde. Sophonie vergaß nicht all die Zugeständnisse, die Selbstverleugnungen, zu denen sie sich bereitfinden musste, bevor die Feindseligkeit der weiblichen Einwohnerschaft des *lakou* ihr gegenüber nachließ. Und noch immer wies man sie, wenn aus irgendeinem Grund Animositäten aufkamen, zuverlässig darauf hin, dass sie in Kasalé nur geduldet war. Nur Gran'n hatte sie seit ihrem Einzug ganz herzlich aufgenommen.

Espéranta hingegen konnte sich den unausgesprochenen Regeln der kleinen Gemeinde nicht anpassen. Seit sie vor sechs Monaten in Kasalé gestrandet war, stellte sie ihre Rundungen und ihre Begierde schamlos den Männern des *lakou* zur Schau, die zum Schein eine missbilligende Miene aufsetzten. Sie nahm jedes ihrer Bäder im Fluss zum Anlass, sich vorzuführen.

Espérantas Einzug in Kasalé ergab sich aus den Zufällen eines bewegten Lebens. Sie liebte die Nomadengattung der Maurer, die von einem zum anderen Ende des Landes zogen, wohin sie der Lohn der Baustellen rief. Sie folgte ihnen von Stadt zu Stadt, von Siedlung zu Siedlung, von *lakou* zu *lakou*. Diese Männer mit muskulösen Körpern, die gut nach Zigaretten, Zement und grober Seife rochen, übten eine lasterhafte Anziehungskraft auf sie aus. Sie hatte keine Kinder, wollte auch keine, was aus Sicht der Mütter Kasalés eine gänzlich widernatürliche Haltung bewies. Eine zu Recht eifersüchtige Matrone aus dem *lakou* ging sogar so weit, zu behaupten, Espéranta bringe die Embryos, die sie niemals austrug, den *bòkòs**, um Zaubermittel herzustellen, mit denen sie noch mehr Männer in die Falle locken konnte.

Der zuletzt von Espéranta aufgegabelte Maurer arbeitete an der Restaurierung der Kapelle des Hauses der Kleinen

* Magier, der auch schwarze Magie ausübt.

Schwestern von Riverière-Froide. Sie war ihm in einem *tap-tap** auf der Straße nach Léogâne begegnet, wo sie ihren religiösen Pflichten gegenüber der Heiligen Rosa nachgekommen war. Sie erkannten sich als der gleichen Spezies zugehörige Nomaden. Sie folgte ihm ohne sprachliche Fisimatenten. Ihr Begegnungsort trug an der Gepäckträgervorderseite die Inschrift »das verratene Vertrauen«.

Der Maurer mietete ihr in Kasalé ein Zimmer, nur für die höchstens vier Monate, wie er sagte, die er brauchte, um diesen kleinen Auftrag auszuführen. Anschließend, wenn er eine bedeutendere Baustelle fände, würde er sie in einem Haus mit Hof und Garten unterbringen. Während dieser Zeit wusch sie seine Wäsche und kochte ihm Gemüse-*touffé***, wie nur sie es verstand. Nachts ritt er auf den großzügigen und unersättlichen Rundungen seiner Geliebten in ihrem ständig heißen Bett.

Eines Abends, fast am Ende seines vierten Vertragsmonats, kam der Maurer jedoch nicht nach Hause. Espéranta war zwar beunruhigt, machte sich aber keine Sorgen. Als die Nacht verging, er auch am nächsten Morgen nicht erschien, keimte ein Zweifel in ihrem Geist. Sie stieg hinauf zur Kongregation, um Nachrichten von ihrem Mann zu erfragen. Man unterrichtete sie, dass die Bauarbeiten am Abend zuvor abgeschlossen worden seien. Alle Arbeiter, ob Boss*** oder Hilfsarbeiter, seien nach Empfang ihres Lohns abgereist. Beschämt kehrte Espéranta in ihr Zimmerchen zurück, um tüchtig zu weinen. Als sie ihre Trauer ausgeweint hatte – was half es ihr, lange zu lamentieren? –, wusch sie sich gründlich, um jede Spur des Nichtsnutzes von ihrem Körper zu entfernen, und schwor auf den Kopf ihrer verrückten Mutter, um nichts in der Welt in diesem verlorenen Nest zu bleiben, in dem der Schmarotzer sie verlassen hatte. Sie brauchte einen neuen Macho, und zwar sofort. Im Kopf entwarf sie bereits Schlachtpläne. Sie beschloss, erst einmal mit dem wenigen Geld, das ihr verblieb, einen Brothandel zu beginnen. Auf diese

* Lastwagen, der als Sammeltaxi dient.

** Eintopfgericht.

*** Bezeichnung für einen selbständigen Handwerker.

Weise könnte sie ihre Miete zahlen, hätte zu essen, und es wäre auf die beste Weise dafür gesorgt, dass die Bauarbeiter bei ihr vorbeikamen.

Sophonie seufzte und zählte zwei Dutzend Plastiktüten aus dem Bündel, das sie immer in der Tasche ihres *caraco* aufbewahrte. Sie reichte sie Espéranta und sagte ihr:

»Wenn du mir diese zwei Dutzend wiedergibst, denk auch an das Dutzend, das ich dir vorgestern gegeben habe.«

»Na logisch, Liebste, ich gebe sie dir alle zurück, unsere Freundschaft soll doch nicht an ein paar Plastikstücken zerbrechen.«

Sophonie hielt für nutzlos, ihr deutlich zu sagen, dass sie nicht zu ihren Freundinnen zählte, und schwor, von Espéranta letztmalig reingelegt worden zu sein. Sie wandte sich von ihr ab, wechselte den Platz, um näher der Eingangstür zu sein. Jetzt saß sie neben Dilia, einer jungen Frau aus einem benachbarten *lakou*, die sie in der Bäckerei kennengelernt hatte. Sie mochte Dilia gern.

»Guten Tag, Dilia!«

»Oh, guten Tag Sophonie!«

Dilias Spontaneität und Frische waren Balsam für ihre Seele.

»Ich habe mir ein bisschen Sorgen um dich gemacht, du bist gestern früh nicht zur Bäckerei gekommen.«

»Das stimmt«, antwortete Dilia und verzog das Gesicht, »ich hatte schreckliche Zahnschmerzen und musste früh zur Krankenstation.«

»Geht es heute Morgen besser? Wie hast du die Nacht verbracht?«

Dilia rieb sich die vom Schlafmangel schwer gewordenen Augenlider.

»Oje! Liebste, ich habe die ganze Nacht kein Auge zugetan. Stell dir vor, der Wind hat im Regen am Hausdach eine Blechbahn losgerissen. Das Metall hat dauernd auf die Holzlatten gehämmert und einen unheimlichen Lärm gemacht. Und schlimmer noch: Maxon war nicht da. Er ist seit zwei Tagen in Miragoâne bei seiner kranken Mutter. Wäre er hier gewesen, wäre er sicher nach draußen gegangen, um einen Zementblock auf das abgelöste Dachblech zu legen. Ich aber hab nicht einmal daran gedacht. So allein mit den Kindern bei dem schlechten Wetter war ich gelähmt vor Angst. Ach, Sophonie, Liebste, du tust mir leid, du lebst schon so lange ohne einen Ehemann, der dir nachts den Rücken wärmen könnte.«

»Weißt du, ich gewöhne mich«, antwortete Sophonie lauwarm.

An »Ehemännern« hatte sie einige gehabt, heimlich eingeschleuste Passagiere, wenn die Jungen und der übrige Hof fest schliefen. Sie dienten ihr als Pflaster auf ihrer acht Jahre alten Wunde, dem Verlust der einzigen Liebe ihres Lebens. Trotz ihres Ungestüms und der erstickten Schreie, die sie ihr in ihrem Zimmerchen entlockten, war es jedoch keinem von ihnen gelungen, sie zu einem *plaçage** zu bewegen. Sie waren alle entweder pleite oder Väter von einem Dutzend Kinder, manchmal beides. Dilia bemerkte den Schatten auf Sophonies Gesicht, den vermutlich die Erwähnung ihrer Einsamkeit hervorgerufen hatte, und sagte, um das Thema zu wechseln:

»Und du, Gevatterin, wie hast du deine Nacht verbracht?«

»Wie soll ich's dir sagen?« Sophonie versuchte mühsam, Worte zu finden »Hm ... ich habe die Nacht damit zugebracht, mich eines seltsamen Traums zu erwehren.«

»Eines seltsamen Traums?«, antwortete Dilia mit strahlenden Augen. »Erzähl ihn mir!«

Sophonie zögerte, ehe sie fortfuhr.

»Ich habe geträumt, dass der in einen Mann verwandelte Fluss Besitz von mir, meinem Körper und meiner Seele, ergriff, ich habe gekämpft, mich an Algen und Steinen festgehalten, bin aber in seinen ungestümen Strudeln verschwunden, ich hatte das Gefühl, gleichzeitig zu sterben und geboren zu werden. Ja, eine Art erschreckende Lust.«

Sophonie starrte Dilia an, ihr Blick ging jedoch durch ihre Freundin hindurch. Sie wirkte abgelöst, abwesend. Dilia runzelte die Stirn, berührte ihren Arm. Sophonie fragte sie mit ernster Miene:

»Kennst du diese Träume, die so wahr zu sein scheinen, dass du nicht weißt, ob du sie geträumt oder mit offenen Augen erlebt hast?«

* Eheähnliches Zusammenleben.

Es regte sich hinter den Türen der Bäckerei. Eine Art hektische Betriebsamkeit erfasste die Gesellschaft. Die plötzlich wach gewordenen Frauen erhoben sich in einer einzigen Bewegung, in einem Aufruhr von Körpern, von Stimmen. Dilia hörte Sophonies Frage nicht genau. Sie fragte sie, als sie ihren Korb griff:

»Wie, was? Du hast mit offenen Augen geträumt?«

»Nein, nein, das würde ich so nicht sagen, aber ich erklär's dir ein andermal.«

Ein Scheppern metallener Haken. Alle Frauen stürzten in den Ladenraum. Sophonie verlor Dilia aus dem Blick.

4

Nativitas Gesicht spiegelte wachsenden Verdruss. Gran'n sah sie an und geruhte nicht, auf ihre Frage zu antworten, die sie wie eine Beleidigung getroffen hatte. Seit den letzten fünf Minuten verwandelte Gran'n eine subtile Energie. Nativita sah sie nach ihrem Schreck mit solider Entschlossenheit gerüstet. Sie fand ihre Tante wieder, an die sie sich lebhaft aus ihrer Kindheit erinnerte. Eine *griffonne** mit sirupfarbenem Haar, breiten, gut den Lebensatem aufnehmenden Nasenlöchern. Eine schlanke Frau mit geschmeidigem, nervigem Körper, sicherem Schritt. Sie gefiel einem oder löste sofort Unbehagen aus. Denn sie war ein Block, ein Fels, eine Entweder-oder-Frau. Eine Dienerin der Geister, die in ihrem Rhythmus lebte, ihr Leben ihren Forderungen widmete, von ihren Wohltaten profitierte.

Nativita dachte wieder an jene Zeit, als sie die von den Jahren ausgezehrte Antoinette betrachtete. Jetzt war sie nur eine weitere Last in ihrem Leben, jemand, mit dem man das Elend teilte. Nativita begriff instinktiv, dass die Alte bald sterben würde. Der

* *Griffe/griffonne*: Person vom afrikanischen Typus, jedoch mit relativ heller Haut und glatten Haaren.

Sturz des Zimtapfelbaums verkündete ihren Tod so sicher wie der Hahnenschrei den Tag. Der Tod schlich bereits unter ihnen als gesichtsloser, seltsam vertrauter Besucher umher.

Gran'n unterbrach Nativitas Gedankengang und sagte behutsam mit kaum hörbarer Stimme:

»Sie sind im Morgengrauen gekommen ... alle. Das Laub hat gezittert bei ihrer Anwesenheit. Sie waren da ... *toupatou** ... aufgetaucht aus Gegenwart und Ewigkeit ... *Ago!***«

Sie ergriff ihren Stock und ihren Nachttopf und ging mit gebeugten Schultern zurück in ihr Haus.

5

Auf der Kreuzung an der alten Brücke wimmelte es gegen acht Uhr morgens von Männern, Frauen und Kindern. Die Traktoren der mit dem Bau der neuen Brücke beauftragten Firma fielen in den Raum ein und brachten den Anwohnern für einige gute Monate Arbeit. Ein malerischer Anblick in der grünen Kulisse der singenden Bäume. Die Sonne übernahm wieder die Herrschaft über das Leben, durchdrang die engsten Winkel, erhöhte die Luftfeuchte. Es herrschte bereits eine starke Hitze, ebenso schwer zu ertragen wie die Kälte der Nacht und des frühen Morgens. Vom Kopf der Brücke her nahm das Leben Fahrt auf, um näher der Landstraße in Hektik zu verfallen. Alle Arten von Waren und Auslagen tauchten aus den Korridoren***, aus allen angrenzenden Gassen auf. Den Kern der Zone bildet nach dem Fluss die drei bis vier Kilometer lange Straße nach Rivière-Froide. Ein kleines Einzelhandelsgeschäft nahm beide Straßenseiten ein. Auf halbem

* Überall.

** *Ago, Aybobo*: Bekräftigende Ausrufe im Voodoo, entsprechen im Gebrauch etwa »Amen«.

*** Sehr schmale Gasse.

Weg zwischen Brücke und Landstraße breitete ein Markt seine farbige Bewegung aus, zwang lebende Christenmenschen und Autos, langsamer zu werden. Man fand dort alles, Gewürze, Reis, Bohnen, gemahlenen Mais, Hirse, Mehl aus Frankreich und getrocknete Fische, deren beharrlicher Geruch an die unmittelbare Meeresnähe erinnerte, Küchenutensilien, Kohlehaufen, Früchte und Gemüse der Saison, billige Kosmetika, falsche Zöpfe. Einige gut besuchte Läden verströmten ihren Geruch nach Räucherheringen in Kisten. Ein Aggregat von Mensch und Tier, sie alle bereits schweißdurchnässt, begierig, die Versprechen dieses neuen erstickenden Tages zu erkunden.

6

In Kasalé wie in allen *lakous* des Landes gibt es keine Vorstellung von Stadtplanung. Die bei der Ansiedlung der ersten Bewohner des Hofes noch vereinzelt liegenden Häuschen waren im Laufe der Jahre wie Pilze rechts und links hintereinander gewachsen. Der Weiler umschloss mehrere Häuserblöcke, in der Mitte eines jeden die Häuser der nächsten Verwandten. Entsprechend den Heiraten, den Geburten und dem Bevölkerungswachstum kamen andere hinzu, die weiter vom Zentrum entfernt lagen und ein wenig an die Kreise erinnerten, die sich um die Stelle bilden, an der ein Stein ins Wasser gefallen ist. Eine seltsame, aber für jemanden, der die Topografie eines *lakou* kennt, nicht erstaunliche Tatsache: Der Zugang zu der kleinen Ansiedlung führte durch den Hof von Gran'n, vorbei an dem nur einige Meter entfernten Zimtapfelbaum, der von nun an im Gleichgewicht am Faden der Zeit hing.

*

Altagrâce betrieb ihre Garküche in einem kreisrunden Hof, der durch in die Erde gerammte Mahagonipfähle eingezäunt war.

Eine mit Sisalschnüren an den Pfeilern befestigte Wand aus Korbgeflecht schützte ihn vor der Sonne. Das gesamte Mobiliar der Kneipe bildeten zwei alte Holztische, ein paar Stühle, zwei große und ein kleinerer Kohleherd. Zinnkessel sowie einige vom Gebrauch verformte Kochtöpfe mit altersloser Rauchschicht an der Außenseite erwarteten in einem großen Korb die Tagesmahlzeit. Gewürzpäckchen, leere Ölflaschen, eine Unmenge Plastikgallonen*, emaillierte Teller, schartige Aluminiumlöffel, *couis* und *layés*** zur Reinigung von Reis, Kolbenhirse oder trockenen Bohnen, Reibeisen und Siebe lagen mit leeren Plastiksäcken, Kiefernholzstücken, Holzlöffeln beisammen; das Ganze bildete einen üppigen Basar auf den beiden Tischen, auf denen sich Altagrâce als Einzige zurechtfand.

Dank dem großen Fächer eines Flammenbaums, der seine Zweige über die Einfriedung, die Wohnung von Nativita sowie über die von Gran'n und Sophonie gegenüber breitete, genoss die Küche den ganzen Tag eine angenehme Frische. Altagrâce wohnte als angeheiratete Verwandte in einer Hütte hinter Nativita. Das Gässchen, das diese Wohnungen beherbergte, war die Anlaufstelle für viele Bewohner des *lakou*. Wenn die Frauen von der Wäsche, von ihren Einkäufen auf dem Markt oder vom Fasten in der Kirche kamen, verweilten sie kurze Zeit, um ein Schwätzchen zu halten oder für ein krankes Kind eine Kräutermedizin von Gran'n zu erbitten, die immer schläfrig auf einem niedrigen Stuhl vor ihrer Tür saß. Die Männer kamen manchmal für einen Imbiss an die Theke von Altagrâce, deren Tätigkeit in Anbetracht des reduzierten Preises, den sie von ihren Kunden verlangte, eher ein heiliger Dienst als ein richtiger Handel war. Ihre Sorge bestand vor allem darin, Kindern und Erwachsenen mindestens zu einer warmen Mahlzeit pro Tag zu verhelfen. Wer bezahlen konnte, zahlte ihr einige Münzen, die anderen brachten ihr ihren Beitrag, sobald ihre Geschäfte besser gingen.

* Bezeichnung für große, fast vier Liter fassende Flaschen, in denen z.B. Essig und Öl verkauft werden und die vor allem als Wasserbehälter weiterverwendet werden.

** *Coui*: Schale aus einer Kalebasse. *Layé*: flacher Korb.

Es musste neun Uhr am Morgen sein. Gran'n saß auf ihrer Veranda mit einem schwarzweiß gefleckten Kätzchen zu ihren Füßen und aß die von Nativita bereitete Brotsuppe. Der Tag schien wie üblich zu verlaufen. Die Kinder spielten bereits auf den Veranden oder auf der Gasse. Von der Baustelle kam das gedämpfte Geräusch der Lastkraftwagen. Dennoch färbte eine unsagbare Erwartung den Tag mit einer grelleren Note. Sein Licht wurde fast unerträglich. Die Anwohner, die unterwegs zu ihrer Tagesarbeit waren, verlangsamten unmerklich den Schritt in der Hoffnung, dem Gesicht Gran'ns, Nativitas oder der Kinder abzulesen, wie sich der gestürzte Baum auswirkte. Einige wagten sogar, müßig hinter Gran'ns Hütte zu stehen, um selbst das Ereignis festzustellen und es dann wieder eiligst in die Runde weiterzuerzählen. Die Minuten vergingen, und die Legende des Zimtapfelbaums wurde immer weiter ausgeschmückt, je mehr Angst er den beunruhigten Bewohnern von Kasalé einflößte. Eine Kolonne zweiköpfiger, Menschenfleisch fressender Ameisen komme aus seinem Blattwerk hervor. Seine Rinde sei nichts anderes als Werwolfhaut. Man behauptete sogar, dass aus den Wurzeln Blut in den Fluss rann. Der ratlose Hof wartete unter der scheinbaren täglichen Normalität jeden Augenblick darauf, dass sich die dahinschwindende Wesenheit kundtat, die stark genug gewesen war, den fast hundertjährigen Baum zu stürzen.

Mit dem Rücken zu Gran'ns Hütte unterhielt Nativita sich mit Altagrâce vor dem Eingang zur Küche. Wachsende Überraschung prägte die Gesichtszüge Letzterer. Beide Frauen flüsterten, während sie verstohlene Blicke in Richtung der Alten warfen:

»Liebe Tagrâce, glaube mir, als Gran'n mir vom Fall des Zimtapfelbaums erzählt hat, hat mich das so getroffen, dass ich glaube, es hat mir die Stimmung verhagelt. Ich verspüre noch ein Zittern in allen Gliedern. Umso mehr, als ich eine schlaflose Nacht mit der kranken Bèbète verbracht hatte. Aus Respekt und Furcht vor ihrem hohen Alter habe ich mich aber beherrscht.«

»Aber danach? Hat sie dir gesagt, was danach geschehen würde?«

»Sie hat mir überhaupt nichts gesagt, aus dem einfachen und guten Grund, dass sie weiß, dass ich weiß, was danach geschehen wird. Du erinnerst dich so gut wie ich, dass laut den Ältesten des Hofes der Zimtapfelbaum am Tag von Antoinettes Geburt gepflanzt wurde und am Tag ihres Todes fallen wird. Jedoch«, bemerkte sie mit geheimnisvollem Augenrollen, »bedenke, man behauptet auch, dass eine andere, eine andere *hougenikon*[*] Gran'ns Platz einnehmen wird ...«

»Eine andere *hougenikon*? Aber wer?«, rief Altagrâce. »Wir *dienen* hier im Hof doch nicht mehr.«

Die Frage von Altagrâce ärgerte Nativita in höchstem Grad. Auf die Gefahr, von der Alten gehört zu werden, die ihren Suppenrest für das Kätzchen ausgoss, antwortete sie ihrer Cousine heftig:

»Woher soll ich das wissen? Du weißt doch sehr gut, Tagrâce, dass ich nicht mein ganzes Leben hier verbracht habe. Meine Mutter hat mich sehr früh in Dienst bei Familien in Port-au-Prince gegeben. Ich bin von diesen ... Praktiken abgeschnitten worden. Du weißt, dass ich sogar einmal als Putzfrau in einem großen städtischen Parfumgeschäft gearbeitet habe. Als ich vor etwa zwanzig Jahren wieder hierhergezogen bin, waren alle Alten bereits tot oder an andere Orte gezogen. Nur ein winziger Kern war von meiner Familie übriggeblieben. Die Hofbewohner hatten beschlossen, zur Kirche, zur Jungfrau Maria und Jesus zurückzukehren. Eine gewisse Anzahl hat sich zum damals noch schüchternen Protestantismus bekehrt. Du weißt das alles ...«

Altagrâce überlegte kurz, hin- und hergerissen zwischen zwei Ideen. Schließlich sagte sie zu Nativita:

»Vita, ich bin nur eine angeheiratete Verwandte, *mitgebrachte Familie*, wie man sagt, ich maße mir nicht an, dir in deinen Angelegenheiten mit Gran'n, der eigenen Schwester deines verstorbenen Vaters, dein Verhalten vorzuschreiben. Auch werde ich dir nicht beibringen, wie man in diesem Land lebt, du bist vierundsechzig Jahre alt so wie ich. Allerdings ... allerdings, *bèt ki gen ke pa janbe dife.*[**] Wir stammen von den Kindern Guineas[***] ab, du

* Person mit leitender Funktion in einem Voodootempel.

** »Tiere, die einen Schwanz haben, sollten nicht über das Feuer springen.« Wenn du Verantwortung trägst, geh keine unnötigen Risiken ein.

*** Guinea: Afrika als spirituelle Heimat.

kannst auch nicht so tun, als wüsstest du nicht, dass im Moment etwas Besonderes geschieht. Wenn wir ihnen auch nicht dienen, halte ich es nicht für klug, uns ihnen in den Weg zu stellen. Wenn sie beschließen, ihr langes Schweigen zu brechen, hat das einen Grund. Pass gut auf dich auf, und kümmere dich noch mehr um Antoinette. Sie wird bald gehen, wir aber bleiben noch ...«

Nativita wusste spontan nicht, was sie ihrer Cousine antworten sollte, die sie mit der Weisheit ihrer Worte verblüfft hatte. Sie überlegte einen Moment und fragte:

»Was aber soll ich Pater Daniel sagen?«

»Sag ihm, dass ...«

Altagrâce unterbrach ihre Antwort auf ein Augenzwinkern Nativitas. Sie schaute hinter sich und sah Sophonie mit ihrem Brotkorb auf dem Kopf kommen. Flugs sprachen die beiden Frauen von etwas anderem.

7

Athanaël saß auf dem bloßen Fußboden seines Ateliers und schärfte seine Werkzeuge – Meißel, Stichel, Feilen und Reiben –, die der Größe nach vor ihm lagen. Er gab sich seiner Beschäftigung mit der verliebten Leidenschaft hin, mit der man einen Körper streicheln würde, nach dem man verrückt ist. Seine Werkzeuge verkörperten seine wertvollsten Güter, sein Haus, seine Kinder, seine Freunde, seine Frau. Manchmal redete er mit ihnen, bat sie um Inspiration oder sprach ihnen seine Dankbarkeit für ein Werk aus, das ihm Freude und Zufriedenheit bereitete. Von Zeit zu Zeit warf er einen Blick auf den Haufen Steine, die er frühmorgens aus dem Fluss geerntet hatte. Durch seinen Kopf wanderten bereits geflügelte Körper, Kreaturen mit dem Blick tiefen Wassers. Der Traum war da, er musste ihn nur noch zu fassen bekommen.

Athanaël hatte an der Hauptstraße, etwa fünfhundert Meter vor der Brücke, zwei Zimmer im Haus von Madame Sainval, einer

Früchte- und Lebensmittelgroßhändlerin, gemietet. Der zur Straße gelegene Raum diente ihm als Atelier und Ausstellungssaal. Ein auf die weiß getünchte Fassade genageltes filigranes Aushängeschild aus lackiertem Schmiedeeisen informierte:

»Athanaël Skulpturen – Am Anfang war der Stein.«

Niemand in Rivière-Froide wusste, woher Athanaël kam. Vor etwa dreißig Jahren hatte Boss Gervais, Steinmetz von Beruf, beim Sortieren von Felsbrocken ein männliches Baby im Fluss entdeckt, das splitternackt in einem Hohlraum dreier Blöcke an einer seichten Stelle zurückgelassen worden war. Gerührt von dem schwachen kleinen Körper wickelte er ihn in sein Hemd und legte ihn auf seine Schubkarre. Er nahm ihn mit nach Hause, reichte ihn seiner Frau und fügte seiner Familie, die derer bereits fünf zählte, einen Jungen hinzu.

Das Leben des neuen Familienmitglieds von Boss Gervais beeinflusste kein ernster Zwischenfall, bis er erwachsen war. Im Unterschied zu den anderen Kindern seines Alters liebte der Kleine die Einsamkeit. Er unterschied sich von seinen Stiefbrüdern sowohl durch sein Temperament als auch durch sein Aussehen. Alle Söhne von Boss Gervais waren *grimauds*, verdankten ihre helle Haut ihrer Mutter, einer *chabine** aus Fonds-des-Blancs. Der Kontrast zwischen der tiefschwarzen Haut Athanaëls und seinen Augen von der Farbe des Wassers aus den Becken der Rivière-Froide erregte unweigerlich Aufmerksamkeit. Wer ihm begegnete, wurde vom Blick des Jungen angezogen und verstört.

Sobald er krabbeln konnte, folgte er Boss Gervais überallhin. Sein Adoptivvater war die einzige Person, deren Autorität er anerkannte, die er wirklich liebte. Er wuchs in seinem Schatten, in seinem Atelier auf, atmete den Staub der Steinblöcke und den Schweißduft des Vaters, der unermüdlich arbeitete, um seine große Familie zu ernähren.

Noch bevor Athanaël einen Stift halten konnte, handhabte er den Meißel, ging mit Feile und Reibeisen um. Boss Gervais musste ihn mehrmals heftig verprügeln, um ihn zu zwingen, zur

* *Grimaud/grimelle, chabin/chabine*: Bezeichnungen für Menschen vom afrikanischen Typus aber mit relativ heller Haut.

Schule zu gehen, damit er zumindest Grundlagen des Lesens und Schreibens erwarb. Sobald das Kind aber selbständiger werden konnte, ließ es seinen Vater wissen, dass sein Platz im Atelier sei, sein ganzer Ehrgeiz darin bestehe, Bildhauer wie er zu werden, und vielleicht eines Tages der größte des Landes.

Die Jahre vergingen. Athanaël wuchs unter dem Erlernen seiner Kunst und in der Liebe zu ihr auf. Als der Einzige der Söhne, der seine Kenntnisse geerbt hatte, wurde er in gewisser Weise zum Teilhaber von Boss Gervais. Als des Vaters Kräfte nachließen, leistete Athanaël die meiste Arbeit. Und sein Beruf wurde zur Leidenschaft, zu seinem einzigen Lebensinhalt. Ohne zu zögern, folgte er seinen schöpferischen Trieben und entfernte sich entschlossen von den immergleichen kommerziellen Motiven. Er senkte zum Preis unermüdlicher und anstrengender Arbeit seinen Blick ins Herz der Materie, um darin unendlich feine Wellen wahrzunehmen. Er entnahm der Mineralmasse längliche, sanfte, glatte, eiähnliche Formen. Er hauchte ihnen mit all seinen Kräften Leben ein. Er erfand andere Oberflächenbehandlungen. Wie es seiner Fantasie beliebte, wurden sie glatt, gealtert oder mit einer wilden Patina vergoldet. Manchmal ließ er die Materie im Rohzustand, und man konnte in gewissen Teilen eines Werks den Schlick des Flusses als Intarsie sehen.

Ein Unfall, bei dem ein spitzes Werkzeug auf Boss Gervais' Fuß fiel, läutete den Beginn seines Endes ein. Der schon alt gewordene Mann litt, ohne es zu wissen, an Diabetes. Eine Infektion seiner schlecht behandelten Wunde verschlimmerte sich, und in nicht einmal zwei Wochen starb Boss Gervais an Wundbrand.

Athanaël vergoss keine Träne über der sterblichen Hülle seines Vaters, verlor aber von diesem Tag an allmählich den Kontakt mit den Menschen. Man wusste weder von einer Frau noch von Freunden. Zurückgezogen lebte er in seinem Atelier. Manchmal erscholl bis sehr spät nachts der metallene Schlag des Hammers auf seinen Meißel, der den Stein zerbröselte.

Erschöpft von seiner Arbeit legte Athanaël sich auf den Boden des Ateliers. Darauf versank er in einem großen Schwindelanfall. Sein Geist verließ seine Substanz. Der Bruch war seltsam, aber nicht brutal. Das war nicht der Tod. Eher eine Spaltung seiner selbst. Zwei Athanaëls atmeten im Raum. Mit größtem Erstaunen betrachtete er seinen reglosen Körper auf dem Boden, erkannte dabei das andere Selbst als unsichtbar. Keine leibliche Schranke hielt ihn zurück, er ging durch die Dinge hindurch. Er konnte nach Belieben reisen. Diese Entdeckung rief bei ihm einen gewaltigen Schrecken hervor. Er erlebte einen realen Traum.

Unentschieden verließ Athanaël das Atelier, wusste nicht, wohin er gehen sollte. Sein Wille konnte kein spezielles Ziel beschließen. Die Vertrautheit mit den Bäumen, der Duft einer kleinen Wildblume, das Samtweiche der Wolken oder das Geheimnis der Wege, die sich in den wilden Büschen verloren, riefen und hielten ihn zugleich zurück. Es war dunkel, als er sein letztes Bestimmungsziel erreichte, aber durch den Zauber der Träume sah er wie am hellen Tag. Er hielt oberhalb von Kasalé, im Herzen der Berge an der Quelle des Wassers inne. Mitten im Strom stand ein Geschöpf und wartete auf ihn. Um seine Haare war ein großer, weißer Schal geschlungen, dessen Fransen seine Stirn bedeckten. Die übermäßig langen Falten seines weißen Kleides folgten dem Wasserlauf. Eine schöne, schwarze, noch junge Frau; ihre Lippen von der seidenen Malvenfarbe des Sternapfels umspielte ein rätselhaftes Lächeln. Ihre Augen wirkten wie zwei Flussbecken unter einer Mittagssonne. Eine seltsame Wasserblume. Athanaël verstand, dass die Verwandlung, die er gerade erlebt hatte, allein dem Ziel seiner Begegnung mit der Erscheinung diente. Bezaubert näherte er sich ihr, streckte die Hand in ihre Richtung aus. Die Frau regte sich nicht, Athanaël stellte aber fest, dass seine Finger durch den Körper, der vor ihm stand, hindurchfassten. Sie hatte keine Substanz, sie war Gedanke, lebendiges Bild. Eine ungeheure Traurigkeit überkam den Steinmetz. Die Frau sprach mit ihm, ohne die Lippen zu öffnen:

»Endlich finde ich dich wieder, Athagwe, ja, dein Name ist wirklich Athagwe, Sohn des Wassers. Noch vor deiner Existenz habe ich dich gekannt ...«

Verblüfft fragte Athanaël sie:

»Aber wer bist du?«

Die Erscheinung lächelte, das Wasser zitterte davon.

»Ich heiße Nixe. Ich komme aus deiner Erinnerung.«

»... ich ... ich verstehe nicht«, stammelte Athanaël.

»Im Moment brauchst du nicht zu verstehen, Athagwe«, antwortete die Nixe. »Wisse nur, dass du schon alles empfangen hast. Das Wasser gehorcht deinem Willen, der Stein verwandelt sich unter deinen Fingern, auch hast du die Gabe der Augen, die Gabe, die Finsternis der Menschen und der Dinge zu durchschauen. Ich sage es dir nochmals, dir ist schon alles verliehen ...«

Seinen Ohren nicht trauend, stammelte Athanaël:

»Aber wann ... wann werde ich dich wiedersehen?«

»Auf diese Frage, Athagwe, vermag ich nicht zu antworten«, sagte ihm die Nixe.

Athanaël fragte noch:

»Was erwartest du von mir?«

Das Wesen zögerte kurz, bevor es fortfuhr.

»Du hast dem Wasser ein Mädchen erzeugt, denn das Wasser ist das Gedächtnis. Du hast der Erde einen Körper gegeben, ein neues Glied wird der Kette hinzugefügt. Gib Acht auf dein Werk und bewahre dich rein. Das Übrige kommt nicht dir zu.«

»Einen ... einen ... Körper der Erde, ich, ich? Aber wie?«

Athanaël bewegte sich auf dem Boden des Ateliers. Leichte Krämpfe schüttelten ihn, bald würde er wieder zu sich zurückkehren, seine Einheit wiederfinden. Die Stimme der Nixe schwächte sich ab, bis sie nur noch ein Hauch war:

»Du bist fähig, dich zu entmaterialisieren, Athagwe. Gewisse Menschen können die Essenz deines Wesens teilen, aber nur, wenn du die Form des Atems annimmst. Du verstehst es vielleicht noch nicht. Ja, Athagwe, alles ist möglich. Du musst nur daran glauben ...«

Zurück von seiner Reise ließ Athanaël einen verschleierten Blick über die Regale an den Atelierwänden schweifen, aus denen die behauenen Steinfiguren teilnahmslos auf seine Einsamkeit blickten.

8

Als die erste Arbeiterwelle zu den Baustellen zurückgekehrt war, nahm Sophonie wieder den Weg nach Kasalé. Der Verkauf war gut gewesen, sollte das Glück sich fortsetzen, würde sie zu Mittag das übrige Brot absetzen. Sie würde wahrscheinlich Jasmin schicken, sich am Kopf der alten Brücke bei den Avocadohändlerinnen neben Ti-Son aufzustellen. Unterwegs verspürte sie die Auswirkungen ihrer bewegten Nacht. Die Müdigkeit machte ihren Gang so schwerfällig, als trüge sie rittlings auf den Lenden ein Kind.

Sophonie dachte an ihren ungewaschenen Wäschestapel. Ein guter Waschtag, trotz der Farbe des Flusses. Nach dem Regen war das Wasser so rot, als entzöge es den Flammenbäumen Blut, das neue Blut des Sommers. Denn von oben wurde Erde herabgeschwemmt. Zu viele Jahre schon dezimierten Macheten die Vegetation der Hügel, die die Region überragten. In stetiger Folge fielen Eichen, Mahagonibäume, spanische Pflaumen und Blutholzbäume. Der Fluss blutete davon.

Sophonie schaute auf die Rivière-Froide, sah trotz allem die Freude des Wassers, sein Licht, seine von Versprechungen funkelnden Tropfen. Sie kam an Boss Valbruns Haus vorbei, dem Vorarbeiter und Mann von Esther, Gran'ns Großnichte und Patentochter. Der Fluss ist auf dieser Höhe des Ufers seicht. Sophonie litt unter der Gluthitze der Sonne, die ihr den Rücken aufheizte. Sie schritt schneller, musste mit Gran'n unter vier Augen sprechen. Was würde ihr die Großmutter zum entwurzelten Zimtapfelbaum enthüllen? Sophonie brannte auch darauf, ihr ihren Traum zu erzählen. Ein Gedanke löste Alarm in ihrem Kopf aus. Wurde sie verrückt, total übergeschnappt? Verrückt durch einen Traum? Aber ... ihre Übelkeit am Morgen, von der hatte sie doch nicht geträumt! Woher kam die? Das alles war zu außergewöhnlich, um wahr zu sein. Sophonie schüttelte den Kopf, als ihr bewusst wurde, dass sie beim Gehen laut redete.

Sie sah Madame Luc kommen, vertrocknet in ihrem ewig schwarzen Kohlenhändlerinnenkleid. Madame Luc schleppte am Fuß ein offenes Furunkel, das sie bis zur linken Gesäßbacke versteifte. Immer war sie auf der Lauer nach Klatsch, ihrem einzigen Zeitvertreib im Leben. Ihre beiden Kinder, Borgella und Fabienne, dienten ihr als Zuträgerinnen. Aus ihrem Mund hatte sie frühmorgens die Geschichte vom umgestürzten Baum erfahren. Sophonie unterwegs zu treffen, bedeutete eine Gelegenheit, die sie nicht verstreichen lassen würde.

Die Natur hatte Madame Luc mit einer kräftigen Stimme ausgestattet, die ein stockender Redefluss noch verstärkte. Sie schien immer zu viel auf einmal sagen zu wollen. Beide Frauen begrüßten einander.

»Guten Tag, liebe Sophonie!« Madame Luc hielt sie mit der Hand fest.

»Guten Tag, Madame Luc, und der Körper?«

Madame Luc änderte sofort ihre Miene. Mit betrübtem Ausdruck wies sie auf ihren linken Fuß:

»Du kannst es sehen, Liebste, es sieht nicht gut aus. Wieder eins von den vermaledeiten Furunkeln. Mein Bein ist ganz steif davon. Au weia! Eine echte Plage.«

»Vielleicht solltest du dem Handel ein paar Tage fernbleiben, der Kohlenstaub verschlimmert dein Übel.«

Madame Luc stimmte mit unendlich verdrossener Miene zu.

»Ja, du hast recht, Liebe. Ich bin allein, ich kann auf niemanden zählen ... man wartet nur auf die Gelegenheit, mich zu bestehlen. Nichts geht über das Auge des Hausherrn. Auf dem Rückweg werde ich Gran'n bitten, mir einen kleinen Breiumschlag zu bereiten.«

Mit wieder heiterer Miene ging sie näher zu Sophonie, die sie immer noch nicht losließ, und flüsterte ihr ins Ohr:

»Weißt du Bescheid ... über den Zimtapfelbaum?«

»Ja, ich glaube, ich habe es vor Tagesanbruch als Erste bemerkt.«

Sophonie versuchte, ihr natürlichstes Gesicht zu wahren. Aufgeregt drückte Madame Luc ihr den Arm, dass es weh tat.

»Hast du Gran'n gesehen? Was sagt sie dazu? Und Vita, hast du mit ihr gesprochen? Wollt ihr den Zimtapfelbaum hängen lassen?«

Außer Fassung durch den Fragenschwall wusste Sophonie nicht, was sie antworten sollte.

»Ich weiß nichts darüber, Madame Luc. Ich bin bei Tagesanbruch zum Brotholen gegangen, ihr schlieft alle noch. Sieh mal ... ich komme gerade von meiner Tour.«

Mit veränderter Taktik fragte Sophonie Madame Luc:

»Aber du, Nachbarin, bist doch gerade erst an ihren Türen vorbeigegangen, hast du sie gar nicht befragt?«

Madame Luc antwortete mit einer gewissen Gefühlskälte:

»Als ich eben dort vorbeiging, sah alles normal aus, außer dass Vita und Tagrâce verstummt sind, als sie mich kommen sahen. Ich habe überhaupt keine Fragen gestellt, weil man nach guter Sitte nicht in die Gespräche der Leute eingreift, wenn man nicht dazu aufgefordert wird. Bei dir ist es anders, ich weiß, dass du, Liebe, das unter uns behältst.«

Madame Luc wies sie aus Verdruss nochmal auf ihren Status als Fremde hin und und schlurfte weiter ihres Wegs.

Zu Hause eingetroffen stellte Sophonie ihren Brotkorb auf das Mäuerchen, das ihre Veranda umgab. Sie bedeckte ihn mit einer Plastikfolie. Wie üblich döste Gran'n mit dem Kinn auf der Brust auf ihrem kleinen Stuhl. Auf der Terrasse krakeelte eine Schar Kinder, die sie von Zeit zu Zeit mit einer Bewegung ihres kleinen Bambusstocks verjagte. Dort waren Borgella und Fabienne von Madame Luc, Michelet, Simone, die Bèbète trug, und Nixon, die Enkelkinder von Nativita. Auch waren dort Milo und Andrisse, Sophonies Jüngster, der einen Metallreifen zwischen den Beinen der Vorübergehenden und der Hunde hindurchrollte. Alle Kinder liefen mit Rotz an der Nase, halb bekleidet und barfuß herum, die Mädchen trugen auf dem Kopf unentwirrbare Haarbüschel, die in ausgefransten Bändern endeten. Gran'ns Hütte übte auf die Kinder des *lakou* eine besondere Anziehungskraft aus. Sie fürchteten zwar die Alte, mochten sie aber sehr gern. Wenn sie gut aufgelegt war, ließ sie die kleinen Mädchen stundenlang die Handvoll seidiger Haare kämmen, die ihr auf dem Kopf verblieben.

Sobald sie Sophonie kommen sahen, kehrten Nativita und Altagrâce zu ihren Tätigkeiten zurück. Sophonie ging zurück nach Hause, zog sich aus und legte ihr alltägliches *moumou** mit den großen malvenfarbenen Blumen an. Ihr Körper seufzte vor Behagen. Sie ging hinüber zu Gran'n.

9

»Mein Kind, seit dem Morgengrauen gehe ich mit einem Fuß auf der Erde und mit dem anderen auf der Straße ins Land ohne Hut**. Meine Stunde naht. Der Zimtapfelbaum ist umgefallen, wird in Kürze versinken, fortgetragen von der Strömung, dem Wasser, das herunterfließt, immer weiter herunterfließt, ohne je wieder heraufzufließen. Ich ... ich kann die Angst nicht leugnen, die mir die Eingeweide zuschnürt, denn der Baum und ich, wir teilen das gleiche Schicksal. Doch wiegen meine Gewissheiten schwerer als meine Angst.«

Sophonie war zu Gran'n in ihr Zimmer gegangen. Sie plauderten leise, die Alte auf ihrem schmalen Bett, ihre Schwiegertochter ihr zu Füßen auf dem kleinen Stuhl. Gran'n sah zerbrechlich aus, wie aus dem dünnen Papier, mit dem die Jungen in der Fastenzeit Drachen bauen. Gewiss zierliche Gegenstände, die aber sehr hoch in die Lüfte aufsteigen, um auf den stürmischen Winden des Himmels zu reiten.

»Ich muss mich vorbereiten, Abschied zu nehmen, Sophonie, und ich zähle auf dich, dass du meine Augen bist, wenn ich nicht mehr sehe, mein Wille, wenn meine letzten Kräfte nachlassen.«

»Aber Gran'n, du kannst nicht fortgehen, jetzt nicht ... du kannst nicht ...«

Im Bewusstsein, wie vergeblich ihre Worte waren, ließ Sophonie ihren Satz in der Schwebe. Wie sollte sie das Leben zurückhalten können? Sie verlor ganz einfach die Nerven. Ein großer

* Ärmelloses, sehr weites Hauskleid.

** Land ohne Hut: Ausdruck für das Jenseits.

Schrecken packte sie bei dem Gedanken, mit ihren Söhnen ohne Gran'ns Schutz, allein im Hof als Fremde unter diesen Fremden zurückzubleiben.

»Ich werde nicht sofort gehen, Liebste. Nicht, bevor gewisse Dinge geregelt sind. Ich muss noch auf die kommenden Zeichen warten. Ich werde ein offenes Ohr für das Leben behalten und ganz nahe meinen Träumen leben.«

»Welche Zeichen, Gran'n?«, beunruhigte sich Sophonie.

»Meine Tochter, ich bin durch den Glauben so alt geworden. Ich habe geglaubt und werde in dem Glauben sterben, dass mein Schicksal in den Händen des Ewigen und der *lwa* liegt. Ich bin in der Furcht vor dem großen Meister aufgewachsen, habe mein Vertrauen in ihn gesetzt und genieße über den Dienst an den *Mysterien* seine Gnade und seinen Schutz. Ich weiß nicht, welche Zeichen sich mir zeigen werden, bin nur sicher, dass mir der Weg, der Weg zu meinem Übergang, gewiesen wird.«

Beide Frauen verharrten einen Moment schweigend. Durch die halb geöffnete Tür erkundeten die neugierigen Blicke der auf der Gasse Vorübergehenden das Dunkel des kleinen Raums. Altagrâce, die mit ihren Kesseln beschäftigt war, schien nicht auf sie zu achten, Nativita fand jedoch mit misstrauischem Blick Vorwände, sich Gran'ns Hütte zu nähern. Sie schimpfte ab und zu mit der Kinderbande, die bei ihrem aufregenden Spiel Lärm machte, oder kam auf die Veranda auf der Suche nach einer leeren Schüssel oder einem alten Lappen.

Sophonie sprach nicht, ermüdet von der Aussicht auf Einsamkeit, die ihren Horizont verhüllte. Sie vergaß darüber ihren Alltag, ihre kleinen Missgeschicke, überwältigt von einem vagen, aber zutiefst deprimierenden Gefühl. Gran'n sagte ihr, um sie aufzuheitern:

»Ich erinnere mich an deine Ankunft hier. Das ist schon wie lange, sechs, acht Jahre, her?« Die Alte blickte Sophonie fragend an. »Du wirktest so jung! Anfangs habe ich deine Buben für deine kleinen Brüder gehalten. Ich erinnere mich ... Jasmin war wohl drei. Milo musste zwei Jahre sein. Andrisse hing noch an deiner Brust.«

Sophonie lächelte bei der Erwähnung dieser Erinnerungen. Die Bilder aus dieser Zeit strömten ihr in den Kopf. Ja wirklich, sie hatte sich bei ihrer Ankunft hier verloren gefühlt. Gerade erst neunzehn Jahre war sie geworden. Noch wie damals konnte sie den Blick der Einwohner von Kasalé auf ihren Rücken geheftet fühlen, als Gran'ns einziger Enkelsohn Démétrius sie zum ersten Mal in den *lakou* brachte. Sie fürchtete diese Begegnung, und wie berechtigt ihre Furcht war! Die Feindseligkeit der Leute, vor allem der Frauen, sickerte durch ihr Schweigen, weil Démétrius beschlossen hatte, eine Konkubine von außerhalb des *lakou* zu nehmen. Und was für eine Gefährtin! Eine junge Schlampe mit drei Kindern am Hals. Doch Démétrius sah sie nicht so. Démétrius, ihr Geliebter. Der Mann, dem sie bis Savane-Désolée, auf die Insel Gonâve oder bis ans Ende der Welt gefolgt wäre.

Démétrius hatte sie erst vier Monate zuvor kennengelernt, als sie mit Andrisse, ihrem Letzten, schwanger war. Mit dem letzten Kind, dessen Vater sie nicht kannte. Damals trieb sie Raubbau an ihrem Leben, ging zum Vergnügen, ein Begehren, eine Nacht lang, mit den Jungs. So lange, bis sie schwanger war.

Démétrius war der Chauffeur eines Industriellen, dem sie die Wäsche wusch. Der Respekt und die Aufmerksamkeit, mit denen er sie umgab, wurden die ersten echten Zeichen von Interesse eines menschlichen Wesens an ihr. Sie erfuhr die Zartheit, die Wärme eines Mannes und wagte kaum zu glauben, dass er Gefühle wie Zuneigung und Sympathie für sie hegte. Er erzählte ihr oft von seinem Land, Rivière-Froide, seinem *lakou*, Kasalé. Sie träumte bei seinen Worten, denn sie selbst wusste nicht, was Familienleben, Eltern, ein Zuhause bedeuteten. Als Waise hatte sich ihre Existenz auf Kompromisse beschränkt, um einen Winkel zum Schlafen, ein Stück Brot zum Überleben zu finden.

Sophonie arbeitete den ganzen Tag über viel und kehrte spät am Nachmittag zu ihren Kindern in einen Raum zurück, den sie in einer Randsiedlung von Carrefour-Feuilles mit einer Leidensgefährtin teilte. Sheila, wie ihre Freundin sich nennen ließ, hieß in Wirklichkeit Soeurette. Sheila arbeitete nachts, ging auf den Strich von Bas-Peu-de-Choses. Am Tag hielt sie ein Auge auf die beiden Jungen von Sophonie, die sie aus tiefem Schlaf holen musste, wenn sie sich morgens gegen acht Uhr aufmachte, um die Brötchen zu verdienen.

Obwohl Démétrius sie regelrecht beschattete, machte er niemals Anstalten, sie zu berühren. Die Zartheit dieser kleinen, schwangeren Frau schreckte und faszinierte ihn zugleich. Er schämte sich ein wenig für sein heftiges Verlangen nach diesem Körper, der doch die Frucht eines anderen trug. Er begnügte sich, sie mit den Augen zu verschlingen, und unterdrückte tief seufzend den Schwung seiner Hände. Bis zu dem Tag, an dem Sophonie es vor Verlangen nach dem Mann, von dem sie mit weit offenen Augen träumte, nicht mehr aushielt und ihn in ihr Kämmerchen mitnahm. Die beiden Kinder schliefen auf einer Matte direkt auf dem Boden. Aus einer Scheu, die sich in seltsamem Widerspruch zu ihren leichten Sitten befand, hatte Sophonie nie zuvor ihre durch die Schwangerschaft verformten Reize dem Blick eines Liebhabers ausgesetzt. Zu der Zeit zählte sie mit Andrisse schon sieben Monate. Sie fand das drängende Bedürfnis unerklärlich, ihre Brüste, üppig wie reife Papayas, ihre hervortretenden Adern, ihren übergroßen Bauch, dieses andere Leben, das in ihr pulste, mit Démétrius zu teilen. Vielleicht wollte sie, solange die gemeinsame Lust andauerte, ihn die neue Bürde ein wenig mittragen lassen, die bereits so schwer auf ihrem Leben lastete. Vielleicht spürte sie, dass seine Liebe den Glanz, aber auch die Kürze von Sternschnuppen haben würde. Alles das und auch ein großer Hunger ihrer Haut nach diesem Mann, dessen Zärtlichkeit sie überraschte. Nachdem seine Furcht verflogen war, wurde Démétrius zu ihrem Liebhaber. Er liebkoste sie lange mit einer Behutsamkeit und Inbrunst, die sie zu Tränen rührte. Um die Mitte der Nacht stieg ihre Lust auf eine fiebrige Höhe, die ihn, sie und ihren Bauch über ihre letzten Bollwerke hinwegtrug.

Sophonie seufzte. Jetzt vergeudete sie ihre Zeit mit Träumen von der Vergangenheit. Dabei klopften dringende Aufgaben an ihre Tür. Beim Gedanken an die Schwangerschaft fiel ihr plötzlich ihre bewegte Nacht ein.

»Ach ja! Gran'n, Gran'n! Beinahe hätte ich's vergessen ... Lass mich dir meinen Traum von gestern Abend erzählen.«

Ganz aufmerksam wandte die Alte sich ihr zu.

»Versuch mich zu verstehen, ich weiß nicht recht, wie ich's dir erklären soll. Es ist keine Geschichte, also ... Ich habe geträumt, dass das Wasser Fleisch annahm, wobei es vollkommen Wasser blieb, als drängten sich die wogenden Fluten in mein Leben, atmeten mich ein. Ich wurde von ihnen ... vergewaltigt, unterworfen, hingerissen. Ich bin sanft dahingetrieben.«

»Oh, oh, oh!«, rief die Alte. Sie streckte ihren Arm aus, zeigte ihn Sophonie. »Schau selbst, mir läuft eine Gänsehaut über den ganzen Körper. *Ayibobo, Ayibobo!* Meine Tochter, du bist heimgesucht worden.«

»Wie! Was sagst du da, Gran'n?«

»Ja, der Herr des Wassers, ich täusche mich nicht. Erinnere dich, wir sprachen gerade von Zeichen, du wolltest wissen, wie sie sich äußern würden. Das ist bereits eins. Du bist genau in der Nacht heimgesucht worden, als der Zimtapfelbaum umstürzte. *Ayibobo*, mein Kind! Ich habe es immer den Ungläubigen gesagt, dieser *lakou* birgt jahrhundertealte Kräfte ... Aber sage mir, wie geht es dir, seit du aufgewacht bist?«

Verblüfft konnte Sophonie kaum sprechen.

»Ich habe so was wie ein *mal de macaque**, Gran'n. Ein wenig Schwindel, eine Art *kò kraz*** ...«

»Hmm ... ich sehe, ja, das ist es wohl. Meine Tochter, du musst künftig gut auf deine Träume achten. Es wird Botschaften geben ... du trägst das Kind des Wassers.«

Bei diesen Worten stürzten Sophonie heftige Tränen aus den Augen. Zu viel für sie, zu viel auf einmal. Sie schluchzte. Im Türschlitz erschien der Kopf eines Kindes, schnell verjagt von Gran'ns Stock. Diese wandte sich zu ihrer Schwiegertochter um:

»Geh nach Hause, weine tüchtig. Und dann wisch dir die Augen. Geh weiter deinen Beschäftigungen nach. Jetzt umgeben uns zu viele Ohren. Wir werden noch reden müssen.«

* Kater.

** Abgeschlagenheit.

10

Seit einer Woche installierte die Baugesellschaft ihre Barackenlager in einiger Entfernung vom Standort der neuen Brücke. Auf dem großen Grundstück einer ehemaligen großbürgerlichen Residenz von Rivière-Froide wartete eine Reihe schwerer Maschinen auf das Startsignal. Kipper, Raupenschlepper, Bagger, Betonmischer in grellem Gelb riefen allein durch ihre Anwesenheit eine Aufregung hervor, die sich schnell bis zur Landstraße nach Carrefour fortpflanzte. Seit sieben Uhr morgens vibrierte der Abschnitt von Carrefour bis Rivière-Froide vom unaufhörlichen Hin und Her der Lastwagen, die an den Baugruben Kies-, Sand- und Steinhaufen abluden.

Ein großes Spinnennetz des Lebens spann sich um die Baustelle. Männer, Frauen und selbst Kinder sahen dort eine Gelegenheit, ihren Alltag für kurze Zeit erheblich zu verbessern. Die Hausbesitzer errechneten bereits ihre Mieteinnahmen, denn einige Arbeiter, die von weither kamen, mussten in der unmittelbaren Umgebung eine Unterkunft finden. Die geringsten Räume im Haus wurden wertvoll. Auch der allgemeine Handel erfuhr eine Belebung. Ambulante Garköchinnen aus der Zone von Carrefour errichteten unter den Bäumen einen kulinarischen Rummel. Kleine Händlerinnen geringeren Formats boten Brot, Trinkwasser, Milchbonbons und Früchte an. Direkt neben dem Werkzeugdepot der Baugesellschaft stand ein offener Tisch voller Flaschen mit *clairin trempé**, der für neue Energie sorgen sollte, wenn die Kräfte nachließen. In den Glasflaschen waren alle Farben und Geschmacksrichtungen zu finden, und man konnte darin *trois-hommes-forts-* oder *bwa-kochon*-Wurzeln und *assorosi***

* *Clairin*, auch *tafia* genannt: klarer Zuckerrohrschaps, der als *trempé* bezeichnet wird, wenn er aromatisiert ist.

** *Trois hommes forts*, *bwa kochon*: Wurzeln, denen aphrodisierende Wirkung nachgesagt wird. *Asorosi*: Bezeichnung für die Bittermelone und den mit ihren Blättern aromatisierten *clairin*.

wie seltsame behaarte Insekten schwimmen sehen.

Die Bauarbeiten für die neue Brücke würden an zwei Punkten stattfinden. Man würde im Flussbett unterhalb des alten Baus bedeutende Ausschachtungen vornehmen, um in riesigen Verschalungen die Stahlbetonpfeiler zu gießen, auf denen die Brücke ruhen sollte. Dafür musste man den Wasserlauf einige Meter höher umleiten. Täglich musste die Umleitung wiederholt werden, denn immer wieder suchte das hartnäckige Wasser seinen ursprünglichen Weg. Parallel dazu würde man das rechte Flussufer befestigen, das von der Basis der alten Brücke aus ansteigt und auf dem der Westflügel von Kasalé liegt. Riesige Behälter aus Drahtgeflecht, aufgereiht am Fuß des Abhangs, warteten darauf, dass tiefe Gräben ausgehoben wurden, damit man sie hineinsetzen und mit Steinen befüllen konnte.

Die Arbeiten begannen jedoch gerade erst, und jeden Tag erschienen in der Gegend neue Gesichter, neue Arme. In dieser Phase interessierten sich für den Job junge, muskulöse Burschen ohne besondere Fachkenntnisse, die imstande waren, tagelang Schaufel, Hacke und eine Schubkarre voller Aushub zu handhaben. Eine Handvoll Vorarbeiter lenkte routiniert die kleine Hilfsarbeiterschar.

Espéranta erlebte das Baustellenfieber in ihrem Körper. Dort, zwischen all diesen Maschinen, diesem Geruch von Motoröl und männlichem Schweiß, überwachte, befragte, testete sie glücklich, schon sicher, unter den zahlreichen Mannsleuten den zu finden, der ihr Sicherheit und Vergnügen bringen würde.

Espéranta war schön, an der Schwelle ihres vielversprechenden Vierzigsten. Üppig im Fleisch, leicht zum Lachen zu reizen, mit beredtem Blick kannte sie die Macht ihrer natürlichen Waffen. So weit sie als Männerjägerin zurückdenken konnte, war ihr keiner entwischt, den sie ins Visier genommen hatte. Nein, nie. Wenn sie die Netze ausspannte, fiel die Beute hinein. Und wie sollte man sich das Leben anders vorstellen? Espéranta war ein Raubtier, sie brauchte Blut unter ihren Klauen. Andere verbrachten, um zu überleben, ihr Leben mit Arbeit, während sie ihres mit dem gleichen Ziel bei der Jagd auf Männer verbrachte. Wenn sie gelegentlich, wie jetzt, für ihre Bedürfnisse selbst sorgen musste, war die Situation immer nur vorübergehend. Sie fand an sich keinerlei Gemeinsamkeit mit den neben ihr sitzenden Frauen, allesamt geborene Händlerinnen, die keinen anderen Ehrgeiz hatten, als in ihrem Bauch Prototypen des Elends fortzupflanzen.

Dennoch erwachte insgeheim in ihren Gedanken eine bis dahin unbekannte Sorge. Sie hätte nicht sagen können, woher diese Empfindung kam. Sie konnte sie noch so sehr unterdrücken, in der Stille ihrer kampflosen Nächte tauchte sie immer wieder auf. Als sei ihr Körper weniger geneigt, sie zu den Wegen des Vergnügens zu tragen. Sie erreichte ein Alter, in dem man beginnt, sich Sorgen um die Rente zu machen. Die Unsicherheit der Tage, die bisher eine Herausforderung für sie gewesen war, wurde ihr Anlass zur Sorge. Seit sie vor zwei Monaten in Kasalé verlassen worden war, verschaffte ihr keine nennenswerte Liaison die Zuversicht, die sie brauchte, um ihren Lebensweg fortzusetzen. Verfangen in ihrer Einsamkeit, unfähig, sich unter die Bewohner des *lakou* zu mischen, genoss sie keine Sympathie bei den Leuten, die ungeduldig auf ihre Abreise warteten. Zwei Monate ohne Partner! Was war denn los mit ihr? Wie sollte sie den Mut aufbringen, mit diesem verdammten Leben weiterzukämpfen ohne die rüde Anwesenheit eines Mannes in ihrem Bett? Würde sie ihre Tage als Brotverkäuferin beenden?

In dem Moment, als ihre Fragen einen ängstlichen Reigen in ihrem Kopf tanzten, ging Abner an ihrem Brotkorb vorüber. Sie nahm ihn wahr, musterte ihn von Kopf bis Fuß. Sofort packte aus dem Nichts eine große Hand ihren Bauch, streichelte ihre Vulva, beschleunigte ihren Herzschlag. Espéranta vermochte einen Mann, einen echten, zu erkennen, wenn sie einem solchen begegnete. Ihr Instinkt täuschte sie auch diesmal nicht, dieser da war mindestens zwei von ihnen wert. Mit einem umfassenden Blick machte sie eine Bestandsaufnahme vom behaarten Oberkörper unter der Latzhose aus Jeansstoff, den fest umrissenen Brustmuskeln, dem dicken und kurzen Hals, den steil abfallenden Schultern und den schmalen Hüften. *Manman ki fem!*[*] Eine echte

[*] »Die Mutter, die mich geboren hat«. Ausruf, der hier Bewunderung ausdrückt, ähnlich wie das italienische »Mamma mia!«

Naturgewalt. Seine Hände, ein nicht minder interessantes Detail, sahen nicht wie die eines Hilfsarbeiters aus. Auch hatte er nicht ihren stumpfsinnigen Kopf. Er war Maurer erster Klasse und, wer weiß, vielleicht sogar Maurerpolier, denn sie bemerkte das Maßband in der Lasche seines Arbeitsanzugs.

Espéranta schätzte den Mann jünger als sie, aber was tat's, seine Mutter war sie ja nicht! Sie streckte ihren Brustkorb, überprüfte die Falten des Turbans um ihren Kopf. Sie hustete, um den Passanten auf sich aufmerksam zu machen.

Abner blieb auf ihrer Höhe stehen und zündete eine Zigarette an. Eine Sonnenbrille verhüllte seine obere Gesichtspartie. Espéranta konnte nur das Profil seiner kräftigen Nase und den Saum seiner dicken Lippen erkennen. Bei jeder Bewegung des Individuums traten unter seiner Haut die Muskeln hervor.

»Gutes frisches Brot von heute Morgen, Liebster, ich gebe auf Kredit.« Espéranta sprach Abner dreist an und suchte dabei seine Augen.

11

Schwer lag die Sonne auf halbem Weg ihres Laufs auf Kasalé. Eine sengende Sonne, deren Strahlen wie Chili auf der Haut brannten. Auf einmal war das Morgenlüftchen vergangen. Es herrschte drückende Hitze. Ununterbrochen, unverändert ertönte der Gesang der Zikaden. Hunde suchten mit hängender Zunge die Frische der Anhöhen. Die waschenden Frauen suchten Deckung unter den Bäumen, unmöglich, mitten im Fluss zu bleiben. Ab und zu schütteten sie sich Näpfe voll Wasser über ihre nackten Schultern und Rücken.

Nassgeschwitzt legte Altagrâce letzte Hand an die Mahlzeit. Ihre Nichte Sherline half ihr, eine Soße aus Wasser, Öl, Tomatenpaste und Kräutern zu bereiten, mit der sie den Reis mit den weißen Bohnen beträufelte. Heute gab es im Menü kein Fleisch, denn Altagrâces Mittel befanden sich auf dem Tiefstand.

Es entstand eine sternförmige Bewegung hin zu Altagrâces Grundstück. Angelockt vom Essensduft näherten sich aus den Hütten ringsum eins um das andere die Kinder. Die Mütter verließen ihre Arbeit, um etwas zu essen zu holen. In Kasalé sah man um diese Zeit wenige Männer. Sie arbeiteten auf den Baustellen, zogen durch die Hügel, beackerten ihre Parzellen oder überwachten ihr Weideland.

Gran'n wedelte auf der Veranda mit einem Stück Pappe vor ihrem Gesicht. Seit ihrem frühmorgendlichen Gespräch mit Nativita hatte sie diese nicht gesehen, die zu einem Gebetstreffen in die Gemeinde Saint-Charles gegangen war. Wie üblich spielten Nativitas Enkelkinder geräuschvoll auf ihrer Terrasse. Sophonie war vom Waschen zurückgekehrt und hängte ihre nasse Wäsche über die Kaktushecke, die ihren Hof umgab. Sie schaute auf das bunte Wäschemosaik weiter unten, das auf den Kieseln der Rivière-Froide trocknete. Ein Tagesablauf wie die anderen, Erwachsene und Kinder versammelt im gezackten Schatten des Flammenbaums.

Altagrâce begann die Essensausgabe. Nacheinander rückten die Kinder vor, um den Löffel und den Aluminiumteller in Empfang zu nehmen, der eine Portion Reis mit weißen Bohnen, Soße und ein Stück gekochte grüne Banane enthielt. Aus Tradition bediente man die Kleinen zuerst.

Während des Essens kehrte Nativita in Begleitung von Esther, der Frau von Boss Valbrun, zurück. Beide Frauen schwitzten alles Wasser aus ihren Körpern. Für Nativita wurde es eine immer mühsamere Übung, den Abhang des Wegstücks von Carrefour nach Rivière-Froide in der vollen Mittagshitze zu bewältigen. Ihre schlechte Nacht zuvor, die Aufregungen beim Erwachen und die Sonne, die ihr den ganzen Rückweg auf dem Kopf saß, versetzten sie in düstere Stimmung. Sie schleppte sich seit dem Morgen mit einer Art Unruhe, einem dumpfen Ärger, die sie nicht mehr loswurde. Selbst in der Kirche hatte sie vergeblich versucht, die innere Ruhe, das Gefühl von Harmonie und Gemeinschaft wiederzufinden, das ihr gewöhnlich auf dem Rückweg trotz der Sonnenglut Flügel wachsen ließ. Nein. Heute kein Vibrieren, keine inbrünstigen Schauer während der ganzen Andachtsstunde.

Entmutigt hatte sie in Sorge um die nächsten Tage ihren Rosenkranz ohne Überzeugung abgebetet. Und so hatte Pater Daniel, der immer zugewandt und um das Wohlergehen seiner Schäfchen besorgt war, ihren verstörten Zustand bemerkt. Er hatte sie gefragt, aber sie hatte es vorgezogen, Müdigkeit vorzuschützen, um ihre ungewöhnliche Lauheit beim Gebet zu erklären. Ihr Geist entfloh zu Gran'ns Zimtapfelbaum, den sie bei ihrer Rückkehr immer noch über dem Fluss hängend vorfand.

Sie kehrte nach Hause zurück, um sich umzuziehen. Als sie die Hütte verließ, überzogen Zornesfalten ihre Stirn. Mit schnellem Blick zählte sie die anwesenden Kinder. Sie sah Michelet und Nixon, die auf einer Kiste aus Sperrholz saßen. Simone, die Bèbète auf ihren Knien trug und ihr Essen mit ihrer Schwester teilte. Sie sah auch Borgella und Fabienne von Madame Luc, die sich an den Stamm des Flammenbaums lehnten. Milo und Andrisse spielten vor Sophonies Hütte mit Gran'ns Kätzchen Bato. Mit lauter Stimme fragte Nativita:

»Aber wo ist Eddy geblieben? Er war nicht da, als ich früh zur Kirche aufgebrochen bin, und ich sehe immer noch keine Spur von ihm. Er hat keinen Tropfen Wasser ins Haus gebracht, keinen einzigen Tropfen ... ich habe noch nicht einmal eine volle Gallone vorgefunden, um mir das Gesicht zu erfrischen. Ayayaye, dieser Junge kennt mich noch nicht.«

Nativita fragte die Kinder:

»*Ti moun**, wisst ihr, wo sich Eddy aufhält?«

Die Kinder tauschten fragende Blicke, hoben die Augen gen Himmel, als könnte sich dort die Antwort auf Nativitas Frage befinden. Sie schüttelten alle verneinend den Kopf. Mit Ausnahme von Nixon, dem Ängstlichsten von allen, der seiner Großmutter zitternd antwortete:

»Ich glaube, er ist mit Jasmin zur Vogeljagd auf den Berg gegangen ...«

Nativita gab keinen Kommentar ab. Man konnte fühlen, wie die Wut in ihrem ganzen Körper kochte. Bestimmt würde bald ein Gewitter in der Luft liegen. Um sie zu beruhigen, schickte

* Kinder.

Altagrâce ihr über Sherline einen Teller Reis mit Bohnen, während Gran'n und Sophonie die Szene wortlos beobachteten.

Kurze Zeit darauf kamen Eddy und Jasmin atemlos und aufgeregt vor Altagrâces Grundstück gelaufen. Sie schrien geradezu:

»Gran'n, Gran'n!«

Die Alte zuckte. Kniff die Augen zusammen. In der Sonnenhitze sah sie Eddy, den ersten Sohn Nativitas, und Jasmin, den Ältesten von Sophonies Jungen, ankommen. Sie riefen weiter nach Antoinette und schrien mit vereinten Kräften:

»Gran'n, *der kay-mistè** ist zusammengebrochen! Der *kay-mistè* ist eingestürzt.«

Die Alte konnte die Nachricht noch nicht so schnell fassen, die ihr der Junge verkündet hatte. Nativita stürmte aus ihrem Haus, fiel über Eddy her, packte ihn an einem Ohr und schüttelte seinen Kopf, als wollte sie es abreißen:

»Verdammter kleiner dreckiger Schlingel! Sei still, sei still!«

Bestürzt über den heftigen Angriff seiner Großmutter, redete das Kind immer weiter. Der Unschuldige glaubte, eine Nachricht zu überbringen, die die Erwachsenen sicherlich interessieren würde, und wurde nun spektakulär abgestraft!

»Aber Großmutter Vita, ich wollte Gran'n doch nur sagen, dass der *kay-mistè* …«

Eine Ohrfeige schnitt ihm das Wort ab. Nativita verlor die Beherrschung. Sie schaute nach rechts und nach links, um zu sehen, wer der Szene beiwohnte, wer diesen von ihrem Enkelsohn überbrachten Unsinn mithörte. Ihr Blick fiel auf Sophonie, die immer noch mit vorgetäuscht gleichgültigem Ausdruck ihre Wäsche aufhängte. Sie erblickte Gran'n, die vor Schreck vergaß, sich Luft zuzufächeln. Sie bemerkte Altagrâce, die mit einer Hand auf der Hüfte starr und steif auf der Schwelle zur Küche stand. Esther, die vor dem Grundstück mit dem Löffel in der Luft und offenem Mund auf einem Zementblock saß, schien wie vom Blitz getroffen. Nativita sah ebenfalls Madame Luc, die inzwischen hinkend näherkam. Madame Luc! Diese Klatschbase! Mein Gott! Was passierte plötzlich in Kasalé? Warum diese Folge seltsamer

* »Haus der Mysterien«.

Zeichen, die in ihrem Herzen tiefste Verwirrung säten? Was bedeutete diese plötzliche Äußerung der Geister? Als Tochter des *lakou* nahm Nativita nämlich Schwingungen in der Luft wahr, die nichts mit menschlicher Macht zu tun hatten. Ratlos, wütend sagte sie dem Jungen:

»Zum einen bist du heute Morgen aus dem Haus gegangen, ohne einen einzigen Eimer Wasser aus dem Fluss zu schöpfen! Jeder in diesem Haus kennt seine Pflichten. Deine ist es, jeden Morgen für deine Brüder und Schwestern zwei Eimer Wasser zum Waschen zu schöpfen!«

Nativita unterstrich jeden Satz mit einem Klaps auf Eddys Nacken. Ängstlich hatte Jasmin auf der Veranda seiner Mutter Stellung bezogen und betrachtete die Szene mit weit aufgerissenen Augen.

»Und zum anderen weißt du genau, dass es den Kindern ausdrücklich verboten ist, ohne Begleitung eines Erwachsenen nach Terre-Rouge hinaufzugehen! Geh rein und warte im Haus auf mich, ich werde dir die Lust auf eigenwilliges Handeln ein für alle Mal austreiben! Ich werde auch deiner Mutter eine Kassette machen, um ihr zu sagen, dass sie die Schritte für deine Aufenthaltsgenehmigung einstellen soll. Du wirst New York nur in deinen Träumen sehen, verstehst du, in deinen Träumen! Geh jetzt rein!«

Doch die Neuigkeit eilte bereits durch Kasalés Gassen. Am Tag des großen Regens hatte der *kay-mistè* von Terre-Rouge das gleiche Schicksal erfahren wie Gran'ns Zimtapfelbaum.

12

Madame Sainval, Ehefrau des Schusters Boss Sainval, zählte dreißig Jahre mustergültiger Treue. Als sie kaum erst auf ihren sechzehnten Frühling zuging, heiratete sie den fünfundzwanzig Jahre älteren Sainval mit Schleier und Trauzeugen in der Kirche.

Ihre Mutter, die Putzmacherin Clotura, hatte im Sterben, an einem Krebs erkrankt, die Hochzeit zuwege gebracht.

Sainval als eingeschworener Junggeselle hatte angesichts der jungen und unerfahrenen Braut gezögert. Er mietete ein Zimmer im gleichen Stockwerk wie Clotura und ihre Tochter in einem Gebäude an der Straße nach Carrefour, das im Erdgeschoss ein Bordell, das *Copacabana*, beherbergte. Die Ehe reizte ihn nicht. Gesellschaft leistete ihm ein Hund, der ihn jeden Tag zum Markt von Sainte-Bernadette begleitete, wo er seinen Schusterkram ausbreitete. Zwei- bis dreimal im Jahr leistete er sich einige Freudenmomente mit den rundlichen Weibchen des Bordells, die ihn nach zwei lauwarmen Bieren und zwei Hüftschwüngen zum Schnarchen schickten. Angesichte der Hartnäckigkeit seiner Flurnachbarin und in Anerkennung der Ernsthaftigkeit und des Eifers der Jugendlichen bei der Arbeit, die ohne zu murren den ganzen Tag ihre leidende Mutter pflegte, willigte er ein. Er beschloss zu heiraten, als er schlechtere Tage auf sich zukommen fühlte. Nach der Hochzeit zogen die neuen Eheleute nach Rivière-Froide in eine Umgebung, die für die Erziehung ihrer eventuellen Nachkommen günstiger war.

Madame Sainval, die nichts von dem Mann, den sie heiratete, noch von Männern im Allgemeinen wusste, trat in das Eheleben wie in ein Kloster ein. Sieben in zehn Jahren geborene Kinder stürzten sie in ein ehrenhaftes Elendsleben. Ein hartes Leben, manchmal zum Verzweifeln, in der Furcht des Herrn, in der mangelnden Wissbegierde ihres Körpers, der allzeit nur von Boss Sainval aufgesucht wurde.

Zusätzlich zur Hausarbeit betrieb Madame Sainval die von ihrer Mutter erlernte Maßschneiderarbeit und unterhielt, je nach Jahreszeit, einen kleinen Handel vor ihrer Tür. Mangos, Avocados, Brotfrüchte oder Maiskolben zum Rösten waren stets reihenweise vor ihrer Tür aufgestapelt. Man musste eben zusätzliche Einkünfte erzielen, um das Einkommen von Boss Sainval zu ergänzen, das für die ganze Familie unzureichend war. Madame Sainval zeigte einen ungewöhnlichen Unternehmensgeist. Das Glück kam ihr zu Hilfe, so dass sie ihre sechs Kinder (ihr Erster war jung an einer Hirnhautentzündung gestorben) in Anstand und Redlichkeit erziehen konnte. Ihr Handel verwandelte sich mit den Jahren in ein festes Ladengeschäft. Mit Ausdauer gewappnet, baute sie Stück für Stück, Zementsack für Zementsack, ihr Sechszimmerhaus an der Straße nach Rivière-Froide. Heute erwartete ihre älteste Tochter Rosemène, verheiratet mit einem Gerichtsvollzieher, ihr zweites Kind. Jocelin, ihr jüngster Sohn, verbrachte seit einigen Jahren die Schulzeit bei seiner Patin in Port-au-Prince und würde in diesem Jahr die Abiturprüfungen absolvieren. Ihre übrigen vier Kinder waren schon selbständig. Ein vollkommenes Leben, um das sie viele weniger glückliche Freunde beneideten.

Jetzt aber, fast an der Schwelle ihrer fünfzig Jahre, verspürte Madame Sainval zum ersten Mal im Leben ein Bedürfnis nach etwas anderem. Etwas, wozu der alte Körper von Sainval, falls jemals, sie nicht mehr anregte. Etwas, das sie mitten in der Nacht schweißgebadet weckte, den Körper mit Fragen ohne Antwort plagte. Etwas, das in den Augen ihres Mieters Athanaël schlummerte.

Seit Athanaël vor einem Jahr die beiden Räume neben dem Geschäft gemietet hatte, verfolgte Madame Sainval sein Tun und Treiben von früh bis spät und von spät bis früh. Sie wusste, um welche Zeit er am Morgen seinen Kaffee aufbrühte, wann er seine ersten Waschungen vornahm. Sie konnte am Aufprall des Meißels auf dem Stein sagen, ob er Steine aus dem Fluss oder vom Land bearbeitete. Sie folgte ihm mit den Augen, wenn er genau um ein Uhr mittags zum Essen aufbrach. Ihr waren alle seine Kleidungsstücke bekannt, die Sandalen, die er trug, die Farbe der Tücher, mit denen er gegen den Staub der Steine, die er abschmirgelte, seinen Kopf umwickelte ... Sie erkannte selbst nachts das Geräusch seines Schritts.

Madame Sainval legte auch großes Augenmerk auf die Besuche, die Athanaël empfing. Es kamen ständig Kunden aus Port-au-Prince oder Pétionville, um ihm die Stücke abzukaufen, die er behauen hatte. Sie kannte sie alle, die Kunstverkäufer, deren Besuche spürbar häufiger wurden. Sogar ein Weißer war darunter, der nur Englisch sprach und aus Cap-Haïtien anreiste, nur um Werke von Athanaël zu erstehen. Madame Sainval verdächtigte Letzteren, nicht schlecht daran zu verdienen. Doch der Bildhauer führte ein nüchternes Leben, empfing keine *jungen Mädchen* bei sich, was der Besitzerin nicht missfiel.

Das Leben Madame Sainvals übernahm seit einigen Monaten den Rhythmus des Mannes, der so nah bei ihr wohnte, ohne ihr je eine andere Aufmerksamkeit als einen kurzen und respektvollen Gruß zu gewähren, wenn er ihr über den Weg lief.

An einem brütend heißen Nachmittag wurde Madame Sainval Opfer eines Bedürfnisses, das sich schnell zur Besessenheit entwickelte. Die stickige Hitze stieg ihr zu Kopf, Lichtflecken tanzten vor ihren Augen. Sie beschloss, einen Besuch in Athanaëls Atelier zu machen. Sie musste mit ihm sprechen, den Klang seiner Stimme hören, wenn sie ihr auch nur banale Dinge mitteilte. Sie wollte fühlen, wie er lebte, zumindest einmal mit ihm die Luft teilen, die er im Raum atmete. Sie sagte sich, um ihren verrückten Einfall zu rechtfertigen, dass sie von dem jungen Mann im Grunde nur Freundschaft wollte, sich mit einem Lächeln begnügen würde. Schließlich könnte er im Alter ihres ältesten verstorbenen Sohnes sein. Ja ... vielleicht überkam sie wieder ein mütterliches Gefühl. Nachdem sie ihre Entscheidung einmal getroffen hatte, bekam sie Herzklopfen. Eine leise Angst erfasste ihre Magengrube. Bis dahin unbekannte Empfindungen, erlebt von einer Frau, die Madame Sainval seit einigen Monaten mit Angst und Entzücken entdeckte.

Sie nutzte einen Moment, als kein Kunde in Sicht war, schickte ihren Angestellten auf einen Gang zum Markt, schloss den Laden und nahm als Visitenkarte zwei schöne Mangos mit. Um diese Tageszeit kam Sainval noch längst nicht nach Hause zurück.

Die Tür knackte leicht, als Madame Sainval dagegen drückte. Sie hörte das Blut in den Ohren hämmern. Sie schob ein Bein nach dem anderen voran, gelangte ganz behutsam ins Atelier. Innen war es dunkel und kühl. Die fast abgeschirmten Fenster bewahrten den Saal vor Lichteinfällen. Die Augen der Dame brauchten einige Sekunden, sich an das Halbdunkel zu gewöhnten. Sie fand seltsam, dass sie Athanaël nicht sah, da sie ihn nicht hatte fortgehen hören.

Zwei parallele Regalreihen liefen entlang der vier im zarten Grün junger Triebe gestrichenen Wände des Raums. Dort harrten kleine Wunderwerke ihres Schicksals. Aus dem Herzen des Steins herausgemeißelt, bewahrten sie ihre Unschuld. Wesen irrealer Schönheit mit frischem Lächeln, Mondwasserblicken, mit Körpern, die in ungewohnte Verrenkungen versetzt waren. Diese Stücke waren von einer solchen Zartheit, als wären sie aus Kreide. Madame Sainval entdeckte diese ganze der Einbildungskraft Athanaëls entsprungene Welt, wie ein Verdammter einen verbotenen Blick ins Paradies werfen würde. Das geringste Geräusch erschreckte sie bis ins Mark.

Unter den hoch angebrachten Regelbrettern zog eine Reihe noch eindrucksvollerer, majestätischerer Stücke ihren Blick auf sich. Sie betrachtete Fische, wie sie sie noch nie gesehen hatte, nackte Frauen in schamlosen Posen, die sie tief verwirrten. Als sie sich bückte, um abseits der anderen das größte Stück zu bewundern, eine Nymphe mit einem um den Kopf geknoteten Schal, dessen Fransen, Wunder an Raffinesse, ihr über die Augen fielen, wäre sie beinahe an den Körper Athanaëls gestoßen, der auf dem Fußboden schlief.

Madame Sainval unterdrückte einen Schrei. Der Ephebe lag ausgestreckt auf dem Rücken, einen Arm quer über der Brust, nur bekleidet mit einer Unterhose aus weißer Baumwolle. Der andere Arm ruhte hinter seinem Kopf am Boden, eine Geste, die seinen Oberkörper streckte. Er schlief tief, mit leicht geöffneten Lippen. Madame Sainval vernahm seinen regelmäßigen Atem, der seinen muskulösen, durch seine Lage am Boden leicht eingezogenen Bauch anhob.

Sie betrachtete ihn, verschlang ihn mit den Augen, liebte ihn aus ganzer Seele. Von den Knöcheln bis zu den Ohren hatte er einen wunderbaren Körper. Ein zimtfarbener Flaum huschte über seinen Bauch, um sogleich hinter dem Schirm der Unterhose zu verschwinden. Madame Sainvals Blick blieb an der Ausbuchtung vorn am Becken des Mannes hängen. Als sie unter dem dünnen Baumwollstoff den Umriss des Glieds sah, die Verheißung der schlafenden Kraft vorausahnte, ergriff sie, überwältigt von einer Gefühlswallung, die Flucht und ließ die Mangos fallen, die sie noch in Händen gehalten hatte.

13

Kasalé schlief unter dem Sternenlicht. Keine Bewegung in den dunklen Sträßchen. Einige wenige Häuser des *lakou* in unmittelbarer Nähe zur alten Brücke nutzten die Elektrizität aus einem Netz illegaler Anschlüsse. Sobald es Nacht wurde, versanken die meisten Hütten in vollständiger Dunkelheit. Frauen und Kinder gingen früh zu Bett, da sie sehr früh am Morgen aufstehen mussten. Die Männer dagegen hingen am vorderen Ende der alten Brücke vor den Ständen mit Spirituosen oder Frittiertem herum oder gesellten sich für lange Partien mit Einsätzen, die bis zu einer sehr vorgerückten Stunde dauerten, zu den *bésigue-** oder Dominospielern unter den letzten Straßenlaternen der Gegend. Mit der Dämmerung erschienen auch leicht zum Lachen zu reizende Mädchen in eng ihren Rundungen anliegenden Kleidern zum Liebeshandel. Die Eröffnung der Baustelle erhöhte ihre Zahl. Ihr Gelächter war bis spät in die Nacht zu hören, vermischt mit der Musik aus Kofferradios und dem Geräusch von *zos***, die *clairin*-getränkte Männer heftig auf die improvisierten Tische knallten.

Doch Stille und Reglosigkeit Kasalés waren nur vordergründig. Ein geflüstertes Leben ging hinter den geschlossenen Türen der Wohnungen weiter. Man sprach, mit wem man sprechen wollte, indem man, im Schutz der völligen Dunkelheit, direkt in seine Hütte ging. Die Nähe der Häuschen erlaubte den Bewohnern des *lakou* tagsüber keinen Austausch, der nicht von einem vorübergehenden Ohr aufgeschnappt wurde. Jegliches Tun und Treiben wurde verzeichnet, kommentiert und beurteilt. Das Leben der lebendigen Christenmenschen verschmolz im Licht zu einer einzigen Mischung. Aber sobald die Sonne unterging, änderte sich alles. Jeder Wohnraum wurde zu einem verschlossenen Universum, in dem eifersüchtig gehütete Geheimnisse die Schwelle der Lippen überschritten. Die Mauern aus Tuffstein erstickten

* Kartenspiel.

** Dominosteine.

den Gesang erfüllter Sehnsüchte. Auch das Blut floss im Schutz der Dunkelheit, in der es immer wieder zu Racheakten kam. Die Nacht lebte in Kasalé.

Wie jeden Abend wusch Sophonie sich hinter dem Haus, nachdem ihre Kinder eingeschlafen waren, und ging mit einem Bettjäckchen über ihrem Nachthemd zur Alten hinüber. Gran'n hatte sich über ein ihnen allein verständliches Zeichen mit ihr zur Stunde verabredet, in der die Sterne aus dem Fluss trinken.

Als Sophonie die Hütte betrat, entdeckte sie nur Gran'ns Hinterteil. Auf allen Vieren wühlte die Alte unter ihrem Bett in einem bunten Haufen, den sie mit einer *tèt-gridap** beleuchtete. Sophonie vernahm das Klicken aneinander stoßender Flaschen.

»Guten Abend, Gran'n«, flüsterte sie und beugte den Oberkörper. »Brauchst du Hilfe?«

»Nein meine Liebe, es geht schon«, antwortete die Alte ebenfalls im Flüsterton. »Ich habe gefunden, was ich gesucht habe.«

Antoinette nieste laut.

»Uff! Dieser Staub ... sehr schlecht für mich ... Meine Liebe, denk, sobald du aufwachst, daran, ein paar Blätter von Sauerorangen aufzukochen. Hast du noch etwas Zuckerrohrsirup?«

»Ja, ich habe noch welchen«, antwortete Sophonie.

»Gut, ich werde auch zwei Löffel davon nehmen. Siehst du, ich könnte in meinem Schwächezustand einem Grippeangriff keinen Widerstand leisten. Ich kann mir auch nicht erlauben, müßig auf dem Rücken zu liegen .... ich brauche meine letzten Kräfte.«

Wie Gran'n seit dem Fall des Zimtapfelbaums redete, versetzte Sophonie jedes Mal einen Stich ins Herz. Sie konnte Antoinettes kalte Entschlossenheit, mit der sie dem Tod direkt in die Augen blickte, nicht verstehen. Sie war überwältigt, überfordert. Sie hätte fliehen, weit, weit in das Land ihrer Kinderjahre zurückkehren wollen. Ins Dorf, von dem ihr Gedächtnis nur einige Bilder bewahrte. Um in die Arme jener Mutter zu laufen, von der sie nur den sanften Blick in Erinnerung hatte.

Sophonie seufzte, wischte sich eine Träne aus dem Augenwinkel. Die Alte bemerkte ihre Geste. Mühsam richtete sie sich

* Einfache Öllampe.

ganz auf, rieb sich die weiß gewordenen Knie und klopfte ihren Rock ab. Sie hielt in der Hand eine dick bestaubte Flasche Rum und ein ebenso verstaubtes Päckchen Kerzen. Mit einem Tuch, das sie unter ihrer Matratze hervorzog, reinigte sie sie sorgfältig und legte sie auf dem Fußende ab. Der feine Staub füllte den kleinen Raum, blieb kurz in der Luft hängen und fiel wieder wie Regen über das zitternde Gold der *tèt-gridap*. Darauf trank Antoinette etwas Wasser aus einem Becher, der auf ihrem Nachttisch stand. Lange seufzte sie müde. Ein wenig später sagte sie:

»Mein Kind, die Zeichen sprechen mit uns. Nach dem Zimtapfelbaum, nach deinem Besuch gestern Abend tritt nun auch der *kay-mistè* von Terre-Rouge in Aktion. Ah! *pitit mwen**, ich hätte nie geglaubt, dass sie so viel von mir verlangen würden ... in meinem Alter, nach einem ganzen dienstbaren Leben. Der *kay-mistè* darf nicht am Boden bleiben, er muss wieder aufgebaut werden. Mein Atem vergeht, aber ich werde durchhalten, bis er wieder aufgerichtet ist. Ich werde für *sie* meinen letzten Auftrag erfüllen.«

Sophonie wollte die Alte unterbrechen, um ihr eine Frage zu stellen. Antoinette gebot ihr mit einer Handbewegung zu schweigen.

»Sophonie, mein Mädchen, seit heute Morgen höre ich nicht auf zu meditieren. Das Leben ist wahrhaft eigenartig. War es denn keine Fügung, dass das Schicksal dich, die du vom anderen Ende des Landes, aus Duchity, kommst, hier nach Kasalé geführt hat? Du stammst nicht von mir ab, aber *sie* haben dich auserwählt. Denn nichts geschieht in diesem Leben grundlos. Als Démétrius dich hierhergebracht hat, billigte ich seine Wahl nicht, habe dich aber aus Liebe zu meinem Enkel aufgenommen. Dem einzigen Nachwuchs Antoines, meines toten Sohns. Ach, ich hinterlasse auf Erden keine Spur meines Leibs. Manchmal frage ich mich, wie ich solche Schmerzen habe überleben können. Antoine ... dann Démé. Ja, ich weiß, Gott gibt Schultern nach der Bürde, wie meine Großmutter Fidélia sagte. Aber gerade wegen dieser Schmerzen habe ich dein Leben verstehen, dich akzeptieren können. Ein Kind in die Welt zu setzen, ist ein Akt der Liebe, des Muts, wer auch immer dessen Vater ist. Zu oft bedroht die

* Mein Kind.

Schwäche oder Verrücktheit einer Mutter die Zerbrechlichkeit eines Neugeborenen.

Ich habe verstanden, warum Démétrius von allen Frauen ausgerechnet dich wollte. Du brachtest ihm eine bereits gegründete Familie. Genau die Familie, die ihm fehlte. Er wusste nicht, ich aber wusste, dass er keine Nachkommen zeugen konnte. Man hatte es mir im Traum vor recht langer Zeit verkündet. Démétrius liebte dich um deines Bauchs, deiner Fruchtbarkeit willen, wenn sie auch nicht von ihm kam. Er liebte dich auch wegen deiner Ehrlichkeit, wegen deines Muts. Du stammst nicht von mir ab, aber der Fluss hat dich in sein Mysterium aufgenommen, aus dir das Bindeglied gemacht, das Kasalé im Licht der Geister, der *lwa*, bewahren wird.

Ich verstehe deine Angst, meine Tochter. Du fühlst dich hilflos. Plötzlich verlierst du den Boden unter den Füßen. Du hast Angst, allein zu sein. Ich habe dieses Gefühl auf meinem eigenen Land hier auch kennengelernt, vielleicht aus anderen Gründen als du. Mich haben sie nämlich lange Zeit von sich gewiesen. Das Gewicht ihrer Missbilligung verschloss mir die Lippen, fesselte mir die Hände. Ich habe mich beugen müssen, um zu überleben, denn mir geboten meine Überzeugungen zu leben. Aber erinnere dich, dass Angst eine Wahl ist. Du kannst beschließen, Angst zu haben, wie du dich auch dagegen entscheiden kannst. Der Ewige hat uns Intelligenz und Sensibilität verliehen, auch wenn wir sie nicht aus Schulbüchern gelernt haben. Er hat uns die Möglichkeit gegeben, zu entscheiden, was für uns gut oder nicht gut ist. Vertraue deshalb dem Leben, den Geistern, dann wirst du nie allein sein ...«

Wie ein sanfter Regen floss die Rede der Alten über Sophonies Besorgnis. Ihre angespannten Muskeln entkrampften sich, der unsichtbare Ring, der ihr seit dem Morgen den Kopf einschnürte, ließ sanft nach. Ihre Angst wich einer wohltuenden Gelassenheit. Schließlich sagte sie:

»Aber Gran'n, warum dienen die Leute vom *lakou* den *lwa* nicht mehr?«

Antoinette schloss lange die Augen. Sie öffnete sie, und mit starrem Blick, als folge sie auf einem Bildschirm den Bildern eines Films, antwortete sie:

»Es ist eine lange Geschichte, meine Tochter. Ihre Ursachen kenne ich nicht so genau. Ich erinnere mich jedoch an diese Zeit, das *rejeté**, als wäre es gestern. Antoine hing noch an meinem Rockzipfel. Schon lange kursierten Gerüchte darüber, aber wir in Kasalé, wir glaubten nicht so recht daran. Wer hätte uns schaden, uns vernichten wollen? Wir führten unser Leben, praktizierten Voodoo, ohne jemanden zu stören. Diejenigen, die den *lwa* dienten, dienten ihnen eben, die anderen blieben katholisch oder wurden Protestanten; jeder folgte der Stimme seines Herzens. Wir aber, die Diener der Geister, waren die Zahlreichsten, Vermögendsten. War es Neid? Wollte man sich für unsere Unabhängigkeit rächen? In Kasalé wurde der Kult der Geister in größter Selbständigkeit gepflegt. Das Familienoberhaupt übernahm die Leitung der Riten. Wir bemühten einen *houngan*** nur bei einer sehr ernsten Krankheit oder zur Leitung ganz besonderer Zeremonien. Sonst genügten im Licht einer Kerze unsere kniefälligen Gebete, unsere Gesänge, unsere Opfer. In diesem *lakou*, den du heute siehst, sind viele bedeutende Persönlichkeiten geboren, Männer, die später politische Führer, große Geschäftsleute, sogar Ärzte geworden sind. Ja, die Erde möge sich unter meinen Füßen öffnen, wenn ich dir die Unwahrheit sage! Einige jedoch haben anders darüber entschieden. Immer noch höre ich dieses schreckliche Geschrei. Mit bewaffneten Soldaten sind sie gekommen, haben alles zerstört, unsere *kay-mistè*, unsere *Gefäße****, unsere Kreuze, unsere Trommeln. Wir haben gerade noch Zeit gehabt, einige Gegenstände zu vergraben, alles andere ist in Flammen aufgegangen. Mehrere Tage ist der Rauch dieses Holokaust am Himmel gefangen geblieben. Am Schlimmsten ist es gewesen, festzustellen, dass sich unsere eigenen Brüder und Schwestern gegen uns gewandt haben. Hinter Priesterroben verborgen, kennzeichneten sie die Orte, die Gegenstände, die verbrannt und zerstört werden sollten.

Seither ist nichts mehr gleich geblieben. Eine Zeitlang haben

* Bezeichnung für eine Kampagne gegen den Voodoo in den Jahren 1939–1942.

** Voodoopriester.

*** Rituelle Gegenstände, die als Behältnis der Geister aufgefasst werden.

wir ganz im Untergrund praktizieren müssen. Wir sind tief in die Berge gegangen, um nur von unseren Händen begleitete Zeremonien zu Ehren der *lwa* zu organisieren. Die Trommeln sind lange Zeit stumm geblieben. Deshalb bin ich im ganzen Land herumgereist, um in Städten und Dörfern zu dienen, in denen die *rejeté*-Kampagne unseren Glauben und unsere Kultgegenstände noch nicht ganz zerstört hatte.«

Sophonie fragte die Alte:

»Und was ist danach geschehen?«

»Mit der Zeit, mit den Jahren, haben sich die Dinge beruhigt. Der Eifer der Neukonvertierten hat nachgelassen. In aller Ruhe haben wir unsere Gewohnheiten, unsere Zeremonien wieder aufgenommen. Die Trommeln sind aus der Erde zurückgekehrt. In Kasalé ist der Voodoo aber eine Familienangelegenheit. Dieser *lakou* ist ein *démembré**, wo wir unseren *lwa* aus Guinea und unseren Familiengeistern dienten, die wir zugleich mit unserem Landstück geerbt haben. Ich habe aber in meinem ganzen Leben keinen *baka*** verehrt, niemals vor dem Bösen gekniet, wie es viele andere tun. Wenn die Familie auseinanderbricht, geht der Kult zugrunde. Alles hängt von uns ab. Es ist eine Sache des Blutes, aber auch der Verantwortung. Die Traditionen sterben mit unserem Vergessen, mit unserem eigenen Tod. Es sind schon zu viele Männer, zu viele Frauen von hier weggegangen, um nie mehr zurückzukehren. Sobald sie einmal wohlhabende Städter geworden sind, vergessen sie diese Hügel, leugnen ihre Wurzeln. Einige sind zurückgekehrt, aber nur, wenn Verzweiflung, Krankheit oder Schicksalsschläge sie in die Enge trieben. Sie sind zurückgekehrt, um Kraft zu schöpfen, die an diesen Orten schlummert, sind zurückgekehrt, um Respekt zu erweisen, aber sobald ihre Wünsche erfüllt waren, habe ich sie nicht wiedergesehen. *Yo rale bounda yo ...**** Meine Tochter, eines schönen Tages stand ich allein da, allein unter all den Leuten, fast Ausländern,

* Im Voodoo Bezeichnung für den Ort, an dem sich die eigenen Wurzeln befinden und an dem man mit den Geistern der Familie in Kontakt tritt.

** Böser Geist.

*** Sie ziehen sich zurück (d. h. verhalten sich unsolidarisch).

denen ich wie eine Rarität, ein Dinosaurier, ein Überbleibsel erschien. Alle meine Freunde sind gestorben. Die wenigen Verwandten, die mir hier bleiben, leiden ebenso wie ich unter dem Elend. Sie haben mich aus Gewohnheit geduldet, weil ich die Heilpflanzen kenne, mit der Kraft der Kräuter umzugehen verstehe, ihnen Tees braue und Umschläge mache, die sie von ihren kleinen Beschwerden befreien. Aber was für Heuchler sie sind! Sie wissen genau, dass diese Heilungen mir von den Geistern eingegeben werden. Sie geben sich den Anschein, es nicht zu wissen. Ich habe es ihnen nicht nachgetragen, denn sie sind im Grunde nicht dafür verantwortlich. Ich weiß sehr wohl, dass das Böse bei allem dabei ist, meine Tochter, man trifft überall darauf ... unabhängig von jedem menschlichen Tun ... es ist, wie der Tag, der immer mit der Nacht einhergeht, eine Frage der Wahl.«

Gran'n verharrte einen Moment wortlos. Sophonie verstand, dass sie müde war, und stand auf, um zu gehen. Die Alte hielt sie an der Hand fest:

»Hast du mir keine Frage über dich zu stellen?«

Sophonie zögerte und gab ihr zur Antwort:

»Gran'n, du bist müde, ich möchte deine Kräfte nicht missbrauchen. Ein anderes Mal vielleicht.«

»Nein, nein, wir müssen reden. Du trägst das Kind des Wassers. Das Wasser hat, um dir zu begegnen, in einem Mann Gestalt angenommen. Früher oder später werden sich eure Wege kreuzen, denn er ist in der Nähe.«

Sophonie war sehr überrascht. Sie sagte:

»Aber Gran'n, wie soll ich ihn erkennen?«

»Ganz tief in deinem Innern wirst du eine Botschaft erhalten, die du allein verstehen wirst. Ich weiß nicht, was für eine Botschaft es sein wird. Aber dein Herz wird sie erkennen, du wirst dessen sicher sein. Geh dich auszuruhen, meine Tochter. Der morgige Tag verspricht schwierig zu werden, denn ich werde mit Nativita über den *kay-mistè* reden.«

14

Seit achtundvierzig Stunden lebte der Zimtapfelbaum kopfunter, das äußerste Ende seiner Blätterkrone schleifte über das Wasser des Flusses. Ein Wunder oder eine finstere Kraft hielt den Baum an der Erde. Zumindest deuteten die Bewohner von Kasalé das unbegreifliche Phänomen nach ihren spirituellen Vorlieben. Wie sollte man sonst begreifen, warum der Riese nicht nachgab, nicht von seinem Eigengewicht fortgetragen wurde? Gewiss hielten ihn noch einige Wurzeln im Erdreich, sie konnten zusehends aber nicht genügen, ein Gewächs von solcher Spannweite zu halten. Ein Wunder ... das sehr schnell zur Legende wurde. Man behauptete, die noch in der Erde steckenden Wurzeln liefen durch den Ort, den Fluss entlang und den Hang der Hügel hinauf, um wie ein Haarbüschel mitten in dem Häuschen von Terre-Rouge hervorzutreten. Neugierige stiegen aus den umliegenden *lakous* auf, um mit eigenen Augen die Pose des Zimtapfelbaus, der Bestie!, festzustellen.

Als die Nachricht vom Zusammensturz des *kay-mistè* in Umlauf geriet, ergriff Verwirrung die Gemüter. Man entwickelte allerlei Theorien, um diese Zuckungen der Natur zu erklären. Offensichtlich besaßen der Baum und das Häuschen dieselben unheilvollen Merkmale. Die Äste des Zimtapfelbaums dienten der alten Werwölfin in Vollmondnächten als Startbahn. Der *kay-mistè* war der Schlupfwinkel, in dem sie die Unschuldigen zerriss, die sie im Schlaf entführt hatte.

15

»Du, Herr, bist der Gewinn meines Herzens,
du bist mein Erbe.
Auf dich, Herr, habe ich mein Glück gesetzt.
Du meine einzige Habe.«

Pater Daniels melodiöse, kräftige Stimme bezauberte die Gässchen von Kasalé. Lächelnd und leutselig ging er mit Bibel und Gebetbuch unterm Arm zügig seines Wegs, grüßte ringsum die Bewohner des *lakou*, die immer neugierig auf das Schauspiel seiner monatlichen Besuche bei der Ältesten der Siedlung Salé warteten. Myrtha, Adeline und Violette, drei junge Freiwillige aus der Gemeinde, gingen ein paar Schritte vor ihm. Nach jeder Strophe wiederholten sie den Refrain des Liedes:

»Ich gedenke deiner Tag und Nacht,
oh Herr!
Und es ist deine Hand, die mich führt,
oh Herr! …«

Pater Daniel vollzog seine seelsorgerischen Wanderungen immer beim Gesang des *pipirite**, um die größte Hitze der Tagesmitte zu vermeiden. Da er zur Gemeinde Saint-Charles gehörte, kannte er von Martissant bis Truitier sämtliche *lakous* ringsum. Abwechselnd besuchte er Kranke, Alte und alle, die Gottes Wort nicht in der Kirche empfangen konnten. Aber besonders kümmerte sich Pater Daniel um die Bekehrung der Atheisten, Irrgläubigen, Heiden, Animisten, Voodooanhänger, Agnostiker, kurz, des gesamten kleinen Volks der Ungläubigen und Gottlosen, die zum christlichen Glauben zu bekehren ihn der Pfarrer von Saint Charles beauftragt hatte. Eine Mission, die mit den Jahren zu seiner Hauptbeschäftigung geworden war.

* Vogel, der am frühen Morgen singt.

Denn Pater Daniel war kein Kleriker im strengen Sinne des Wortes, das heißt, er hatte niemals ein theologisches Seminar besucht und war folglich nicht zum Priester ordiniert worden. Da er durch seine Gewissenhaftigkeit und seinen guten Willen, der Kirche zu dienen, ein unverzichtbarer Assistent für die Priester und Nonnen der Pfarrei geworden war, wurde der Titel Pater, den ihm die Gläubigen verliehen hatten, ganz selbstverständlich beibehalten. Wegen dieser kleinen, den meisten unbekannten Nuance bewies Daniel noch mehr Eifer, um die Bezeichnung zu verdienen. Mit einem erstaunlichen Gedächtnis begabt, kannte er Hunderte Bibelzitate auswendig. Er konnte Anbetungs-, Fürbitt-, Meditations-, Dank- und Lobgebete rezitieren, ohne ein Komma auszulassen. Confiteor, Anamnese, Benedictus und Absolution flossen aus seinem Mund wie das Wasser des Flusses in seinem Bett.

So lange er zurückdenken konnte, war Daniel immer vom Licht der Kirchfenster und Weihrauch eingehüllt gewesen und hatte immer den Widerhall der Gebete und Gesänge im Ohr gehabt. Als einziges Kind einer verwitweten Frau in ihren Dreißigern hatte er sein Leben damit verbracht, dieser Mutter, die nach dem vorzeitigen Tod ihres Mannes ihr Leben dem Gebet widmete, auf Pilgerreisen und Novenen zu folgen. Da er seine ganze Kindheit hindurch Messdiener gewesen war, wurde er am Ende seiner Jugendzeit ganz selbstverständlich Küster.

Der plötzliche Tod seiner Mutter hatte Daniel in bodenlose Verzweiflung gestürzt. Er wurde Opfer häufiger Albträume. Um nicht geistiger Umnachtung zu verfallen, heiratete er knapp drei Monate später eine anständige junge Dame, die Nichte einer Nonne aus der Kongregation der kleinen Schwestern des Jesuskindes. Die Heirat hatte zur wichtigsten Folge, ihm jede Hoffnung auf Eintritt in einen Orden zu nehmen. Dieses Handicap kühlte seinen Eifer für die heiligen Dinge jedoch keineswegs ab. Daniel überließ seiner Frau die Pflege der drei Kinder, die sie ihm geboren hatte, um mit noch größerem Eifer seiner pastoralen Berufung nachzugehen. Er lebte bescheiden, zufrieden mit der mageren Entschädigung, die ihm die Gemeinde für die geleisteten Dienste zahlte.

Sobald Nativita in der Ferne den Gesang vernahm, der Pater Daniels Ankunft verkündete, zog sie schnell ein anständiges Kleid über das Nachthemd, das sie noch trug. Ihr Gesicht hellte sich auf. Die Kirche kam nach Kasalé hinauf.

Als Pater Daniel mit den drei Choristinnen als Vorhut in das Gässchen einbog, rannte Nativita, einen Stuhl für ihn zu holen. Trotz ihrer Körperfülle hüpfte sie beschwingt, lächelnd und eifrig, verwandelt durch die Anwesenheit des Besuchers. Pater Daniel lüftete seinen Strohhut und zog aus der Tasche seines *gwayabel** von altersbedingt unbestimmtem Grau ein großes Taschentuch, um sich den Schweiß abzuwischen.

Alle Frauen Kasalés, von der Jüngsten bis zur Zahnlosen, waren ein wenig verliebt in Daniel. Von mittlerer Größe, mit regelmäßigen Gesichtszügen, weder zu dick noch zu dünn, fiel er durch kein besonderes körperliches Merkmal auf. Er hatte einen gelben Teint und *gute*** Haare, die er mit der Bürste flachlegte.

Daniels wahrer Erfolg rührte von seiner Behutsamkeit her, von seiner natürlichen Sanftheit. Er verfügte über beruhigende, tröstende Worte, beschwichtigende, liebevolle Gesten, frisch und zart wie die frühe Morgenbrise. Wenn er Gebetstreffen leitete, Frauen und Mädchen der Gemeinde die Heilige Schrift lehrte, kam die Botschaft an, denn er ersann Bilder, in denen sie sich wiedererkannten, die Kraft ihrer verborgenen Weiblichkeit entdeckten. Die Worte des Paters brachten ihr Blut in Wallung, ihre Spiritualität zum Ausbruch.

Mit dem Honig seines Mundes verstand Pater Daniel die Wesen zu rühren. Er hatte die gesamte Herde von Kasalé auf den Weg der Kirche zurückgeführt. Die Eifrigsten kamen sonntags zur Messe und zweimal wöchentlich zu den Gebetssitzungen. Die anderen gingen zumindest zur Sonntagsmesse.

»Guten Tag, guten Tag, liebe Schwestern, liebe Brüder! Guten Tag, ihr Kleinen! Ach, was für ein schöner Morgen! Was für eine

* In Mittel- und Südamerika übliches Leinenhemd, das über der Hose getragen wird, besser bekannt unter seiner spanischen Bezeichnung Guayabera.

** Bezeichnung für glatte Haare, Ausdruck des Komplexes, nach dem ein möglichst »weißes« Aussehen als schön und erstrebenswert gilt.

schöne Sonne! Meine Kinder, der Herr segnet uns. Danken wir ihm!«

Pater Daniel sammelte sich kurz mit geschlossenen Augen und sprach mit seiner frischen Stimme ein Textstück aus dem 9. Psalm:

»Ich will den Herrn loben von ganzem Herzen,
ich will all deine Wunder erzählen.
Ich will mich freuen und frohlocken in dir,
ich will deinem Namen lobsingen, du Höchster!«

»Amen!«, antworteten im Chor Myrtha, Adeline und Violette, die hinter dem Stuhl des Paters standen.

Nachdem er jedem ein freundliches Wort gesagt hatte, fragte Pater Daniel:

»Ich sehe ja meine liebe Schwester Antoinette nicht, wo ist sie heute Morgen?«

Bei dieser Frage zog sich Nativita das Herz zusammen. Sollten dem Mann etwa die Gerüchte des *lakou* zu Ohren gekommen sein? Sie betete einen kurzen Moment, dass dem nicht so sei. Geschichten aus Kasalé mussten in Kasalé verbleiben. Sie würde nicht ertragen, dass er sie zu diesen Dingen befragte, über die zu sprechen ihr so unangenehm war. Mein Gott, flehte Nativita, lass ihn in Unkenntnis dieser Geschichten. Sie betrachtete Pater Daniels Gesicht. Weder Neugier noch besondere Gefühlsregungen veränderten seine Gesichtszüge. Wie gewohnt behielt er sein heiteres und liebenswertes Gesicht. Nativita dachte, grundlos in Panik zu geraten, der Kirchenmann machte einfach nur wie üblich am vorgesehenen Tag und zur vorgesehenen Zeit seine Runde. So tratschsüchtig die Bewohner des *lakou* auch waren, sie wussten, wann man zu schweigen hatte. Entspannt nahm Nativa sich dennoch vor, wachsam zu bleiben. Sie kannte Pater Daniels Finesse, seine Fähigkeit, einen Blick, einen Seufzer zu deuten.

Unterdessen traf Gran'n ein, mit gebeugten Schultern, langsamen Schritts, gestützt auf ihren Stock. Sie kehrte vom täglichen Besuch der Latrinen zurück, die, vom Astwerk des Feigenbaums verborgen, hinter Altagrâces Haus lagen. Ein Trio kleiner Mücken umschwirrte ihren Kopf.

Pater Daniel breitete zu ihrem Empfang die Arme aus. Er überließ ihr seinen Stuhl.

»Ah, da ist sie ja! Schönen guten Tag, liebe Schwester Antoinette! Gerade habe ich nach Ihnen gefragt, habe mir schon Sorgen gemacht, Sie nicht zu sehen. Wie geht es gesundheitlich, meine Liebe? Ich finde, Sie sehen gut aus! Sieht sie nicht gut aus, unsere Schwester Antoinette?«

Lächelnd wartete Daniel auf die Antwort der drei Mädchen, die immer im Chor erwiderten:

»Ja, Pater Daniel!«

Mit wieder ernsterer Miene blätterte Daniel in seinem Stundenbuch.

»Gut. Auch heute Morgen bringe ich euch die frohe Botschaft, das Wort Gottes. Lasset uns gemeinsam beten, anschließend lese ich euch wie üblich einen Absatz aus der Bibel vor.«

Antoinette lächelte Pater Daniel an und begrüßte ihn und die drei Mädchen, die ihn begleiteten. Sie mochte die Besuche Daniels. Sie schätzte es, mit ihnen zu beten und vor allem zu singen. Sie war *hougenikon* gewesen und würde es immer bleiben, verantwortlich für den ordnungsgemäßen Tempelbetrieb und den Chor der *hounsi*. Singen gehörte zu ihren Aufgaben, sie hatte es im Blut. Wenn sie nachts in ihrem Bett ruhte, hallten manchmal Trommeln in ihrem Kopf wider. Sie beugte den Kopf, und als der Pater den ersten Teil des Ave Maria gesprochen hatte, antwortete sie zusammen mit den drei Mädchen: »Heilige Maria, Mutter Gottes, bitte für uns Sünder, jetzt und in der Stunde unseres Todes. Amen.«

16

Kaum hatten sich Pater Daniel und seine Mädchen verabschiedet, als Antoinette in ihre Hütte zurückkehrte. Sie verweilte kurz ausgestreckt auf ihrem Bett, um Kraft zu schöpfen, denn Pater Daniels Gebete griffen ihre Kräfte etwas zu sehr an. Vor allem, weil er frühmorgens kam, manchmal sogar, noch bevor sie einen Tropfen Kaffee getrunken hatte. Er entließ sie nicht vor Ablauf einer guten Stunde, was sie allgemein im Zustand großer Schwäche zurückließ. Nachdem er einen ganzen Rosenkranz gebetet hatte, las er ihr meistens einen Bibelabschnitt vor, den er lange kommentierte. Oft schlief sie mitten in der Sitzung ein, gab einer Müdigkeit nach, die sie vollkommen betäubte. Nachdem sie einige Minuten lang eingenickt war, brachte Pater Daniels diskretes Husten sie unter dem Blick der amüsierten Chorsängerinnen wieder auf die Erde.

In Wahrheit verstand sie nicht viel von den Gleichnissen, die ihr Daniel erklärte, aber das machte ihr nicht allzu viel aus. Denn wesentlich war für Antoinette der Kontakt mit dem Sakralen, der gute Wille, die Demut, die Anerkennung der Allmacht Gottes. Die Gebetssitzungen endeten mit einigen Liedern. Mehrmals dachte sie daran, ihn zu bitten, seine Besuche abzukürzen, aber jedes Mal fehlte ihr dazu der Mut. Alle aus dem *lakou* erachteten die Besuche Daniels als Privileg. Sie würden jeden Kommentar Gran'ns über diesen besonderen Besucher missverstehen. Zumal sie sich durch ihre Mitwirkung an der Bekehrungsarbeit des Paters, zu der sie seit einigen Jahren bereit war, ihre kirchliche Beerdigung sicherte. Ein äußerst wichtiger Punkt, besonders für Nativita. Alle wussten, dass die erklärten Anhänger des Voodoo, die ihren Glauben, ihre Praktiken offen bekundeten, der Sterbesakramente nicht teilhaftig werden konnten. Eine um jeden Preis zu verhindernde Katastrophe, um nicht das Gesicht vor dem Volk der Konvertierten zu verlieren. Daniel wusste, dass die alte Antoinette im Grunde ihres Herzens ihrem heidnischen Glauben treu blieb. Aber solange sie ihn in den Tiefen ihrer Seele bewahrte, würde sie niemandem schaden. Es gab also eine stillschweigende Übereinkunft zwischen ihnen. Ihr guter Wille würde unter der Voraussetzung honoriert, dass sie weiterhin auf dem Weg der Kirche wandelte ...

Auf ihrem Bett kam Antoinette wieder zu Kräften, zu den notwendigen moralischen Kräften für die Unterhaltung, die sie gleich mit ihrer Nichte Nativita vorhatte. Jetzt war es an der Zeit, die Trägheitsschicht abzuschütteln, die seit zu langer Zeit ihr Leben umgab. Der Tod erwartete sie hinter der Wegbiegung. Als gute Dienerin der *lwa* musste sie diesen Tod vorbereiten. Ogou Badagris, ihr *lwa mèt-tèt**, war ihr gestern Abend im Traum mit grimmigem Gesicht und kriegerischer Miene erschienen. Wutschnaubend hatte er die Geste angedeutet, mit seinem langen Messer ihre Brust zu durchbohren. Sie hatte sofort darauf reagiert und in der Sprache der Initiierten den Gruß an die *lwa* entboten, ihm dann, um ihn zu besänftigen, ein Rumopfer dargebracht.

Antoinette seufzte. Mir, Antoinette Chaperon, Dienerin der *Mysterien*, mir das anzutun! Als müsste man mich an meine Pflichten erinnern! Ach, die *Guinées* müssen sehr verärgert sein, dachte sie, als sie ihr Bett verließ.

17

Schweren Herzens beschloss Sophonie, die bevorzugte Stelle zu verlassen, die sie jeden Morgen zum Brotverkauf einnahm. Es betrübte sie sehr. Aus Temperament, aus dem Bedürfnis nach Wurzeln, die sie unbedingt in ihrem Leben einpflanzen wollte, wuchsen ihr die kleinsten Gewohnheiten schnell ans Herz. Ihre Geschichte verlief bis zur Ankunft in Kasalé im Zeichen des Vergänglichen, des Ungewissen. Die Stelle, die sie seit über einem Jahr frühmorgens einnahm, war für sie ein zweites Zuhause, war ihr Revier, wie es alle Mädchen für den Handel hatten. Immer an

* »Herr des Kopfes«. Geist, der besonders mit einer Person verbunden ist.

derselben Stelle, an der Ecke der Mauer des Ladens von Schneider Odonel und des Zauns von Madame Saget, die an der Vorderseite ihres Hauses einen Handel mit gebrauchten Kleidern betrieb, packte sie das Brot in Tüten, nachdem sie es lose gekauft hatte.

In diesen kleinen ländlichen Ansiedlungen kannte jeder mehr oder weniger jeden, jede Händlerin verließ sich auf ihre eigenen *pratiques**, die sie an ihrer Verkaufsstelle aufsuchten. Diese Treue war abhängig von Wesensverwandtschaften zwischen Verkäuferinnen und Käufern, von Kreditangeboten seitens der Verkäuferinnen, von einer Menge an Details und schwierig zu erklärenden Feinheiten.

Sophonie fiel es daher schwer, diesen Platz zu verlassen, an dem sie etwas von sich selbst zurückließ. Sie tat es wegen Abner, einem der neuen Vorarbeiter der Baustelle. Die Anwesenheit des Fremden vor ihrem Korb versetzte sie für den Rest des Tages in einen unruhigen Zustand. Er kam seit einer Woche jeden Morgen, kaufte ein Paket Brot und ging nicht weiter. Sie wurde zu einer Echse, einem *mabouilla*, den ein Kind eingefangen, bewegungsunfähig gemacht hatte und mit sadistischem Vergnügen quälte. Der Blick des Mannes, immer verborgen hinter seiner Sonnenbrille, lastete schwer auf ihrem Körper, auf ihrer Weiblichkeit, auf ihrem Leben. Er sprach mit ihr nur, um sie zu bitten, ihm Brot zu verkaufen. Aber in der Zeit, die sie brauchte, um ihm den Beutel zu reichen, um ihr Geld entgegenzunehmen oder ihm sein Wechselgeld zurückzugeben, verlor sie die Fassung. Nein, sie mochte Abner nicht, verlor die Nerven bei seinem bloßen Anblick.

Durch ihren Umzug dachte Sophonie diesen bizarren Käufer zu entmutigen. Sie hoffte, er würde deshalb eine der anderen Verkäuferinnen wählen, die in mehr oder weniger regelmäßigen Abständen an der Straße standen. Sie fand einen Standort neben einem aufgegebenen Autowrack, unweit des Ladens von Madame Sainval. Dort richtete sie sich ein.

*

* Stammkunden.

Espéranta bemerkte sehr schnell, dass Abner um Sophonie herumscharwenzelte, da sie sogar den Schatten des Mannes belauerte, der seit kurzem zur Obsession ihres Lebens geworden war. Sie fühlte sich beleidigt. Abner ignorierte Espérantas Avancen. Er verschmähte sie, warf ihr dabei aber einen mit wilder, unbändiger Lust beladenen Blick zu. Als wüsste er diese Beute schon sicher, seinem Gutdünken anheimgestellt. Was musste er dann diese unbedeutende Person aus dem *lakou* dort oben anstarren? Wie konnte er eine Frau von ihrem Kaliber missachten und seine Zeit damit vergeuden, dieses Persönchen Sophonie zu umgarnen, an der vorn und hinten nichts dran war und die als Unschuldsengel gelten wollte, während sie drei Kinder von verschiedenen Vätern zur Welt gebracht hatte? Espérantas Selbstsicherheit wurde dadurch erschüttert. Was geschah ihr? Diese kalte Gleichgültigkeit eines Mannes, auf die sie zum ersten Mal in ihrem Leben stieß, verstärkte ihr wachsendes ungutes Gefühl seit ihrer Ankunft in Kasalé. Dieser Ort bekam ihr wirklich nicht. Sie musste ernsthafter daran denken, fortzugehen. Aber wie? Sie konnte sich nicht aufs Geratewohl, ohne ein sicheres Dach über dem Kopf, aufmachen. Auch wenn man behauptete, sie vernasche die Herren zu Dutzenden, war sie nie und nimmer auf Bürgersteigen anschaffen gegangen. Sie war ein häusliches Huhn, eine ausgehaltene Frau. Sie verhandelte nicht diese letzte Bastion der Ehrbarkeit. Wie aber dann? Ihre zunehmend bescheideneren Mittel erlaubten ihr nicht, sofort aufzubrechen. Und dann ... brauchte sie Abner, sie musste diesen Mann, diesen wertvollen *tchoul** kosten, den sie hinter seiner ewigen Sonnenbrille witterte. Sie wollte ihm in die Augen sehen, ihn ausgeliefert, verwundbar, vor Lust stammelnd, in ihrem Bett haben. Nein, sie würde Kasalé nicht verlassen, bevor ihr seine Eroberung gelungen war.

Da Sophonie eine sichere Anziehung auf Abner auszuüben schien, beschloss Espéranta, von Letzterer nicht abzulassen. Sie würde ihr Lager immer in nächster Nähe ihrer Rivalin aufschlagen und sich so mehr Gelegenheiten verschaffen, ihre Beschattung erfolgreich durchzuführen. Und wenn er Sophonie wollte ... na, dann

* Frauenheld.

sollte er sie halt nehmen! Im Grunde war ihr das schnurz. Er schien ein Hengst zu sein, der mehrere Stuten zugleich decken konnte.

18

Nativita vermutete schon, worum es in ihrer Besprechung gehen würde, als Gran'n sie durch Milo rufen ließ. Und die Sache war ernst. Gewöhnlich ging Gran'n selbst über die Straße, um sich mit ihr zu unterhalten oder sie um einen kleinen Dienst zu bitten. Heute Morgen hatten sie noch mit Pater Daniel gebetet. Wenn die Alte sie sprechen wollte, warum hatte sie es nicht vorher getan? Nativita begriff, dass Gran'n darauf bestand, sie in ihre Hütte kommen zu lassen, um ihr einerseits die Bedeutung des Gegenstands anzuzeigen, den sie mit ihr besprechen wollte, und andererseits sie daran zu erinnern, dass, was diese Dinge anging, *se ti moun ki mache sou gran moun**.

»Schließ hinter dir die Tür«, sagte Antoinette, als Nativita den Raum betrat.

Sie bedeutete ihr, sich neben sie auf das Bett zu setzen. Ohne Umschweife sagte die Alte ihrer Nichte:

»Vita ... du warst ja dabei, als Jasmin und Eddy mir den Einsturz des *kay-mistè* gemeldet haben. Ich zweifle nicht an ihrer Aufrichtigkeit, muss aber die Nachricht selbst überprüfen. Ich weiß noch nicht, wie mir das gelingen wird, aber mithilfe der Geister werde ich nach Terre-Rouge hinaufgehen. Wenn das Häuschen, wie die Kinder sagen, zusammengefallen ist, muss es wieder aufgebaut werden. Ich muss es wieder aufbauen lassen. Ich kann nicht zu Grabe gehen und diese Aufgabe unerledigt lassen. Wie du weißt, wird niemand sonst sich darum kümmern.«

Mit einer Handbewegung unterbrach Antoinette Nativita, die den Mund öffnete.

* Die Kinder haben die Älteren zu respektieren.

»Lass mich fortfahren, meine Tochter. Nach meinem Besuch dort oben werde ich Valbrun kommen lassen. Vor zwanzig Jahren habe ich ihn bereits mit derselben Arbeit betraut. Das Häuschen hat trotz schlechten Wetters und fehlender Instandhaltung lange gehalten. Ein Einzimmerhäuschen aus Holzflechtwerk, eine Bagatelle für Boss Valbrun. Eine Sache von wenigen Tagen.«

Antoinette streckte ihren Oberkörper und fuhr mit festerer Stimme fort:

»Kurz gesagt, liebe Vita, ich hätte gern die fünftausend Gourdes, die ich dir anvertraut habe ... das Geld für die Beerdigung.«

So sehr Nativita Antoinettes Schritt vorausgesehen hatte, brachte die Härte des Schlags sie dennoch einen Augenblick außer sich. Sie geriet in Panik. Ihr Gehirn arbeitete mit erhöhter Geschwindigkeit. Sie dachte an viele Dinge zugleich, während sie ihr Herz schneller schlagen fühlte. Unter dem Blechdach, das die Mittagssonne zur Weißglut erhitzte, schwitzte sie schon dicke Tropfen. Ihr Blutdruck würde gewiss steigen. Nativita war fassungslos. Noch letzte Woche, noch vor drei Tagen, verlief im Hof alles gut. Alle Dinge fanden sich an ihrem Platz, eingebettet zwischen Nacht und Tag. Und nun, paff!, beschließt dieser Unglücks-Zimtapfelbaum, ein Konzert seltsamer Dinge anzustimmen. Das Unglück hat wahrlich keine Hupe. Und dann die Leute, die im Hof immer mehr reden. Das andauernde Getuschel. Plötzlich gehe ich ziellos mit dem Kopf nach unten, wüsste nicht zu sagen, welches die Rückseite meiner Vorderseite ist. Und wenn Pater Daniel ... Nein, daran denke ich lieber nicht! ... Es ist doch schon bald zwei Jahre her, dass mir Gran'n die fünftausend Gourdes anvertraut hat! Wie könnte sie annehmen, dass ich diese Summe bis zum heutigen Tag zur Verfügung habe? Ich bin doch keine Bank! Das ganze Geld ist seit mindestens drei Mangoernten draufgegangen. Ich habe nie die Gelegenheit gefunden, wieder flüssig zu werden. Aber sie darf es auf keinen Fall erfahren, sonst verliere ich das Gesicht. Ich stelle mir bereits das ganze Gerede vor, das diese Nachricht auslösen wird ... auweia! ... Antoinette ist ja grundsätzlich noch bei guter Gesundheit. Warum verlangt sie mir eine Summe für die Beerdigung ab, wenn sie immer noch ihre Suppe isst? Der Tod ist ein Fall höherer Gewalt, na klar. Wenn die

Alte sterben sollte, müsste ich irgendwie zusehen, dass ich diesen Betrag als Darlehen bekommen kann, wahrscheinlich von Kéké dort unten im Gemischtwarenladen auf dem Markt. Ich kann auf sie zählen. Sie könnte mir diesen Gefallen nicht verweigern. Gran'n hat ihre Großnichte gepflegt und endgültig von ihrem Keuchhusten geheilt. Aber jetzt, unter welchem Vorwand soll ich mir da fünftausend Gourdes leihen? Um den eingestürzten *kay-mistè* wieder aufzubauen? Ah nein, das niemals! Ich werde die Zwangsvorstellungen meiner Tante nicht unterstützen. Und dann werden diese Geschichten unaufhörlich im Hof umlaufen. Wer weiß, man weiß nie, die ganze Erregung wird bei den Menschen Neugier für diese Geschichten wecken, denn ich kenne im Hof einige von ihnen, die das noch in ihrem Blut erleben, selbst wenn sie eifrig zur Kirche gehen. Also kann ich nichts für Antoinette tun. Bei allem Respekt, den ich ihr schulde, sie kann mich mal, ich habe die Nase voll. Was soll ich denn sagen? Und all meine Probleme? Bèbètes Koliken, die nicht nachlassen, und Ti-Came, die mir seit vier, fünf Monaten kein Lebenszeichen, nicht die geringste kleine Überweisung geschickt hat. Die Kinder haben das Schuljahr nicht beenden können, dabei hatte ich sie auf einer Kassette, die sie hoffentlich erhalten hat, von all dem benachrichtigt ... Mein Gott, ich lege das alles in deine Hände ...

Nativita irrte im Labyrinth ihrer Gedanken umher. Sie merkte nicht, dass Gran'n die Geduld zu verlieren begann. Die Alte deutete das Schweigen ihrer Nichte als eine Art von Verachtung und Respektlosigkeit. Schließlich fragte sie:

»Vita, wirst du dich bald entscheiden, auf meine Frage zu antworten? Denk dran, dass ich meinen Besitz zurückhaben möchte, ich bitte dich weder um ein Almosen, noch um ein Darlehen. Diese Summe ist zusammen mit dem Dach über meinem Kopf alles, was ich auf Erden besitze.«

Nativita sah keinen Ausweg aus der Situation, die sie erlebte. Auch sie wurde ärgerlich. Was sie sicher wusste, war, dass sie über keine Gourde des geschuldeten Betrags mehr verfügte. Außerdem lehnte sie das Vorhaben, den *kay-mistè* wieder aufzubauen, heftig ab. Sollte das Häuschen in seinem Zustand bleiben und die ganzen abergläubischen Vorstellungen in die Stille zurückkehren, in der sie schliefen. Allen ging es ohne das Ganze sehr gut. Es der Alten lieber sofort begreiflich machen.

»Gran'n, ich habe dich gut verstanden. Ich gebe zu, dass du mir vor zwei Jahren fünftausend Gourdes, den Erlös vom Verkauf deines letzten Maultiers, anvertraut hast. Erinnere dich, dass diese Summe dazu dienen sollte, die Kosten deiner Beerdigung zu decken, und du willst jetzt, dass ich sie dir zurückgebe? Wie aber sollen wir im Todesfall für die Kosten aufkommen? Mir scheint, dass du uns eine solche Situation immer ersparen wolltest. Zudem würdest du dieses Geld zum Aufbau des *kay-mistè* verwenden, der niemandem nützlich ist. Ich sage, das wäre Verschwendung. Und auch fehlende Rücksichtnahme uns allen gegenüber, die wir dich seit so langer Zeit unterstützen.«

»Oh, oh, oh«, antwortete Antoinette. Die Alte holte tief Atem. »Wenn ich richtig verstehe, weigerst du dich nicht nur, mir mein Geld zurückzugeben, du bist auch noch dagegen, dass ich den *kay-mistè* wieder aufbaue. Weil das angeblich zu nichts nütze ist. Gut, meine Tochter, lass mich dir sagen, dass ich zu entscheiden habe, was mir in diesem Moment meines Lebens wichtig ist. Ich bin nämlich, wie du deutlich feststellen kannst, noch nicht tot, und mein Kopf ist immer noch oben. Im Unterschied zu dir, Nativita, mache ich mir keine Sorgen mehr, woher das Geld für meine Beerdigung kommen wird. Denn wenn das Leben befiehlt, gehorche ich. Ich hatte dir diesen Betrag in allerbestem Glauben für den Fall meines Todes anvertraut, ich bestreite es nicht. Aber offensichtlich hat das Schicksal es für etwas anderes aufbewahrt, weil es seither nicht verwendet wurde. Im Moment fordern die *Mysterien*, dass ihr Zuhause dort oben instandgesetzt wird. Ich muss es machen. Sie werden dich zu gegebener Zeit in die Lage versetzen, die Kosten für meine Beerdigung zu übernehmen. Ich habe Vertrauen ... Wenn du deine Pflicht erfüllst, werden sie dich nie mittellos lassen, sie wissen, was du brauchst.«

»*Bounda nini* *!«, rief Nativita außer sich. »Ich werde dir keinen Groschen zurückgeben.«

Verblüfft erwiderte Antoinette lebhaft:

* Blödsinn!

»Wo bleibt dein Respekt, meine Tochter? Sprich nicht so vor meinem Angesicht!«

Beschämt über ihren Zornesausbruch bedeckte sich Nativita den Mund mit der Hand. Als sie sprach, zitterte ihre Stimme ein wenig.

»Verzeih mir, Gran'n, ich bin wütend geworden. Ich glaube aber weiter, dass dieses Geld dafür dienen soll, wofür du es bestimmt hast, für deine Beerdigung. Viele andere aus dem *lakou* denken wie ich.«

»Hör mir gut zu, meine Tochter«, antwortete die Alte, »die Meinung der anderen ist mir immer verdrießlich, ein Ärgernis gewesen. Ich weiß, wovon ich rede. Triff also die Entscheidung, die du für angemessen hältst, wie dein Herz es dir eingibt. Ich hingegen werde tun, was ich tun muss ... und dann wird man sehen.«

Antoinette sprach ihren letzten Satz seltsam gefasst, wie ein Urteil. Nativita hätte ihren Zorn, eine Ursache zu wettern, zu schreien, wütend zu werden, vorgezogen. Gran'n bot ihr diese Gelegenheit nicht, was ihr ein wenig Angst bereitete. Eine unbehagliche Stille machte die Zimmerluft noch undurchdringlicher.

Mit verkrampftem Gesicht stand Nativita vom Bett auf. Sie ging zur Tür und sagte:

»Gut, ich muss zurück nach Hause. Bèbète geht es nicht besonders gut ...«

19

»Ich frage mich, ob der Himmel von New York so blau ist wie der von Kasalé ...«, sagte Eddy mit verträumtem Auge.

»Weiß nicht«, antwortete ihm Jasmin, »aber es scheint dort verdammt kalt zu sein. Ich habe einmal in einer Zeitschrift ein Foto von New York gesehen. Eis bedeckte alles, Häuser, Autos, sogar die Bäume. Ein ganz weiß glänzendes Eis wie im Kühlschrank von Man Kéké im Lebensmitteladen auf dem Markt. Die Leute trugen weite Jacken, Kleider, die ihnen bis zu den Füßen reichten, man sah nur ihre Nasenspitzen.«

»Brrr«, sagte Eddy und tat, als wenn er zitterte.

Eddy und Jasmin saßen auf dem höchsten Ast eines riesigen Mombinpflaumenbaums und unterhielten sich mit in der Luft baumelnden Füßen. Der Nachmittagshimmel schlug ins Orange um. Sie befanden sich in Terre-Rouge, ihrem bevorzugten Wandergebiet. Von ihrem Hochsitz hatten sie ein Stück des Meeres im Blick. Aus dieser Höhe sieht man nicht die bewohnte Region von Carrefour, den eingebrochenen Asphalt, die durcheinander liegenden Häuser, die Elendsviertel, die am Fuß der Hügel fressen. Der Blick überfliegt all das und fällt in der Ferne direkt in das Tiefblau des Ozeans. Ein schöner Ort, atemberaubend schön.

»Immerhin werde ich mein Leben hier vermissen, Kasalé, die Jagd auf Gartenammern, die Bäder im Fluss. In New York werde ich an dich, an euch alle denken. Ich werde dir, sobald ich kann, ein Foto schicken.«

Plötzlich ernst geworden schaute Eddy auf das Meer vor sich.

»Aber hat dir denn Man Vita neulich nicht gesagt, du würdest nicht mehr nach New York fahren, wegen ...«

Eddy unterbrach die Worte seines Freundes mit einem Achselzucken.

»Man Vitas Drohungen sind ein Witz. Wenn sie wütend ist, redet sie Unsinn.«

»Deine Tracht Prügel neulich war aber kein Witz.«

Eddy verzog das Gesicht beim Gedanken an die Stockschläge, die seine Großmutter ihm verabreicht hatte.

»Allerdings nicht, die Haut auf meinem Hintern ist immer noch gereizt davon. Vor allem deshalb will ich weg von hier zu meiner Mutter. Sie hat mich niemals, oder fast nie, geschlagen, und dann gehe ich in New York sicher jeden Tag zur Schule und kann Fernsehen schauen. In jedem Haus soll es nämlich Fernseher und ständig Strom geben. Ich glaube nicht an Großmutters Drohungen, weil meine Mutter es mir versprochen hat. Als sie wegging, hat sie mir gesagt, sie würde mich als Ersten kommen lassen ... mich, den Ältesten. Meine Mutter wird Wort halten. Ich will weg von hier, ich vermisse sie.«

»Wie willst du in New York zur Schule gehen, wo du doch kein Englisch sprichst?«, fragte Jasmin perplex.

»Oh! Ich werde mir schon zu helfen wissen ... Ich werd's lernen. Übrigens kann ich schon einige Wörter auf Englisch«, antwortete Eddy angeberisch.

»Wirklich? Sag sie mir, diese Wörter!«

»Hm, *fuck, shit men, awayou.*«

Jasmin schien beeindruckt zu sein.

»Was bedeutet das?«

»Ich weiß nicht«, gestand Eddy geheimnisvoll. »Man sollte sie aber vor den Kleinen nicht wiederholen, es sind Schimpfwörter.«

»Was macht deine Mutter dort?«, fragte Jasmin noch.

»Sie ist mit den Weißen mitgegangen, bei denen sie in Port-au-Prince gearbeitet hat. Die Chefin hatte gerade ein Baby bekommen, wie meine Mutter, die auch gerade Bèbète bekommen hatte. Sie wollte nur Mama für die Pflege ihres Kindes. Daher haben sie ihr Papiere gegeben und sind mit ihr nach New York gefahren. Ich erinnere mich, ich war zehn Jahre alt.«

»Und die anderen, Milo, Simone, Nixon ... Bèbète, wird deine Mutter sie auch nachkommen lassen?«

»Ich weiß nicht, sie wird mit mir anfangen. Bei den anderen hängt es davon ab ...«

»Das hängt wovon ab?«, fragte Jasmin beharrlich.

»Ich weiß nicht, Jasmin.«

Unzufrieden mit den Antworten seines Freundes zog Jasmin die Brauen kraus. Er fragte wieder:

»Wo ist dein Vater? Lebt deine Mutter mit ihm in New York?«

Eddy begann, Jasmins Fragen lästig zu finden. Er erwiderte mit einer unbestimmten Geste der Hand:

»Ich weiß nicht, wo mein Vater ist. Die Erwachsenen sagen, dass er eines Tages, als meine Mutter Bèbète erwartete, an einen Ort, den man Fort-Dimanche* nennt, gebracht wurde. Mehr weiß ich darüber nicht.«

Jasmin gingen die Fragen nicht aus.

* Ehemaliges Fort in der Nähe von Port-au-Prince, berüchtigtes Foltergefängnis während der Duvalier-Diktatur.

»Aber wer hat ihn hingebracht und warum? Kommt er euch nie besuchen?«

»Verstehst du denn gar nichts?«, sagte Eddy verärgert. »Die *tontons macoutes* haben ihn mitgenommen! Lässt du mich jetzt endlich in Ruhe?«

»Ah«, sagte Jasmin, »die *tontons macoutes* ...«

Dieses Wort besagte alles. Es war ein Symbol für das scheußliche Gesicht des Lebens. Ein Wort, vielleicht das einzige, das Kinder wie Erwachsene gleichermaßen beängstigte. Jasmin schloss seine Befragung. Auf Zehenspitzen nahte der Abend. Mit einem kräftigen Schwung seines jungen Körpers sprang Eddy vom Baum. Er rief seinem Freund zu:

»Komm! Wir müssen schnell los, bevor es Nacht wird, sonst setzt's was!«

Sie beeilten sich, mit schnellen Sprüngen durch das Gestrüpp nach Hause zu kommen. Im Vorbeilaufen warfen sie einen raschen Blick auf den *kay-mistè*, von dem nur ein Dach aus rostigem Blech übrig war, das auf einem Trümmerhaufen ruhte.

20

Bei jedem Tremolo der letzten Hits von Roger Colas, der aus den kaputten Lautsprechern eines alten Transistors erklang, fielen die Huren mit fast bloßen Körpern schier in Ohnmacht.

»Du gehst hinfort ... du bist gekommen ... mir adieu zu sa... ha... ha... gen.«

Sie lachten ein schlüpfriges Lachen, warfen den Kopf mit lasziver Bewegung zurück, boten die Brust dem Verlangen der Baustellenarbeiter.

»Du gehst hinfort ... gehst weg ... und lässt mich alla... ha... ha... hein.«

Der Kreisel am Kopf der alten Brücke wurde nachts zu einer Lichtinsel in der die Umgebung einhüllenden Dunkelheit. Kleine

Feuer der *tèt-gridap* auf dem Tisch mit Likören von Ti-Son, Altagrâces Sohn, der während des Tages Zuckerrohrstängel verkaufte. Qualmige Flammen, die auf den beiden Tischen am Zementdepot das erwartungsvolle Grübeln der Dominospieler erhellen oder inmitten einer Wanne mit *griot** und frittierten Bananen thronen.

Eine ganz kleine Welt, eine Handvoll Arbeiter, drei Nutten, ein paar Händlerinnen. Und ganz nah nebenan der Fluss. Der Fluss, den sie lebendig fühlten, dessen Rauschen sie hörten, dessen Geruch sie kannten. Der Fluss, der sie mit seinen Launen in Atem hielt. Der Fluss, der manchmal verschwand und sein Bett trocken zurückließ, um sie an die unsicheren Umstände des Lebens zu erinnern.

Die Mädchen, die, aufeinander gestützt, lüstern lachten, berührten sich leicht und flüsterten sich endlose Vertraulichkeiten ins Ohr. Von Zeit zu Zeit riefen sie einem der Arbeiter etwas zu oder traten vor die Spieltische, um begehrliche Blicke auf die Zuschauer der mit kräftigen Schlägen auf den Tisch ausgetragenen Partien zu werfen. Die Männer boten ihnen einen Grog oder eine Zigarette an, und sie atmeten wie Fledermäuse, die die dunkle Seite der Männer anzog, den Tabakrauch in zwei parallelen Strahlen aus den Nasenlöchern aus.

Ihre Blicke trafen unweigerlich in der Ecke zusammen, in der sich Abner befand. Er war der einzige unter den Beschäftigten der Baustelle, der abseits stand. Schweigsam, Augen und Seele hinter dem Schirm der Sonnenbrille verborgen, die er selbst nachts trug, beobachtete Abner das Kommen und Gehen der Straßendirnen. Ab und zu ging er an Ti-Sons Tisch, um kleine Gläschen *clairin* zu kaufen, die er auf ex austrank. Anschließend kehrte er wieder auf die andere Straßenseite zu seinem Beobachtungsposten gegenüber den Mädchen zurück.

Abner erregte die Neugier der Damen. Sie schickten ihm einladendes Gekicher, doch schien er sie zu ignorieren. Sie wagten nicht, sich ihm zu nähern, ohne allzu gut zu wissen warum. Dennoch war Abner ihre letzte Hoffnung. Die Uhr tickte, bald würden die Spieler heimkehren. Sie, die, ohne recht daran zu glauben,

* Gericht aus frittiertem Schweinefleisch.

gekommen waren, um ihr Glück zu versuchen, wussten, dass die Jungs in der Woche blank waren und sie nicht mitnehmen konnten. Ohne den Anschein zu erwecken, hatten sie sie alle, einen um den anderen, getestet. Außer Abner. Allerdings respektierten diese Nachtarbeiterinnen trotz der Flaute an Wochentagen das Grundprinzip ihres Berufs: niemals auf Kredit geben.

An diesem Abend bröckelten ihre Erwartungen mit jedem Mann, der den Platz verließ. Es blieb Abner, der schöne, mysteriöse Einzelgänger, ein Neuer in der Gegend. Sie erhofften sich ein letztes Zeichen von ihm und fragten sich, welche von den dreien in seinem Bett schlafen würde. Sie begehrten ihn geradezu.

Das Gelächter wurde zähflüssig, die Augenlider schwer vom Gewicht eines ganzen Arbeitstags. Die Arbeiter kehrten in ihre Zimmer zurück, um zu zweit oder zu dritt in wochenweise gemieteten Räumen zu schlafen. Die Anwohner kehrten zu ihren Frauen zurück. Als fast niemand mehr an der alten Brücke war, verließ Abner endlich seine dunkle Ecke. Katzenhaft überquerte er die Straße. Man hörte die Kiesel nicht unter seinen Sohlen knirschen. Im Aufbruch sahen die Mädchen ihn überrascht kommen. Abner befahl Bénata, der Jüngsten: »Komm!« Bénata warf entzückt ihren Gefährtinnen einen triumphierenden Blick zu und folgte ihrem Macho. Sie ging ins Dunkel, sich eine lukrative Liebesnacht zu genehmigen.

21

Sophonie hatte von dem Gespräch zwischen Gran'n und Nativita über den *kay-mistè* natürlich Wind bekommen. So wie der gesamte *lakou*. Unter der scheinbaren inneren Ruhe der Stunden erlebte der Ort eine Art kalter Verbrennung. Man sprach flüsternd mit wachem Blick davon, unterdrückte das schadenfrohe Lächeln auf den Lippen. Denn Gran'n, Nativita und ihre unmittelbare Umgebung genossen im *lakou* eine Aura der Überlegenheit als

Nachkommen der ersten Bewohner des Anwesens Salé. Eine Art Adel, allerdings ohne besondere Vorrechte, weil sich das Elend unterschiedslos in allen Hütten angesiedelt hatte. Heute verblasste jedoch diese Aura angesichts des erneuten Auftauchens archaischer und okkulter Kräfte, die man seit langem für begraben hielt.

Während des Tages zog Sophonie es vor, keine Kommentare mit der Alten auszutauschen, obwohl sie darauf brannte, mehr davon zu erfahren. Sie tat es deshalb nicht, weil die Nachbarschaft sie eingehend beobachtete, und auch, um nicht den Unmut Nativitas hervorzurufen, die seit dem frühen Morgen einen Zorn in sich herumschleppte, der jeden Moment ausbrechen konnte. Sophonie wartete lieber auf die Nacht, auf die Mithilfe der Dunkelheit. Sie wusste diesmal sogar ohne ein Zeichen geheimen Einverständnisses, dass Antoinette sie in ihrer Hütte erwartete, wenn die anderen in die Bewusstlosigkeit des Schlafs, des kleinen Bruders des Todes, sinken würden.

»Gran'n ... Gran'n?«

Sophonie berührte leicht Antoinettes Arm, die auf ihrem Bett eingenickt war. Sie wusste, dass sie sie erwartete, weil ihre Lampe noch brannte.

»Hm, hm. Was? Wer ist da?«, fragte die Alte aus dem Schlaf aufschreckend.

»Ich, Sophonie«, antwortete sie ganz leise.

»Ah! du bist's. Komm Liebe, setz dich, als ich auf dich wartete, hat der Schlaf mich meines guten Engels beraubt.«

Antoinette rieb sich die Augenlider mit den Handrücken. Sie sah müde aus. Ihr abgemagerter Körper wirkte substanzlos wie eine zerbrechliche Hülle um einen schwachen Atem.

Sophonie zog aus der Tasche ihres *moumou* zwei in braunes Papier eingewickelte Sirupplätzchen und reichte sie der Alten.

»Nimm, Gran'n. Diese Sirupplätzchen aus Vialet wurden heute auf dem Markt verkauft ... ich habe dir davon mitgebracht.«

»Oh, danke, *pitite mwen*, du weißt, wie sehr ich diese Plätzchen mag.«

Antoinette aß mit gutem Appetit und sammelte die kleinsten Brösel ein, die ihr auf die Brust gefallen waren.

Draußen kein Laut, außer ab und zu das Zirpen der Nachtinsekten und der Gesang des Wassers in seinem Lauf zum Meer.

Antoinette seufzte zufrieden.

»Den anderen hebe ich für morgen auf, ich esse ihn zum Kaffee ... Aaah, es geht mir besser.«

Vollständig wach geworden richtete Antoinette sich auf ihrem Bett auf.

»Würdest du glauben, meine Tochter, dass meine Nichte Vita sich kategorisch geweigert hat, mir eine Summe zurückzugeben, die ich ihr vor zwei Jahren anvertraut habe? Unsere Unterhaltung ist beinahe ausgeartet.«

»Ja, das Gerücht hat sich im Hof verbreitet wie Feuer in einem Zuckerrohrfeld. Warum hat sie sich geweigert, sie dir zurückzuzahlen?«

»Sie sagt zu Recht, dass ich sie ihr für meine Bestattung überlassen habe und es nicht infrage komme, sie für andere Zwecke zu verwenden. Aber, aber, Bestattung oder nicht, das Geld gehört mir, nicht wahr?«

»Grundsätzlich ... ja, Gran'n.«

»Sie hält es in Anbetracht der Opfer, die sie bringen, um mich zu unterstützen, für eine Taktlosigkeit, dass ich die fünftausend Gourdes von ihr zurückverlange. Sie vergisst aber schnell, meine Nichte. Sie vergisst, dass ich mein Leben lang den Mitgliedern dieser Familie geholfen habe, so gut ich konnte. Ich habe nur ein einziges Kind gehabt, die Kinder aller anderen waren die meinen. Ich habe nach meinem Wissen und aus Liebe zu meiner Familie Hilfe und Pflege geleistet. Sie vergisst, dass ich Andrénor, ihren gebrechlich gewordenen Vater, bis zu seinem Tode unterstützt habe ...«

»An alles das hättest du sie aber erinnern müssen, Gran'n!«

»Oh bloß nicht! Das hieße, in ihre Denkweise zu verfallen, zu versuchen, mich zu rechtfertigen. Wozu soll es gut sein, sie an etwas zu erinnern, was ihr gut bekannt ist? Umso mehr, als das alles nur ein Ausweichmanöver war, eine Art, mich vom wahren Motiv unserer Verstimmung, von meinem Geld, abzulenken. Glaube mir, wenn ich ihr diese Situation ersparen könnte, würde ich es tun. Aber im Leben gibt es Fälle, in denen das Schicksal von uns verlangt, unerwartete Pflichten zu erfüllen. Ich habe keine andere Ressource, um das Häuschen in Terre-Rouge wieder aufzubauen, sie muss mir diese Summe unbedingt erstatten. Vor allem aber glaube ich, dass sie keinen Centime mehr davon hat und nicht den Mut gehabt hat, es mir zu gestehen.«

Sophonie riss die Augen groß auf.

»Glaubst du das, Gran'n?«

»Ich würde nicht meine Hand dafür ins Feuer legen, aber alles spricht für mich dafür. Sie denkt nämlich auch, sie könnte mir die Hände binden, mich hindern, etwas zu tun. Wie früher, als ich im Hof nicht einmal die Namen der *lwa* nennen, eine Kerze am Fuß eines Baums anzünden oder als Danksagung Wasser ausgießen durfte. Du kannst nicht wissen, wie mir das gefehlt hat, wie frustriert ich war. In der ganzen Zeit habe ich klaglos meine Geister in meinem Herzen bewahrt, mit ihnen in meinen Träumen Zwiesprache gehalten. Jetzt aber, Sophonie, sehe ich den Tod vor mir. Den Tod! Drastisch, ohne Verhandlung oder Kompromiss, tief wie das Meer, größer als der Himmel über unserem Kopf. Und jetzt empfinde ich keine Angst mehr. Dabei kennt Nativita diesen *lakou*, sie ist hier zur Welt gekommen. Sie weiß um die Macht der *Mysterien* ... wie kann sie es wagen, sich ihnen in den Weg zu stellen? Hat sie vergessen, dass sie fähig sind, sie auf Knien bis nach Terre-Rouge rutschen zu lassen? Ich wünsche es ihr nicht ... aber Vorsicht!«

Sophonie, die mit ihrem eingerollten *moumou* zwischen den Beinen auf dem kleinen Stuhl am Fuß des Bettes saß, lauschte den Worten der Alten. Sie hätte Antoinette gern geholfen und ihr diesen Betrag verschafft. Aber fünftausend Gourdes! Eine Summe, die sie nie in ihrem Leben auf einmal in Händen gehalten hatte ...

»Was wird geschehen, Gran'n? Du weißt, dass ich dir gern helfen möchte, aber ...«

»Keine Sorge, mein Kind, ich werde sicher deine Hilfe benötigen ... für etwas anderes. Was wird geschehen? Ich weiß selbst nicht recht. Ich warte ... denn ich habe schon allerlei in diesem *lakou* gesehen. Ich sage dir, er ist solide, ich erinnere mich noch an die Geschichte von Richter Simonise ...«

»Wer war das, Gran'n?«, fragte Sophonie interessiert.

»Ah, eine alte Geschichte, die über zwanzig Jahre zurückliegt. Diese aus dem *lakou* stammende Familie lebte seit zwei Generationen in Port-au-Prince. Vettern, die sich seit langer Zeit nicht herbegeben, vielleicht sogar den Weg hierher vergessen hatten. Eines Tages ist Richter Simonise, die Stütze der Familie, schwerkrank geworden. Keine medizinische Behandlung konnte seine Gesundheit verbessern, er siechte dahin. In kritischem Zustand hat man ihn ins Krankenhaus einliefern müssen. Die Spezialisten im Krankenhaus haben, um ihn zu retten, ohne allzu große Hoffnung beschlossen, eine riskante Operation vorzunehmen.«

Die Alte, versunken in ihre Erinnerungen, verhielt einen Augenblick. Sophonie zupfte sie am Arm.

»Und dann, Gran'n?«

»Und dann hat Céliane, die Schwester des Richters, am Tag vor der Operation im Traum einen Greis gesehen, der vorn an der Brücke unten an der Straße nach Rivière-Froide saß, eine Art Bettler, der ihr seinen *coui* hinhielt. Sie ist vorbeigegangen, ohne ihn zu beachten. Kaum war sie an ihm vorüber, als ihr Fuß an einen Stein gestoßen ist. Sie ist längelang in den Staub des Wegs gefallen. Als sie wieder stand, hat sie den Kopf gewandt und zu ihrem großen Erstaunen festgestellt, dass der Greis verschwunden war. Danach hat ihr aus den Hügeln von Kasalé eine Stimme gesagt: ›Die Straße hat keine Tür, sie hat aber einen Schlüssel.‹

Eine überdeutliche Botschaft für den, der hören kann. Der Greis, du ahnst es, war Legba, Herr der Tore und Kreuzungen. Die Brücke bedeutet für uns das Tor zum *lakou*. Um dort einzudringen, Erleichterung oder Heilung zu finden, muss den Geistern gehuldigt, muss Erlaubnis erteilt werden ...

An dem Tag, der für Simonises Operation vorgesehen war, habe ich frühmorgens einen Zug von Leuten gesehen. Céliane ging voran, dahinter der Richter, gestützt von zwei jungen, kräftigen Männern. Verwandte, die ich seit so vielen Regenzeiten nicht gesehen hatte!

Ich habe sie in Empfang genommen. Simonise, der Arme, konnte sich kaum auf den Beinen halten, die beiden Männer haben ihn regelrecht getragen. Dennoch haben sie vom *lakou* bis nach Terre-Rouge, denn die beiden Orte sind miteinander verbunden, vor jedem Baum, jedem Ruheplatz der Geister, Halt gemacht, um eine Kerze anzuzünden, Wasser, *clairin* oder Rum auszugießen. Sie haben gebetet, Gnade und Erbarmen für seinen Schmerz erbeten. Man musste es gesehen haben, Sophonie. Lichtsamen am helllichten Tag den ganzen Weg von hier bis Terre-Rouge.«

»Und dann Gran'n, und dann?«

Sophonie bewegte sich ungeduldig, ließ den kleinen Stuhl knacken.

»Diese Wallfahrt hat fast den ganzen Vormittag gedauert. Anschließend haben sie sich von uns verabschiedet. Rate weiter? Sie haben den Richter Simonise direkt nach Hause gebracht. Am nächsten Tag ging es dem Kranken schon besser. Keine Rede mehr vom Krankenhaus, keine Rede mehr von Operation. Das sind die Kräfte dieses *lakou*, meine Tochter. Ich sage nicht, dass die *Mysterien* alle Krankheiten heilen, ich wiederhole es immer, *apre bondie, se doctè**, aber es gibt Fälle, bei denen man sie hinzuziehen sollte. *Baton ou genyen, se avè'l ou entre nan batay…*«**

Ungefähr zwei Wochen später, als der Richter vollkommen gesund geworden war, ist eine beträchtliche Gruppe mit Simonise an der Spitze im *lakou* eingetroffen. Eine Arbeitermannschaft hat unter Aufsicht Valbruns den *kay-mistè*, der damals verfiel, in kürzester Zeit wieder hergerichtet. Er hatte noch bis zum letzten Regen standgehalten, es ist der, den ich wieder aufbauen muss. Anschließend haben wir einen großen Dankesritus veranstaltet. Drei Tage lang sind dort oben in Terre-Rouge die Trommeln Tag und Nacht ertönt, wurde unablässig Kaffee aufgegossen, haben wir gebetet, getanzt, gegessen … die *lwa* tanzten in unseren Körpern.«

In Stille verging ein langer Moment. Beide Frauen schwiegen, hatten den Kopf voller Bilder.

Antoinette sprach als Erste:

»Aber du, wie geht es dir?«

Die Alte blickte auf Sophonies Bauch.

* Der liebe Gott ist der erste Heiler, nach ihm kommen die Ärzte.

** Du musst mit den Waffen kämpfen, die du hast.

»Nicht schlecht«, antwortete diese. »Ich beginne mich mit dem Gedanken vertraut zu machen. Und ich warte wie du …«

»Gut, lass uns schlafen gehen, mein Kind. Wenn du morgen vom Brotverkauf zurück bist, gehen wir nach Terre-Rouge hinauf. Ich muss den Zustand des *kay mistè* feststellen und vor allem die *Gefäße* unter dem Dach herausholen. Oh, nicht besonders viel … ein paar Krüge, ein *govi*, drei *plats-marassa**. Aber dann ist das wenigstens erledigt.«

»Einverstanden, Gran'n«, sagte Sophonie, als sie aufstand. »Gute Nacht, auf morgen.«

22

»Du hast dem Wasser eine Tochter gezeugt. Alles ist möglich, Athagwe, du brauchst nur daran zu glauben.« Die Worte der Erscheinung gingen Athanaël nicht mehr aus dem Kopf. Sie blieben seinem Gedächtnis so tief wie die Rillen eingeprägt, die er in den Stein grub. Immer wieder dachte er an seinen Traum, immer noch geblendet von seinem Licht. Eines Morgens, von einem plötzlichen Rausch besessen, machte er sich an den größten Felsblock seines Vorrats.

Er arbeitete stundenlang wie ein Irrsinniger in heftigem Nahkampf mit der formlosen Masse, ohne Hunger oder Durst zu verspüren. Der Schweiß lief ihm in Strömen von der Stirn, brannte ihm in den Augen. Seine geübten Hände beherrschten sein Werkzeug. Er beizte, schliff, höhlte das Felsstück, um das Fleisch der Lippen, den Glanz der Augen zu beleben. Er plagte sich, das Kleid aus Wasser und Licht zu formen. Unter seinen Fingern atmete der Stein wie eine Haut, wellte sich wie eine Woge. Schritt für Schritt

* *Govi*: eine Art Amphore, die die Geister der Verstorbenen enthält. *Plat-marassa*: »Zwillingsteller«, zwei ineinander übergehende Teller oder Schüsseln.

wurde das Werk zu einem verkleinerten Modell von Gesicht und Körper der unberührbaren Frau. Bei Einbruch der Dunkelheit beendete er sein Werk. Athanaël keuchte vor Müdigkeit und Vorfreude. Er ließ Blick und Hände über die Gesichtszüge, die steinernen Rundungen gleiten, suchte begierig nach der Erregung aus seinem Traum. Er schloss die Augen, streichelte die Rundung der Formen nachdrücklicher, spürte unter seiner schmerzenden Handfläche jedoch nichts als die im Stein schlafende Kälte des Wassers. Die Freude der Teilhabe blieb ihm, wie in seinem Traum, noch verwehrt. Durstig sah er zu, wie der Kelch sich von seinen Lippen entfernte.

Athanaël bebte frustriert. Ein bis dahin seinem Herzen unbekanntes Wut- und Ohnmachtsgefühl ließ ihn sich die Finger blutig beißen. Er wollte das Stück vor Zorn zerschlagen, es an den Atelierwänden zertrümmern. Rechtzeitig hielt er inne in seinem Schwung, denn seine Schöpfung zu zertrümmern kam dem Zertrümmern seiner selbst gleich, das wusste er.

Zum ersten Mal im Leben litt Athanaël an Einsamkeit. Ein Zustand, der nichts mit dem Verlangen nach Gesellschaft zu tun hatte. Stets floh er die Menschen, ihre trügerischen Worte, ihr heuchlerisches Lächeln, ihre zynischen Lügen. Seine Vereinsamung war ein Brunnen, auf dessen Grund er seine Träume sammelte. Vielmehr empfand er eine Leere im Innern seiner Einsamkeit, etwas Unbestimmtes, dessen Mangel ihm einen Schmerz bereitete, den er nirgends in seinem Körper festmachen konnte. Ein Hunger seiner Hände, ein Durst seiner Augen nach einer anderen Schönheit, die er noch entdecken musste. Eine langsame Dringlichkeit, diese Frau zu berühren, deren Substanz er zu erschaffen suchte. Dieser Hunger hielt seit seinem Traum in seiner Seele beharrlich und verwirrend Wache.

Athanaël zweifelte schließlich sogar an der Realität seines Körpers. Als wenn seine Haut sich aus dem Traumgewebe abhöbe und sein Blut nichts anderes als das Rauschen des Windes wäre. Was besagten die Worte der Nixe? Wie hätte er, der Einzelgänger, eine Tochter, ein Leben erzeugen können? Die Worte der Erscheinung verbanden ihn erneut mit den Menschen, verknüpften ihn mit einem anderen Leben. Mit welchem?

Athanaël fand nicht wieder dieselbe Freude am Bearbeiten des Steins. Er verlor die Vorfreude, den Enthusiasmus, die ihn vor Tagesanbruch mit Werkzeug in der Hand aus seinem Bett holten, um den Ruf eines Vogels, die Wölbung der aufgehenden Sonne oder das Wasser eines Haarschopfs zu bannen. Die Felsen verwandelten sich wieder in banale Mineralienstücke und waren nicht länger Funken des Universums. Sie sagten ihm nichts mehr, er erfand sie nicht mehr. Er vermochte nur noch seinem Fleisch zu antworten, dessen Forderungen ihn hilflos machten. Ihm gelang nicht mehr, Zwiesprache mit seinen Händen zu halten, seit sie zögerten, sich sträubten, sich ihm entzogen.

23

»Vita! Vita hallo! Warte! Ich brauche dich!« Nativita, unterwegs zum Markt, kam an Esthers Tür vorbei. Sie drehte sich um und sah, dass ihre Cousine ihr lebhaft winkte. Unwillig kehrte sie wieder um. Sie sah Altagrâce auf Esthers Veranda sitzen. Was ihre schlechte Laune vermehrte.

»Was machst du da?«, fragte sie.

»Hm, ich bin wie du vorbeigekommen. Esther hat mich gerufen«, antwortete Altagrâce, sich verteidigend.

»Ja, ich habe sie gebeten, zu mir zu kommen«, bestätigte Esther.

»Mmmm ... gut ... Du wolltest mich sehen, da bin ich, Gevatterin.«

Sie blieb stehen, um Esther zu bedeuten, dass sie sofort aufbrechen wollte.

»Meine Liebe, stell doch deinen Korb ab. Da, nimm einen Stuhl. Tagrâce und ich waren gerade dabei, von dir zu sprechen.«

Nativita lehnte den Stuhl ab.

»Wohl bekomm's euch«, sagte sie scharf. »Was mich betrifft, ich hab's eilig. Ich habe die Kinder unter Eddys Aufsicht gelassen, und du weißt, dass der Junge zu allem fähig ist ...«

»Mach dir nicht zu viele Sorgen«, sagte ihr Altagrâce. »Ich glaube, Sophonie und Gran'n sind zuhause, die Kinder spielen vor ihren Türschwellen.«

»Tagrâce, erzähl du mir nichts von den beiden.«

Nativitas Brust hob sich in beschleunigtem Tempo. Sie kniff die Lippen zusammen, und schon stand ihr eine tiefe Falte auf der Stirn.

»Na, na ... Nativita, unnötig dir solche Sorgen zu machen«, sagte Esther. »Wenn ich dich gerufen habe, dann gerade, um mit dir über den Zwist zwischen dir und deiner Tante zu reden. Ich denke, du solltest dich uns anvertrauen, es nicht für dich allein behalten. Wir sind doch eine Familie. Probleme eines Mitglieds betreffen uns alle. Wir sind gemeinsam aufgewachsen, Vita, muss ich dich daran erinnern? Ich könnte doch nicht gegen deine Belange sein. Wir müssen vor allem gemeinsam Stellung gegen die Lästermäuler beziehen.«

Nativita spürte plötzlich, wie müde sie war. Schließlich akzeptierte sie den Stuhl, den Esther ihr anbot. Ja, sie musste reden, sich von der Masse befreien, die auf ihrer Brust lastete. Seit zwei Tagen verflog ihre Wut nicht. Dieser Zorn ließ ihren Kopf wie einen dicken Flaschenkürbis anschwellen.

Esther nutzte diesen Moment der Entspannung und fragte Nativita:

»Wie geht's denn zwischen dir und Gran'n? Über euch beide laufen allerlei Gerüchte um. Ich möchte aber die Wahrheit aus deinem Mund hören. Ich muss von Grund auf Bescheid wissen, um die Klatschmäuler zum Schweigen zu bringen. Selbst wenn ich lügen muss, um unsere Angelegenheiten zu verbergen, werde ich es tun. Aber ich muss im Besitz der Wahrheit sein, um die Unwahrheit zu behaupten.«

Nativita überlegte. Sie wusste, dass sie mit der Diskretion der beiden Frauen rechnen konnte, was ihren geistlichen Konflikt mit Gran'n betraf. Konnte sie ihnen aber die Sache mit dem Geld anvertrauen? Sie war ratlos.

»Esther, die Beziehung zwischen Gran'n und mir hätte bis zum nächtlichen Regen neulich nicht besser sein können. Bis zu dieser Art Erdrutsch, der den Zimtapfelbaum angehoben und meinen Seelenfrieden mitgenommen hat. Wie du ja weißt, verharrt der

Baum immer noch in derselben Stellung, man könnte meinen, er hänge an einem Lufthauch. Er fällt nicht. Niemand wagt, seine Machete an die letzten Wurzeln zu setzen. Du weißt, wie abergläubisch die Leute sind. Damit ist der Zimtapfelbaum zu einer Art Kino geworden. Zu einem Ausflugsort. Du kannst nicht wissen, wie sehr mich das aufregt!«

»Aber, du brauchst doch nur so zu tun, als wenn du nichts siehst!«, unterbrach sie Altagrâce.

»Leicht gesagt, Tagrâce. Du kennst doch mein Temperament. Ich bin allergisch gegen Dummköpfe.« Nativita betonte das letzte Wort und blickte Altagrâce in die Augen.

»Lass sie reden«, sagte Esther zu Altagrâce. »Mach weiter«, ermunterte sie Nativita.

»Wie ihr alle wisst, hat man im Hof immer gesagt, dieser Baum sei am Tag der Geburt von Gran'n gepflanzt worden und werde bei ihrem Tod fallen. Ich bin als ihre nächste Verwandte am meisten von Gran'ns Tod betroffen.«

»Wir werden doch da sein, um dir zu helfen«, unterbrach Altagrâce sie erneut.

»Tagrâce, willst du endlich mal still sein?«, verlangte Nativita ungeduldig.

»Verzeih mir, Vita, ich sage nichts mehr.«

»Gut ... umso besser. Nun, wo war ich? Ah ... ja! Wenn Gran'n stirbt, werde ich die Beerdigungskosten stemmen müssen. Um ehrlich zu sein ... sie hat mir vor fast zwei Jahren eine Summe von fünftausend Gourdes anvertraut, um damit den Sarg zu bezahlen, die Leichenhalle ... und ...«

»In dem Fall«, sagte Esther heftig, ohne Nativita ihren Satz beenden zu lassen, »brauchst du dir keine großen Gedanken zu machen. Diese Summe genügt im Großen und Ganzen, um deine Ausgaben zu decken. Bei der Totenwache legen wir für Kaffee und *clairin* zusammen.«

»Aber nun kommt's«, rief Nativita, entwaffnet von der Unterbrechung durch Esther. »Gran'n verlangt diese Summe von mir und du errätst nicht wofür ...«

»Um den *kay-mistè* wieder aufzubauen!«, antwortete Altagrâce, die zu schweigen vergaß.

Diesmal sagte Nativita nichts. Sie strafte Altagrâce mit einem giftigen Blick.

»Ach so«, sagte Esther nachdenklich. »Ja, da werden die Dinge komplizierter. Hast du versucht, sie zur Vernunft zu bringen?«

»Esther, seit der Regennacht ist Gran'n nicht mehr dieselbe. Man sollte meinen, ihr Körper ist von einer riesigen, unveränderlichen Sache beseelt ... gegen die ich pralle. Noch ehe ich mit ihr spreche, weiß ich bereits, wie nutzlos meine Versöhnungsbemühungen sein werden. Als wenn du versuchtest, eine Wand zur Vernunft zu bringen. Ich weiß nicht, was los ist. Gran'n ist eine andere Person geworden.«

»Mmm ...«, machte Esther sehr nachdenklich. »Gran'n ist einfach wieder geworden, was sie immer war, eine *maîtresse-lakou**. Angesichts ihres unmittelbar bevorstehenden Todes findet sie zu ihrer wahren Natur zurück. Du musst es verstehen, Vita. Vergiss nicht, wer wir sind ...«

»Ich vergesse es nicht«, sagte Nativita. »Ich weiß aber auch, wie lange ich schon außerhalb dieser Glaubensvorstellungen lebe. Ich vertraue in meinem Glauben auf anderes. Warum sollte ich plötzlich zu zittern beginnen, weil ein vermutlich von Termiten angefressener Zimtapfelbaum nachgegeben hat?«

»Hm ...«, machte Esther. »Das ist Ansichtssache. Aber was denkst du über den fast gleichzeitigen Fall von *kay-mistè* und Zimtapfelbaum?«

»Unter diesem Regen könnte nichts, was nicht solide ist, stehenbleiben. Ich glaube, dazu gibt es nicht mehr zu sagen ... Was den *kay-mistè* betrifft«, ergänzte Nativita, »hat Gran'n mir auch gesagt, sie würde deinen Mann beauftragen, ihn wieder aufzubauen. Könntest du Valbrun nicht bitten, sie davon abzubringen ...«

»Ich werde mit ihm drüber reden«, versprach Esther. »Persönlich denke ich aber, dass es keine kluge Entscheidung wäre, Gran'n an ihrer Absicht zu hindern. Umso mehr, als Valbrun sich um den letzten Wiederaufbau gekümmert hat, erinnerst du dich?«

»Ja«, sagte Nativita, die verstand, dass kurz vor ihrem Ableben

* Frau, die in der Familienhierarchie und beim Kult eine wichtige Rolle spielt.

niemand im Hof wagen würde, sich Antoinettes Willen zu widersetzen.

»Und übrigens«, sagte Esther noch, »vielleicht wird Gran'n nicht mehr sehr lange durchhalten, nicht einmal mehr Gelegenheit haben, ihre Absicht zu verwirklichen. Komm *ihnen* deshalb auf *ihrem* Weg nicht in die Quere ...«

»Genau das habe ich ihr von Anfang an gesagt«, trumpfte Altagrâce auf. »Ich an deiner Stelle, Vita, würde ihr das Geld zurückgeben. Man kann nichts dagegen sagen, es ist nun einmal ihres. Wir können nachher immer noch zurechtkommen, wenn wir zusammenhalten. Alle anderen werden es verstehen und dir helfen. Behalten wir das alles im Augenblick strikt unter uns. Soll die Alte doch ihr Häuschen wieder aufbauen, wenn das ihr letzter Wille ist. Man weiß nie, sie geht, wir aber bleiben ...«

Nativita wollte den beiden Frauen wirklich gestehen, dass sie von der Summe, die ihr die Alte anvertraut hatte, keinen Centime mehr besaß, aber Esther hatte ihr keine Zeit dazu gelassen. Nachdem ihr Anlauf verpufft war, konnte sie ihre Schwäche nicht mehr bekennen. Es blieb ihr nichts anderes übrig, als eine härtere Position einzunehmen.

»Ich werde Gran'n dieses Geld nicht zurückgeben. Ihr habt gut reden, wenn die Alte tot ist, lastet die Verantwortung nur auf mir. Außerdem will ich vom Wiederaufbau des Häuschens nichts hören. Manchmal habe ich nicht einmal Geld, um die Kinder zu ernähren. Ich bin sicherlich nicht die Einzige in dieser Lage. Warum so viel Geld, um einen *kay-mistè* wieder aufzubauen, dessen Nutzen niemandem einleuchtet?«

»Ich verstehe deine Position gut«, sagte Esther nach langem Überlegen. »Dass du nichts mit den *Mysterien* zu tun haben willst, kann ich verstehen. Wir alle haben unsere Wahl in die eine oder die andere Richtung getroffen. Ich vermag nicht zu durchschauen, wer aufrichtig ist und wer nicht. Unsere echte Wahrheit sagen wir uns nur insgeheim in unserem Herzen. Mein einziges Problem, was deinen Streit mit Gran'n betrifft, besteht darin, dass dir das Geld nicht gehört ...«

Altagrâce nickte zustimmend. Nativita tat so, als habe sie Esthers letzte Worte nicht gehört. Mit verbittertem Gesicht und verspanntem Kiefer stand sie auf, nahm ihren Korb und setzte ihren Weg zum Markt fort.

24

Sophonies Kalkül erwies sich als falsch. Der Mann mit der dunklen Brille ließ ihr im Geist keinen Zweifel mehr. Sie war es, die er wollte. Wie sie vage fühlte, würde er ihr keine Ruhe gönnen. Er würde sie jeden Morgen mit seinem Verlangen belasten, hier, da oder dort. Jeden Tag würde er kommen, um sie mit seinem verborgenen Blick zu entblößen, ihre Nacktheit unter ihrem *caraco* zu erahnen. Schließlich würde er den Geruch ihrer Achseln kennen. Er würde von ihrem Brot in Erwartung ihres Fleisches essen. Er würde von ihren schlaflosen Nächten wissen, von Schweregefühlen oder der Freude beim Erwachen. Witterte er den Hunger ihres Körpers, der schon so viele Monate keine Liebe mehr erlebt hatte? Wusste er schon vom Geheimnis ihres Bauchs?

An diesem Morgen nun, als Abner sie nicht an ihrem gewohnten Platz vorfand, irrte er umher und suchte sie mit den Augen. Er machte sie schnell ausfindig. Mit seinem lässigen Schritt und wiegenden Schultern ging er die Straße wieder hoch. Aus ihrer neuen Position beobachtete sie seine Schliche und betete zuinnerst, er möge sich anders entscheiden und sein Brot bei irgendeinem der anderen Mädchen an der Straße kaufen. Aber nein. In aller Ruhe kam er auf sie zu. Er versuchte nicht zu verbergen, dass er hinter ihr her war. Er wollte im Gegenteil, dass sie es wisse. Sein Schritt war sicher. Der gedämpfte und gemessene Schritt einer ihre Beute umkreisenden Raubkatze. Vielleicht freute er sich über ihre Verwirrung, über die Angst, die er ihr einjagte?

Sophonie durchschaute den Mann sogar durch seine dunkle Brille. Wie, hätte sie nicht sagen können, aber sie las in ihm. Sie ahnte die ganze schlafende Gewalt in seinen Händen, deren

Finger stets gekrümmt waren, sogar, wenn die Arme flach an seinem Körper herabhingen.

An diesem Morgen blieb er noch länger als die anderen Male. Als er sein Brot gekauft hatte, zündete er eine Zigarette an und rauchte sie auf. Genau unter Sophonies Augen.

Da ein Unglück selten allein kommt, sah Sophonie, als der Verkauf kaum begonnen hatte, Espéranta mit ihrem hüftschwingenden Gang die Straße überqueren. Unter Missachtung der goldenen Regeln der Brotverkäuferinnen, nach denen sie einen vernünftigen Abstand voneinander einhalten sollen, stellte sie ihre Bank direkt neben ihr auf, so dass ihre Körbe nur durch das Autowrack voneinander getrennt waren. Espéranta sprach laut, lachte schallend und schmeichelte ihren Kunden, indem sie sie *doudou, ti chou* oder *nèg mwen** nannte. Ein Trick, um die Aufmerksamkeit des Mannes mit der Sonnenbrille zu erhaschen. Sophonie durchschaute das sehr schnell. Espéranta war sicher nicht durch Zufall neben ihr gelandet. Auch nahm Sophonie Abners Verachtung für Espéranta wahr, die diese sorglos nicht bemerkte.

Sophonie seufzte. Als Abner fort war, wurde alles wieder normal. Das Leben lief weiter. Jedoch begann sie dieses düstere morgendliche Intermezzo wirklich zu belasten. Was tun, um es zu meiden? Den Brotverkauf aufgeben? Ausgeschlossen. Sie lebte von ihrem kleinen Handel. Dank der Baustelle ging das Geschäft in diesen Tagen besonders gut. So würde es auch in den nächsten fünf oder sechs Monaten sein. Mit dem Erlös konnte sie Nahrungsmittel kaufen und kleine Ausgaben für sich und die Kinder bestreiten, nachdem sie beiseitegelegt hatte, was sie brauchte, um am nächsten Tag neue Ware zu erwerben. Sie beabsichtigte sogar, Jasmin zu Beginn des nächsten Schuljahrs in der öffentlichen Schule anzumelden. Die Kleineren würden warten.

Vor Beginn der Bauarbeiten, als der Brotverkauf nicht genügend einbrachte, hatte sie Jobs als Wäscherin und Büglerin für einige Leute übernommen, die in der Umgebung des Marktes

* *Doudou, ti chou, nèg mwen*: Kosenamen, etwa »Schätzchen«.

wohnten. Aber diese Arbeit erschöpfte sie. Täglich wurde es ihr anstrengender, volle Schüsseln mit nassen Kleidungsstücken auf dem Kopf zu tragen. In ihrem jetzigen Zustand wagte sie daran nicht einmal zu denken. Das Brot war das beste Geschäft. Überdies blieb ihr Zeit, sich um Haus und Kinder zu kümmern. Wenn also Abner weiter jeden Morgen seinen kleinen Zirkus vor ihr vollführen wollte, dann kam es nicht drauf an! Sie würde lernen, keine Angst mehr vor dem Typen zu haben. Er konnte schließlich nicht auf offener Straße über sie herfallen! Sobald der Brückenbau beendet war, müsste er dorthin zurückkehren, woher er gekommen war. Also Geduld, mein Mädchen, beschloss sie.

Kaum hatte Sophonie mit ihren positiven Gedanken Mut gefasst, als Madame Sainval, die Besitzerin des Lebensmittelladens, aus ihrem Unternehmen trat, ungefähr drei Meter entfernt von dem Ort, an dem sie sich an diesem Morgen niedergelassen hatte. Madame Sainval trug eine Schüssel schmutziges Abwaschwasser. Sie ging weiter, bis sie auf Sophonies Höhe war. Ohne ein Wort zu sagen, schüttete sie das Wasser mit einer weitausholenden Bewegung mitten auf die Straße, bespritzte dabei aber Sophonie und ihren Korb. Anschließend kehrte sie in ihr Haus zurück, nachdem sie Sophonie und Espéranta, die die feindliche Haltung Madame Sainvals nicht fassen konnten, von Kopf bis Fuß gemustert hatte. Was war auf einmal los mit der Ladenbesitzerin?

In diesem Augenblick ging Dilia vorüber. Ihren leeren Korb auf dem Kopf balancierend, kehrte sie nach Hause zurück. Sophonie war erleichtert, ein befreundetes Gesicht zu sehen.

»Hallo, Gevatterin, *ki nouvel?** Man sieht sich ja gar nicht mehr!

Dilia lächelte, stellte ihre Sitzbank neben die von Sophonie.

»Aber was machst du hier, meine Liebe?«, fragte sie ihre Freundin. »Ich bin am Zaun von Madame Saget vorbeigegangen. Als ich dich nicht gesehen habe, habe ich gedacht, du bist heute Morgen nicht gekommen. Seit wann hast du deinen Standort gewechselt?«

»*Wouy*! Gevatterin, das ist eine ganze Geschichte ...«

* Was gibt's Neues?

Sophonie sprach etwas leiser, damit Espéranta ihre Unterhaltung nicht mitbekam.

»Meine Liebe, du weißt, wie sehr ich meine kleine Stelle weiter unten mochte. Von Anfang an habe ich mich immer problemlos dort hingesetzt. Alle meine Käufer wussten, wo ich zu finden war. Madame Saget und Boss Odonel hatten keine Einwände, dass ich die Ecke ihrer Grundstücke einnahm. Und dann ... kommt dieses seltsame Element daher. Seither, Dilia, ist mein Friede dahin.« Sophonies Stimme zitterte. »Ich sitze jetzt an dieser unschönen, ungemütlichen Stelle, fast auf der Straße – in Ermangelung eines besseren Standorts. Ich will den anderen Mädchen nicht ins Gehege kommen.«

»Um wen geht's?«, fragte Dilia.

»Ich weiß nicht recht«, antwortete Sophonie betrübt. »Ein breitschultriger Kerl mit lässigem Gang. Er ist mit der Baustelle gekommen.«

»Ich weiß nicht, von wem du sprichst«, meinte Dilia grübelnd. »Hat er schwarze oder hellere Haut? Wie sind seine Haare?«

»Er ist eher dunkelhäutig, von mittlerer Größe, ziemlich kurz geschnittenes, krauses Haar. Er trägt immer eine Sonnenbrille«, sagte Sophonie. »Kein einziges Mal habe ich Gelegenheit gehabt, ihm tief in die Augen zu blicken.«

»Aaah! Ich glaube, ich kenne ihn!«, rief Dilia laut. »Er heißt Abner.«

»Pssst ... nicht so laut«, sagte Sophonie und wies mit dem Blick auf Espéranta.

»Alle Mädchen reden von ihm«, fuhr Dilia flüsternd fort. »Er sieht wirklich merkwürdig aus. Niemand weiß, woher er kommt, nicht einmal, wo er wohnt. Er soll Maurerpolier sein. Man hält ihn für einen VSN*, an Festtagen trägt er die blaue Uniform. Niemand kennt Freunde von ihm. Ja, in der Tat, ein sehr unheimlicher Typ.«

»Denk mal, meine Liebe, er hat ein Auge auf mich geworfen. Er kommt jeden Morgen, um mir praktisch ins Genick zu pusten.

* Das heißt für einen Angehörigen der *Volontaires de la Sécurité Nationale*, Miliz unter dem Duvalier-Regime, besser bekannt als *tontons macoutes*.

Seine Anwesenheit stört mich unglaublich.

Er hat etwas ... Bestialisches an sich, eine Art Zynismus, ich weiß nicht, wie ich es dir erklären soll.«

»Ich glaube dir, meine Liebe. Diesen Eindruck macht er auf uns alle.«

»Und das ist noch nicht alles«, fuhr Sophonie immer noch flüsternd fort. »Meine Nachbarin scheint vernarrt in ihn zu sein. Wo sie doch genau weiß, dass der *makou** um mich herumstreicht. Und du glaubst nicht, wie dreist die Frau ist, sie hat sich direkt neben mich gesetzt, um ihn anzumachen. Es stört sie überhaupt nicht, dass er sich für eine andere Frau interessiert.«

»Solche Frauen, die keinen richtigen Riecher haben, gibt es. Sie denken nur mit ihrer Vorderfront ... Pfui!«, machte Dilia und spuckte einen Speichelstrahl aus.

»Siehst du, Nachbarin, plötzlich komme ich nicht zur Ruhe.«

Als sie das sagte, dachte Sophonie auch an etwas anderes, das sie ihrer Freundin nicht zu erzählen wagte.

»Auf alle Fälle, pass gut auf dich auf, meine Liebe«, bemerkte Dilia. »Über dieses Individuum gehen Gerüchte um ... Er scheint neulich abends am oberen Ende der alten Brücke ein Mädchen mitgenommen zu haben. Weißt du, diese Mädchen, die nachts kommen, um sich zu verkaufen. Niemand jedenfalls hat es seither gesehen ... Wenn ich lüge, dann mache ich es den anderen nach. Diese Geschichte habe ich nicht erfunden.«

»*Adjé !***«, rief Sophonie plötzlich beunruhigt. »Das ist aber noch nicht alles«, fügte sie hinzu. »*Mwen gen pou ou toujou...* Einige Minuten, bevor du eintrafst, kam Madame Sainval mit einer vollen Schüssel Schmutzwasser aus ihrem Laden, das sie auf die Straße geschüttet und mich dabei bespritzt hat. Es kam mir vor, als wäre das kein Versehen gewesen. Sollte es eine Botschaft sein? Will sie mir erklären, dass sie meine Anwesenheit in der Nähe ihres Ladens nicht schätzt? Sie verkauft aber doch kein Brot, ich sehe nicht ...«

»Beruhige dich, meine Liebe«, sagte Dilia und klopfte ihr auf

* Kater.

** Etwa »mein Gott!«

die Schulter. »Der Zwischenfall mit Madame Sainval scheint mir eher ein Zufall zu sein. Dieser Kerl macht dich krank, du nimmst jetzt alles tragisch. Die Straße ist Staatsbesitz, folglich für alle da, für dich, für mich ... Mach dir keinen Kopf wegen Madame Sainval. Kein Grund, die Beherrschung zu verlieren. Bleib einfach wachsam. Gut, ich gehe. Meine Brüste verhärten sich, meine Brustwarzen kitzeln mich, es ist Zeit, meinen Sohn zu füttern ... Bis morgen, meine Liebe.«

»Bis morgen, meine Liebe.«

Sophonie schaute ihrer Freundin nach. Tränen schnürten ihr die Kehle zu. Sie stand ebenfalls auf, sammelte Korb und Sitzbank ein. »Was für ein Morgen!«, dachte sie. Sophonie hatte es eilig, zurückzukehren, wieder Halt zu finden. Mit der Zeit wurde das Leben auf der Straße härter. Man setzte sich allerlei Gefahren aus. Sie hatte mit dem großen Weidenkorb auf dem Kopf noch kaum einen Schritt getan, als ein leichter Schwindel sie taumeln ließ. Nein, es packte sie nicht richtig wie ein Schwindel. Es war eher wie ein Ohrensausen. Ein Hauch zog vorüber. Melodische Laute füllten ihr den Kopf. Ihr Körper nahm diese Musik auf, ihre Seele wurde davon aufgewühlt. Ja, ein Gesang, sanft wie ein Murmeln. Die vielfältigen Stimmen des Windes. Sie hatte sie oft beim Spaziergang mit den Kindern auf dem Berg in Saint-Roc gehört. Wenn der Wind sich zwischen den Piniennadeln bricht. Ein Wohlklang, der das Herz ergreift, es zu Höherem trägt. Wie in diesem Augenblick.

Sophonie hob den Kopf, betrachtete die Blätter der Eiche gegenüber. Sie bewegten sich nicht. Die Gräser auf dem Weg standen senkrecht. Die Brise hatte nachgelassen. Kein Wind mehr. Aber dieses Zittern in den Pinien? Sieh! Es wird schwächer, legt sich, aaah ...

Sophonie kehrte zur Erde zurück. Sie setzte ihren Weg fort. Vor ihr ging schnellen Schritts ein Mann mit einem roten Tuch um den Kopf. Eine Silhouette, die aus der Tür neben der Auslage von Madame Sainval gekommen war.

25

Madame Sainval kam schließlich zu der Überzeugung, dass Athanaël ihr gehörte. Sie hatte aus ihm ihren Besitz, ihr Kind, die Verkörperung ihrer Rebellion gemacht. Sie wusste nichts von seinem Vater, seiner Mutter, noch weniger von Freunden. In ihrem Herzen hegte sie genügend Liebe und Zuneigung, die Abwesenden zu ersetzen. Tag für Tag bekam alles, was Athanaël nah oder fern betraf, eine unmäßige Bedeutung. Das geringste Vorkommnis im Leben des Steinmetzes wurde zum Ereignis ihres Tages. Wenn er sein Atelier betrat oder verließ, hielt sie das Knarren seiner Türangeln in Atem, sie schwebte in einer Zeit und einem Raum, deren Umrisse oder Grenzen sie nicht mehr einzuschätzen wusste. Besucher des Ladens versetzten sie in heftige Angst, die sich erst legte, wenn sie wieder gingen. Madame Sainval fürchtete, dass die Galeristen und Kunstliebhaber Athanaël am Ende überzeugen würden, ihnen nach Port-au-Prince zu folgen, um ihn nach Belieben auszubeuten. Sie erhob sich bereits zur Verteidigerin der Interessen ihres Mieters.

Alles das in vollkommener Unkenntnis des Betroffenen. Madame Sainval begnügte sich damit, den jungen Mann zu bespitzeln, ohne den Mut zu finden, in einen Gedankenaustausch mit ihm zu treten, der, wie sie dachte, zum Beginn eines sublimen Abenteuers würde. Madame Sainval war auf Reisen. Sie würde Athanaëls Mäzenin sein, seine unentbehrliche Muse. Sie träumte bereits von einem Shop, der die gesamte Fassade ihres Hauses einnahm. Von tiefgreifenden Reparaturen, von Öffnungen, von Licht. Von einem an Eisenstangen aufgehängten Ladenschild in kräftigen, weithin sichtbaren Farben. Sie würde es verstehen, ihn anzuregen, zu managen, für seine Interessen zu wirken. Sie würde Hilfskräfte beschäftigen, die die von ihm markierten Steinblöcke vorbearbeiten, die grobe Arbeit leisten würden. Er würde sich nur der Schöpfung und der Endbearbeitung widmen, um den Umfang seiner Produktion zu vergrößern. In ihrem erhitzten Geist wurden täglich Ideen geboren.

Madame Sainval begriff, dass sie nicht aus dem Holz war, aus dem Krämerinnen geschnitzt sind. Diese unedle und unkreative Beschäftigung fiel ihr nun lästig. Dachte sie an Boss Sainval? Die Frage streifte manchmal flüchtig ihren Sinn. Gut, sollte er seine Schusterarbeit nur weiter ausüben, jeden Tag zum Markt gehen, wo er seinen Tisch aufbaute. Er liebte seinen Beruf, das Hantieren, die Fußgerüche, die er einatmete. Warum sollte er nicht einfach weitermachen? Boss Sainval nahm in ihrem Haushalt nicht mehr Platz ein als ein Schatten. Ein folgsamer, sanftmütiger Ehemann, Garant ihrer Ehrenhaftigkeit. Alle wirklichen Entscheidungen ihres Lebens hatte sie allein getroffen. Warum sollte sich das jetzt ändern?

Jeden Nachmittag machte Athanaël, lang ausgestreckt auf dem Boden seines Ateliers, eine lange Erholungspause. Da er oft nachts arbeitete, war ihm dieser Mittagsschlaf unentbehrlich, um seine Kräfte wiederherzustellen. Madame Sainval wusste das genau. Mehr als einmal gab sie der unwiderstehlichen Versuchung nach, sich ins Atelier zu schleichen, während Athanaël bewusstlos auf dem Fußboden lag. Diese Besuche wurden ihr sehr schnell zur Notwendigkeit, zu einem Bedürfnis, das sie tief erregte und freute. In Hoffnung auf Besseres ... Madame Sainval konnte sich am Schauspiel des Manneskörpers nicht sattsehen, der, abgesehen von seinem Slip, immer nackt wie ein Unschuldiger schlief. Gott, war er schön! Widersprüchliche und verworrene Gefühle überkamen die Frau. Sicher war er in dem Alter, in dem ihr Sohn Edner gewesen wäre, das Älteste ihrer Kinder, das ganz jung gestorben war. Dieser Erstgeborene, nach dem ihr Bauch trotz all der Jahre Sehnsucht bewahrte. Es juckte sie in den Fingern, Athanaëls Haut zu berühren. Sie unterdrückte ein wildes Bedürfnis, ihm das Gesicht mit mütterlichen Küssen zu bedecken. Dann wechselten ihre Gefühle ebenso schnell in ein anderes Register. Das Tier trat plötzlich in Erscheinung. Sie hatte nur noch ein Verlangen, bei halb geöffneter Tür sich dort auf dem Boden von Athanaël nehmen zu lassen, mit Herzklopfen, dass womöglich jemand mitten in ihrem Liebesspiel auftauchte. Jeden Tag erlebte sie diese Fantasien aufs Neue, passte sie ihrer jeweiligen Wahnvorstellung an.

Madame Sainval wäre jeder Frau ans Leben gegangen, die sich irgendwie ihrem Mieter, ihrem Mann, genähert hätte. Als eines Morgens die beiden Brotverkäuferinnen wenige Schritte vor ihrer Tür in die Straße einfielen und, den Korb zwischen ihren gespreizten Beinen, laut lachend dasaßen, erschrak sie. Sie beschloss sofort, sie von Anfang an auf drastische Weise zu entmutigen. Zunächst gab sie sich den Anschein, als wollte sie eine Schüssel mit Schmutzwasser auf die Jüngere gießen, dann warf sie ihnen einen Blick voll Feindseligkeit zu. Sie plante, am nächsten Morgen vor ihrer Ankunft den Platz, an dem sie am Tag zuvor gesessen hatten, mit feinem Salz zu bestreuen. Ein wirksames Mittel, um die Nervensägen zu vertreiben.

26

*»Chita bounda'w la'a wi ti gason!«**

Befehl und Tonfall Nativitas gestatteten keine Widerworte. Eddy wagte nicht, Widerstand zu leisten, kam zurück und setzte sich auf die Terrasse der Hütte seiner Großmutter. Er wünschte sich brennend, nach Terre-Rouge hochzusteigen, sah schweren Herzens die anderen aufbrechen. Erstens, weil Terre-Rouge sein Jagdrevier, sein Zufluchtsland war, das er nur mit Jasmin teilte. Zweitens, weil ein Besuch Gran'ns in Terre-Rouge für die Bewohner von Kasalé, ob Kinder oder Erwachsene, ein kleines Ereignis war. Gran'n übertrat selten ihre Türschwelle. Angehörige besuchte sie nur bei schwerer Krankheit oder im Todesfall. Eddy hätte die Alte so gern selbst in seinem Revier empfangen. Seit seiner Geburt im *lakou* hatte er den Eindruck, Antoinette breche zum ersten Mal nach dort oben auf. Er freute sich schon im Voraus, ihr die Geheimnisse von Terre-Rouge zu verraten, die hohen Zweige, auf denen die Spechte ihre Nester bauten,

* Setz deinen Hintern dorthin, kleiner Junge!

die tiefen Spalten, in denen die kleinen Madeleine-Schlangen wohnten, die Spur der *mabouilla* ...

Als Sophonie vom Brotverkauf zurückkam, saß Antoinette auf ihrer Veranda. Sie wartete auf sie, um nach Terre-Rouge hinaufzugehen. Mit einem tief über den Kopf gezogenen Strohhut und dem Stock in Griffnähe hielt sie einen Plastikbeutel mit Kerzen, Streichhölzern und einer Flasche Rum auf dem Schoß. Nativita verfolgte aufmerksam alle Bewegungen ihrer Tante. Sie begriff sofort, dass Antoinette wie angekündigt nach Terre-Rouge aufbrechen würde, um das Ausmaß der Schäden am *kay-mistè* zu begutachten. Seit ihrem letzten Gespräch herrschte zwischen Tante und Nichte ein Anschein von Harmonie. Sie redeten wie früher von den kleinen Dingen des Lebens, von Bèbètes Koliken, Nixons Grippe. Gran'n sprach nicht mehr von der zurückzuzahlenden Summe. Nativita glaubte, ihr Ziel erreicht zu haben.

Aber offensichtlich irrte sie sich. Die Alte verfolgte ihren Plan in aller Ruhe. Was würde sie tun, nachdem sie den Einsturz des Häuschens festgestellt hatte? Würde sie weiter bohren, ihr Geld von ihr zurückzufordern? Nativita verkrampfte sich der Magen. Oh ja, jetzt begannen die Probleme erst richtig.

Die Nachricht von Antoinettes Wanderung nach Terre-Rouge eilte der kleinen Gruppe voraus, die auf den Pfaden im Gänsemarsch vorrückte. »Nimm deinen Korb, Sophonie, er wird uns nützlich sein, um die *Gefäße* zurückzuholen«, hatte Gran'n ihr gesagt. »Nimm auch eine leere Gallone mit, wir holen unterwegs Wasser aus dem Fluss ...« Sophonie ging vorn, gefolgt von Gran'n. Jasmin bildete die Nachhut.

*

Zuerst gingen sie auf dem Pfad oberhalb des Flusses den *lakou* Richtung Süden entlang. Sie gingen langsam. Antoinette machte kleine Schritte. Je weiter sie vorankam, umso deutlicher merkte sie körperlich die Spuren der Zeit. Sie hatte schon sehr lange keine Gelegenheit mehr gehabt, ihre Kräfte auf die Probe zu stellen. Eine große Schwäche erfasste sie vollständig. Ihre Beine wogen schwer, so schwer ...

Bei ihrer Rückkehr nach Terre-Rouge legte Antoinette aufs Neue alle ihre Lebenswege zurück. Dieser Spaziergang brachte sie wieder in die Zeit ihrer Wahrheit. In die Zeit ihrer Überzeugungen. Als Männer und Frauen noch wussten, wer sie waren. Als sie ihr Schicksal ins Auge fassen, sich auf die Brust klopfen und sagen konnten: »Ich bin von hier, mein Blut fließt in jedem dieser Bäume, mein Fleisch ist aus dem Schlamm dieser Berge geformt. Ich bin das Wasser, umschlossen von diesen Felsen, meine Augen sind Sonnenknospen.« Diese kleine Reise weckte ihr Gedächtnis, ließ ihre Seele erzittern. Trotz ihrer Erschöpfung freute sie sich an jedem ihrer irdischen Schritte, an jedem Stein, der unter ihren Sandalen rollte, an der rauen Liebkosung ihrer Beine durch das hohe Gras. Antoinette schlug das Herz wie einer Frau die unterwegs zur Liebe ist. Einer alten Liebe. Der Liebe zu ihrer Erde, ihren Bäumen, zum Gesang des in ihre Augen perlenden Wassers. Sie kehrte zum Wohnsitz der Geister zurück, zum Spazierweg der Götter, zum Bereich der *Mysterien*. Zu denen, die den Tag kennen, an dem wir in den Bauchnabel unserer Mutter fallen, bis zu dem Tag, an dem uns die Erde mit ihrer Stille umarmt.

Antoinette blieb ab und zu stehen, um Atem zu schöpfen, vor allem aber, den grünen Duft der Blätter einzuatmen, das Himmelsblau mit den Augen zu streicheln. Um vollmundig die Sonne zu trinken, ihre Wärme bis ins Mark ihrer alten Knochen zu spüren. Dies ist mein Land! Dies ist meine Geburt! Mein Kasalé, mein Terre-Rouge! Wie schön die Sonne ist, wie mild die Brise! Ich gehe zu den Geistern meiner Vorfahren ... Ich schreite in der Freude der Bäume, in der Lust der Woge dahin. Ich kehre zu meiner Erinnerung zurück, zu euch, meine Freunde, zu euch, deren Erinnerung hier so lebhaft und beharrlich gegenwärtig ist wie die Rinde um die Baumstämme. Ich ergreife wieder Besitz von meiner Erde, von ihrem Bauch, aus dem ich hervorgehe. Ich kehre zurück, ihre Knochen, ihren Haarschopf zu berühren, ihre Wohlgerüche einzuatmen. Ich kehre zurück, um euch zu sagen, dass das Seil niemals abgerissen ist, das uns an dasselbe Schicksal bindet ...

Antoinette kam nur langsam voran. Auf ihrem Weg kamen Kinder aus der Schule und den Hütten gelaufen, um ihre Hand zu fassen und sie ein Stück des Wegs zu begleiten. Die Erwachsenen grüßten sie zurückhaltender mit Handzeichen. »Guten Tag, Gran'n! Machst du einen Spaziergang? Du gehst nach Terre-Rouge, hm! Viel Erfolg!« Und Gran'n grüßte mit glücklichem Gesicht zurück.

Jetzt nahm die kleine Prozession den Weg zum Fluss hinunter. Einige Meter musste man im Wasser zurücklegen, um einen anderen Weg einzuschlagen, der zu den Hügeln von Terre-Rouge hinaufführte. Sophonie ging bis in die Mitte der Rivière-Froide, wo das Wasser glasklar floss, um ihre Gallone zu füllen. Sie musste auch die Alte stützen, die wegen rutschiger Kiesel aus dem Gleichgewicht geriet. Antoinette hatte ihre Sandalen ausgezogen. Sie raffte mit einer Hand die Falten ihres Kleids und stützte sich mit der anderen auf ihren Stock. Jasmin, der mit elf Jahren so robust wie mit sechzehn aussah, stützte sie auf der anderen Seite. Wiederholt berührte Antoinette das Wasser, strich darüber, goss sich ein wenig aufs Haar. Kleine Lustschreie entschlüpften ihren offenen Lippen. Die Wäsche waschenden Frauen hielten in ihrer Arbeit inne, um die Alte vorbeigehen zu sehen. Nachdem sie den Fluss überquert hatten, gelangten sie auf den steilen Weg, auf dem der Aufstieg nach Terre-Rouge begann. Und da, nach kaum ein paar Schritten, begriff Antoinette, dass sie aus eigener Kraft nicht weiterkommen würde. Sie war erschöpft. Ihre Kräfte verließen sie.

»Oh, *pitite mwen*. Ich bin völlig fertig. Meine Beine tragen mich nicht mehr. Noch ein Schritt, und ich falle um, ich spür's.«

Sophonie, selbst etwas außer Atem, stellte ihren Korb und die gefüllte Flasche ab. Sie überlegte. An wen konnte sie sich wenden? Wen um Hilfe bitten? Die letzten Häuser des *lakou* waren bereits außer Sicht. Sollte ihr Versuch, nach Terre-Rouge aufzusteigen, mit einem Misserfolg enden?

»Mama«, sagte Jasmin, »ich könnte Gran'n tragen. Ich nehme sie auf den Rücken, sie braucht sich nur rittlings auf mich zu setzen.« Jasmin bückte sich mitten auf dem Weg und zeigte den beiden Frauen, wie er Antoinette auf seinen Rücken nehmen würde. »Gran'n ist doch nicht schwer«, sagte er, um sie zu überzeugen.

Trotz der Tragik der Lage mussten Antoinette und Sophonie hell auflachen. Schließlich sagte Gran'n dem Jungen:

»*Mèsi anpil**, mein Kind. Deine Charakterstärke macht fast einen Mann aus dir. Aber deinem Alter entsprechend bist du noch zerbrechlich, trotz deiner Größe und deiner Muskeln. Bei dieser Anstrengung würdest du dir womöglich Schaden zufügen. Deine Mutter braucht dich zu sehr.«

Im selben Moment hörten sie Hufe, die auf die Steine des Wegs schlugen.

»Jemand kommt!«, sagte Sophonie. »Wer das wohl sein mag?«

Reglos warteten sie. Trapp ... trapp ...trapp. Ein Pferd kam auf sie zu. Ein gesatteltes Pferd, der Zügel schleifte hinterher. Jeden Augenblick erwarteten Sophonie, Gran'n und Jasmin, den Besitzer des Tiers auftauchen zu sehen. Nein. Niemand in Sicht. Gleichmütig kam das Pferd näher zu ihnen heran. Sie mussten zur Seite gehen, um es vorbeizulassen. An dieser Stelle verlief der steile Weg eng wie ein Korridor zwischen zwei dichten Kaktushecken. Das Tier blieb auf ihrer Höhe stehen. Ein schöner Rappe. Eine Blässe auf der Mitte der Stirn bildete einen hellen Kontrast zur Schwärze seines Fells. Die großen Augen des Pferdes schienen mit menschlicher Intelligenz begabt. Zwei riesengroße Augen, wie zwei schwarze Sonnen. Es blickte Sophonie, Gran'n und Jasmin nacheinander an, beugte dann den Kopf und fraß das Gras am Weg. Jasmin sprach als Erster.

»Mama, Gran'n! Was für ein schönes Tier! Wem mag es gehören?«

»Ich habe keinen blassen Schimmer«, sagte Sophonie. »Es sieht nicht aus wie eins von denen, die ich manchmal mit ihren Reitern den Hof überqueren sehe. Vielleicht hat es sich verirrt?«

»Ein gesatteltes Pferd verirrt sich nicht«, erwiderte Gran'n nachdenklich. »Es kennt seinen Weg.«

»Vielleicht hat es sich von seiner Laufleine losgerissen, um gemütlich zu grasen«, bemerkte Jasmin noch.

»Möglich«, antwortete Gran'n. »In dem Fall würden wir aber den Pflock noch an der Leine sehen.«

* Vielen Dank.

»Mir scheint, dass es ein Pferd ist, das Sand vom Fluss transportiert«, sagte Sophonie. »Seht doch, seine Hufe sind voll davon!«

»Wenn es zum Transport von Flusssand dient«, sagte Gran'n immer nachdenklicher, »wo sind dann seine Packsattel?«

»Vielleicht hat man sie ihm abgenommen, damit es sich ausruht«, antwortete Sophonie nicht sehr überzeugt.

»So früh am Morgen?«, fragte zweifelnd Antoinette. »Ich werd's euch sagen«, erklärte die Alte dann. »Das Pferd ist uns geschickt worden. Heutzutage ist es ein zu wertvolles Tier, als dass ein Reiter es in diesen Hügeln ins Blaue laufen lässt, auf die Gefahr hin, es niemals wiederzusehen ... Jasmin hat sich gerade erboten, mir als Reittier zu dienen, nicht wahr Jasmin? Also gut, *sie* haben dich vernommen! Deine gute Absicht ist belohnt worden. Kommt, helft mir in den Sattel!«

Antoinette ergriff den Zügel des Tiers und streichelte ihm den Kopf. Es machte zwei Schritte rückwärts, bevor es unmittelbar neben der Alten zum Stehen kam. Sie flüsterte ihm ins Ohr:

»Ruhig ... ruhig ... mein Freund. Ich weiß nicht, woher du kommst, aus welchem Land, von welcher Sonne. An deinen Hufen sehe ich Flusssand. Schickt dich der Herr des Wassers auf unseren Weg? Als ich dich an der Wegbiegung erblickt habe, habe ich sofort deine freundschaftliche Wärme gespürt. Du bist meinetwegen, unsertwegen gekommen, damit wir den Wunsch der *Mysterien* erfüllen. Du weißt, dass ich mein ganzes Leben das Pferd der Geister gewesen bin. Sie haben mit meinem Körper getanzt, getrunken, gegessen. Durch meinen Mund haben sie geheilt, Ratschläge erteilt oder Strafen verhängt. Heute könnten sie ihre Dienerin auf diesem Weg nicht leiden lassen. Sie schicken dich. Sei die Kraft meiner Beine, der Atem meiner Brust, das Blut meines Herzschlags. Bring mich nach Terre-Rouge. Auf dem Rückweg werde ich dich hier lassen, wo du aufgetaucht bist. Komm, mein Freund, ich empfange dich ohne Angst, ich akzeptiere, was mir zusteht.«

Mit Mühe hob Antoinette den Fuß in den Steigbügel, Jasmin und seine Mutter halfen ihr auf das Pferd. Sie setzten ihre Reise fort, Jasmin hielt den Zügel und lenkte das Pferd. Sophonie folgte als Letzte.

Ruhig rückten sie auf den Pfaden weiter vor. Bei sehr gemächlichem Tempo dauerte der Aufstieg nach Terre-Rouge ungefähr fünfzehn Minuten. Vom Pferd herab sah Antoinette den Pflanzenteppich, der die Flanken der Hügel bedeckte, rosa gefleckt von mexikanischem Knöterich. An den Hängen war der Boden eher steinig und die Pflanzenwelt kümmerlich. In den Höhlungen der Felsen nisteten Büschel von *médesiyen**, *bombonyen* und *atiyayo*** mit duftenden Blättern und Blüten. Als sie näher herankamen, flüchteten erschreckte Eidechsenkolonien. Die Sonne brannte heiß, aber die vom Land her wehende Brise milderte ihre Gluthitze in sanften Wellen. Die Gipfel bedeckte eine luftigere Vegetation. Die engen Plateaus boten unter der Sonne das Schauspiel des Lichtes, das aus dem Laub der großen Bäume tropfte.

Auf dem ganzen Weg begegneten Gran'n, Sophonie und Jasmin keiner Menschenseele. Die Gegend schien hunderte Kilometer von Behausungen entfernt zu sein, solche Ruhe herrschte dort. Man vergaß darüber den Trubel der Brücke, das Fieber der Baustelle, den Lärm der Leben suchenden Männer.

Endlich gelangten sie in Sicht des Hochplateaus von Terre-Rouge. Das Weinrot der Erde dort erinnerte an die Farbe der Hügel von Jacmel, dort unten in südöstlicher Richtung. Das Pferd blieb unaufgefordert an der Grenze des Plateaus stehen.

Mit Hilfe ihrer Reisegefährten stieg die Alte ab. Sie brauchte ein paar Minuten, um wieder ins Gleichgewicht zu finden, aber ihr Körper bebte vor Erwartung, ihr Plateau zu besuchen, einen Rundgang durch ihre Wohnstatt zu machen. Jenseits der Absperrung sahen sie den knieenden *kay-mistè* in der Sonne.

* Korallenbaum.

** Baumbasilikum.

27

Seit dem Sturz des Zimtapfelbaums drehte sich die Geschichte des *lakou* um neue Orientierungspunkte. Die Zeit vor dem Sturz des Baums und die danach, die Zeit vor Gran'ns Tod und die danach ... Weil sich der Baum tagelang dem Gesetz der Schwerkraft widersetzte, weil die Alte sich weigerte zu sterben, bevor sie ihre letzten Aufgaben gegenüber den Unsichtbaren erfüllt hatte.

Kasalé war auch von zwei Strömungen durchzogen. Es gab die einen, die die alte Antoinette unterstützten, wenn sie es auch nicht sagten, und die anderen, die jede Anwandlung, den *Guinées* zu dienen, verurteilten.

*

»*Ala traka papa*[*] ... Uns ging es sehr gut, wenn ich sehr gut sage, meine ich halt so gut, wie es einem in diesem schwierigen Leben gehen kann. Dann plötzlich ... Paff ... kippt der Zimtapfelbaum ins Unglaubliche, und wir mit ... Ich frage mich schon, was mit uns geschehen wird. Die Geschichte gefällt mir nämlich gar nicht. Ich glaube, man sollte sie mit Pater Daniel besprechen, ihn unterrichten ...«

»Gar nichts wird geschehen. Nichts hat sich hier geändert. Pater Daniel kümmert sich um seine Angelegenheiten und wir uns um die unseren. *Pè yo di sa yo vle, noumenm nou fè sa nou konnen !*[**]«

»Angeblich ist die Alte nach Terre-Rouge hochgestiegen. Da wird etwas ausgeheckt ...«

»Bah! Kein Grund, ein Ereignis daraus zu machen. Die Leute vergehen hier vor Langeweile, und der kleinste Vorfall wird zu einer Staatsaffäre. Ja, es stimmt, Antoinette ist aufgebrochen, um die *Gefäße* zu bergen, die unter dem Dach des *kay-mistè* begraben

* Immer nur Ärger!

** Die Priester können sagen, was sie wollen, wir tun, was wir zu tun verstehen.

sind. Diese Geschichten gehen nur sie und ihre Familie etwas an …«

»Sie interessieren auch uns, stell dir vor. Wenn Gran'n beschließt, die Geister in diesem Hof anzurufen, kann keiner die Folgen voraussehen.«

»Bah, ich mache mir deshalb keine Sorgen. In Kasalé sind die Geister immer frei gewesen, auf ihre Art zu leben. Dieses Stück Erde gehört ihnen ebenso wie uns. Sie gehören zum Dekor. Gran'ns Vorhaben werden hier nicht gerade viel verändern. Ich finde, man sollte die Ahne nicht nerven.«

»Mmm, leicht gesagt. Wir haben hier kleine Kinder. Wenn die Werwölfe sich aufmachen, nachts durch die Luft zu fliegen, wenn die zweibeinigen Katzen im Schutz der Dunkelheit beschließen, das Dach unserer Häuser zu besetzen, was hilft uns dann? Ich habe nämlich der Alten nie vertraut.«

»Meine Liebe, ich bin auf diesem Boden aufgewachsen. Meine Wurzeln laufen hier unter meinen Füßen. Nie habe ich bis zum heutigen Tag Werwölfe hier gesehen. Wenn es welche gibt, sind sie uns bestimmt von Leuten von außen gebracht worden … vor allem von denen aus Jérémy … Weißt du, zu welchem Schadenszauber die aus Jérémy imstande sind?«

»Äh, hm, ich bin nicht vollständig aus Jérémy, nur über meinen Vater. Ich leugne nicht, dass ich dort geboren bin, ich habe aber im Alter von sieben Jahren die Grande-Anse verlassen … Wenn ich meine Sorge ausdrücke, will ich damit niemandem zu nahe treten … es ist vor allem wegen der Kinder.«

»Kinder? Sieh einer an … Wer hat denn dein Baby gepflegt, als es an Erkältung dahinsiechte, während du nicht einmal zehn Gourdes hattest, um dich im Gesundheitszentrum einzutragen? Wer hat dir Umschläge und Kräutertees bereitet, um dieses Geschwür zu behandeln, das an deinem Fleisch nagte?«

»Ja, das ist wahr … das sage ich ja gar nicht. Gran'n hat mich versorgt. Aber weiß ich denn, welchen Preis ich eines Tages für ihre Heilungen zahlen muss?«

»Vielleicht wirst du eines Tages wirklich einen Preis zu zahlen haben. Ich weiß es nicht. Aber erinnere dich, dass sie für dich da war, als du in Not warst. Statt Undank wäre eher Dank der zu zahlende Preis.«

»Ich gedenke auf jeden Fall mit den anderen darüber zu reden. Wir sollten uns über die Frage beraten. Wie können wir weiter zur Kirche gehen, wenn wir Götzendiener in unserer Mitte dulden?«

»Meine Liebe, ein kleiner Rat. Niemand verlangt von dir, dich an irgendeiner Unternehmung zu beteiligen. Deshalb schau, ohne zu sehen, lausche, ohne zu hören. Mit anderen Worten, kümmere dich um deine Angelegenheiten.«

»Aber nein ... aber ... Mir hat hier keiner was zu befehlen! Ich wohne in diesem *lakou* in gleicher Weise wie ihr anderen Familien. Ich zahle meine Miete. Ich habe daher einen Anspruch, informiert zu werden über das, was hier vorgeht. Es ist an der Zeit, diese Heuchelei zu beenden. Ich ... ich ... man ... hat mir von Leuten im *lakou* erzählt, angeblichen Christen, die in ihren Schränken Tag und Nacht kleine Öllampen vor profanen Bildern brennen lassen ...«

»Ich aber kenne Leute aus Kasalé, die ihre Freizeit besser nutzen sollten. Sonst werden sie sich den Schnabel verbrennen, weil sie in den Angelegenheiten anderer herumstochern ...«

»Fass es doch nicht so auf, meine Liebe! Ich dachte an niemand Besonderen. *Mwen voye dlo mwen pa mouye pèson...*«*

»Oh! Wegen solch einer Lappalie werde ich doch nicht beleidigt sein, ich habe nur einen simplen Ratschlag vom Stapel gelassen. Es ist an dir, Teuerste, ihn zu nutzen, oder nicht. *Kreyol pale, kreyol konpran...*«**

* »Ich habe Wasser gespritzt, aber niemanden nass gemacht.« Ich habe eine Anspielung gemacht, aber niemanden beschuldigt.

** »Kreolisch wird gesprochen und verstanden.« Wir verstehen uns.

28

Antoinette entzündete an der Grenze der Hochebene von Terre-Rouge die erste Kerze. Weil ein leichter Wind wehte, schützte sie sie, in dem sie um sie herum Steine aufstapelte. Dann begrüßte sie den Zugang zum Plateau, indem sie ihren Oberkörper nach rechts und dann nach links drehte, wobei ihr erhobener Ellenbogen derselben Bewegung folgte, während sie die Knie beugte. Dreimal goss sie Wasser auf den Boden. Sophonie und Jasmin hielten sich etwas im Hintergrund und sahen ihr zu. Man hätte aber glauben können, Antoinette sei allein an diesem Ort. Allein in diesem Universum, dessen geheime Pfade und unterirdische Wasser sie kannte. Mit ihren Gesten schien sie den Abstand zwischen Himmel und Kasalé auszumessen, das Haar der Sonne zu entwirren. Sie erklärte sich zur Dienerin der Erde, zu ihrem Samen, ihrer Frucht. Ihr schwächlicher Körper erweckte einen lächerlichen und majestätischen Eindruck.

Den Lippen der Alten entstieg ein Gesang. Ihre schwache, heisere, kaum vernehmbare Stimme brach manchmal, kündete aber unbeirrt von ihrer Bewegtheit und ihrem Glauben:

Atibon Lèba, louvri bayè pou mwen ago-e
Papa Lèba, louvri bayè pou mwen
pou mwen pase
lô ma tounen ma salwe lwa yo
Vodou Lèba, louvri bayè pou mwwn
pou mwen sa rantre
lô ma tounen ma remèsye lwa yo
*abobo !**

* »Legba, öffne mir das Tor, *ago-e* / Papa Legba, öffne mir das Tor / damit ich hindurchgehen kann / Wenn ich zurückkehre, werde ich die *lwa* grüßen / Voodoo-Legba, öffne mir das Tor / damit ich eintreten kann / Wenn ich zurückkehre, danke ich den *lwa* / *Abobo!*« Legba wird zu Beginn einer Zeremonie angerufen, damit er den Weg freigibt.

Antoinette kehrte zu sich zurück. Sie durchlebte aufs Neue das Kindesalter der Menschheit, da sie kein Alter, kein Geschlecht, keine Grenzen mehr hatte. Ihr Dasein erneuerte die Ursprungsharmonie mit der Erde, mit dem Gesang der Vögel. Sie bog sich wie die Zweige im Wind, verschmolz mit dem Mutterboden. Als Herrin des Ortes befahl sie Sophonie und Jasmin, Kerzen unter jeden Baum zu stellen, zeigte ihnen, wie sie die Flammen vor der Brise schützen mussten. Dann brachte sie vor jeder eine Opfergabe aus Wasser oder Rum dar und bat sie, ein Gleiches zu tun. Im Weitergehen sprach die Alte mit lauter Stimme, grüßte die *lwa*:

»Ehre* ... ich sage Ehre ... Ich grüße euch mit einer tiefen Verneigung. Oh mein Gott, welche Freude, wieder hier zu sein, das ist lange her ... Wie schön mein Hof ist! Fühlt ihr diese frische Luft? Wie schön meine Bäume sind. Wie eindrucksvoll sie sind, diese Wohnstätten der *Mysterien* ... Oh! Ayizans Königspalme! Als ich sie das letzte Mal sah, war sie nicht größer als du, Jasmin«, sagte Antoinette. Sie liebkoste die Bäume mit den Augen, gerührt von jedem Keimling, der das Versprechen auf seinen Saft zur Sonne aufsteigen ließ.

Antoinette machte die Runde um das Plateau, sie kannte den Standort eines jeden Baumes. In dem Moment, als sie hinten um die Trümmer des Häuschens kam, stutzte sie und blieb stehen. »Oh! Oh! Der Blutholzbaum von Meister Grand-Bois, was haben sie mit ihm gemacht?« Als Sophonie und Jasmin Antoinettes Schrei hörten, liefen sie zu ihr. Sie fanden die Alte mit verzerrtem Gesicht vor dem Stumpf dessen, was ein riesiger Baum gewesen sein musste. Ein Baum aus dickfaserigem Holz von tiefroter Farbe. Schockiert sprach Antoinette vor sich hin: »Sie hatten es mir gesagt ... sie hatten es mir gesagt ... ich wollte es nicht glauben.« Verstört drehte sie sich um und ging weiter. Jetzt näherte sie sich einer Lichtung am Rand der Hochebene. Auf einigen Quadratmetern Erde kamen die Überreste von etwa sechs großen Bäumen zum Vorschein. Monströse Stümpfe, verstümmelte Körper, seelenlose Leben, auf immer hinweggerissen von der Abdrift der Menschen. Antoinette wusste nicht, was sie sagen sollte: »Der Kalebassenbaum von Man

* Traditioneller Gruß. Man erwidert ihn mit »Respekt«.

Travo ... Oh nein! Der Feigenbaum von Papa Loko ... Sie haben es gewagt! Aaah!« Antoinette kniete sich auf die Erde und weinte leise. Kurz darauf hob sie den Kopf. Sie bebte vor Ohnmacht, vor Entrüstung. »Sie haben es getan, sie haben es gewagt, die heiligen Bäume anzutasten ... *Adjé!* Gut, gut ... Ich werde trotzdem von ihnen hören, selbst nach meinem Tod werden die Ameisen mich in meinem Grab unterrichten. Und wenn ich erfahren werde, dass sie Schmerzen haben, wenn vor Schmerz ihre Bäuche anschwellen, werde ich keinen, keinen einzigen Mitleidseufzer für sie haben ...«

Um die Alte von ihrem Schmerz abzulenken, sagte ihr Sophonie:

»Gran'n, und die Gefäße? Sollten wir nicht versuchen, sie zu bergen? In welchem Teil des Hauses waren sie untergebracht?«

Die Alte wies mit matter Geste auf die Ecke, wo sich der *pé** befand.

»Du hast recht, meine Tochter. Vergessen wir nicht, warum wir hergekommen sind ... Jasmin, versuch dich unter den Blechteilen in dieser Richtung durchzuwinden. Mir scheint, dass die Pfeiler in dieser Ecke nicht vollständig abgesackt sind.«

Sie beendeten die schwierige Rückholung der Gefäße. Jasmin brachte mehrere Flaschen starker Getränke, zwei Krüge, einen *govi*, drei *plat-marassa* und einige rituelle Steine zurück. Alle Stücke kamen zwar von Staub bedeckt aber unbeschädigt an die Oberfläche. Gran'n, Sophonie und Jasmin kehrten zurück an die Grenze von Terre-Rouge. Dort erwartete sie das schwarze Pferd friedlich grasend.

29

Alle gleich, die Männer. Sie spielen gern den Harten. Zu ihrer Beruhigung müssen sie immerfort ihre Stärke testen. Darum wechseln sie von Frau zu Frau. Mit den Mannsbildern ist es

* Altar.

entweder äußerst einfach oder äußerst schwierig, je nachdem, von welchem Ende du sie zu packen versuchst. Sprich von Heirat, Bindung, Familiengründung, wenn du sie in die Flucht treiben willst. Fataler Irrtum, dem im Allgemeinen Neulinge in Liebesdingen erliegen. Du wirst nicht mehr ihren Hemdzipfel sehen. Nein, man muss gewitzter sein. Am klügsten ist es, sie mit Zermürbetaktik über das Gefühl herumzukriegen. Ihnen zu schmeicheln. Man muss bei ihnen den Eindruck erwecken, sie seien Prinzen, Halbgötter. Dann fängst du sie in deinen Netzen, ohne dass sie es merken. Sie gewöhnen sich sehr schnell an die Lobhudelei, die für ihr Überleben entscheidend wird. Ihre Männlichkeit hängt davon ab. Sie werden dir aus der Hand fressen. Seit ich mit diesen *nèg* verkehre, habe ich welche aller Sorten, aller Temperamente kennengelernt. Einige wollen dominieren. Sie müssen dich immerzu daran erinnern, wer die Hosen anhat. Ihnen ist die Illusion von Befehlsgewalt unerlässlich. Du brauchst dich also nur unterwürfig zu zeigen, schon bist du Kapitän an Bord. Andere haben eher die Tendenz, sich alles gefallen zu lassen. Mit nur ein wenig Schmeichelei, um sie daran zu erinnern, dass sie das Sagen haben, kann man sie um den kleinen Finger wickeln. Männer reagieren in ganz verschiedenen Abstufungen, aber die Grundfarbe ist immer gleich. Eine Art psychologischer Camaieu. Nur die Dosis variiert von einem zum anderen. Ich gestehe aber, dass es Ausnahmen von der Regel gibt. Einige Exemplare erweisen sich als unberechenbar, verstörend. Die nimmt man von Fall zu Fall und justiert entsprechend ihren Reaktionen nach. Wie Abner, den ich heute Abend erwarte.

Der Kampf war hart. Aber ich habe in der Schule des Lebens Ausdauer gelernt. Bevor es mir gelang, seine Aufmerksamkeit zu fesseln, ihm ein Wort zu entlocken, habe ich viel Geduld, alle meine Ressourcen aufbringen müssen. Ein zäher Brocken, dieser Abner. Ein echter Macho. Ich glaube, wir sind einander ebenbürtig. Diese Strategie, den Anschein zu erwecken, dass er mir Sophonie vorzieht, also Hut ab! Er hat mich gefoppt. Der versteht es, eine Frau schmachten zu lassen. Noch ein bisschen, und er hätte mich wirklich eifersüchtig gemacht, mich, Espéranta. Aber jetzt sind wir ja Freunde. Wenn man denn mit diesem schweigsamen Bürger befreundet sein kann. Es hat mich eher gewundert, dass er meine Einladung angenommen hat. Schon über zwei Wochen lade ich ihn nun zu einem Grog in mein Zimmer ein! Ich möchte schnell seine Augen sehen. Ich hoffe, hinter dieser Fassade Solides zu finden und keinen *gran van, ti lapli**. Ich will für das lange Warten etwas bekommen ...

*

Abner klopfte drei diskrete Schläge an die Tür. Espéranta, die nicht wirklich schlief, öffnete ihm eilfertig. Der Abend neigte sich schon zu den frühen Morgenstunden. Sie erwartete ihn fast nicht mehr. Der Sache müde hatte sie sich nackt bis auf ihr Nachthemd ins Bett gelegt.

Die Schultern des Besuchers streiften die Türverkleidung. Er betrat das Zimmer nicht sofort. Er hatte eine Alkoholfahne. Seine Augen machten die Runde im Raum. Auf dem einzigen Regalbrett brannte eine Öllampe. Die zitternde Flamme ließ das Wasser eines an einem Topf Brillantine gelehnten kleinen Spiegels erglühen. Das zerwühlte, lauwarme Bett schien auf Liebe zu warten. Auf einem Tisch in einer Ecke lagen allerlei aufgestapelte Gegenstände. Dort erwarteten den späten Gast eine Flasche *asorosi* und zwei Becher. Espérantas Kleider hingen an Nägeln, die überall in die Wände eingeschlagen waren. Ein halb geöffnetes Köfferchen am Boden zeugte von ihrem unsteten Naturell.

»Komm rein, Liebster«, rief sie ihm zu.

Abner schloss die Tür hinter sich. Ohne seinen Platz zu verlassen, starrte er sie weiter an. Die Sonnenbrille verließ sein Gesicht immer noch nicht. Espéranta beharrte:

»Komm doch rein, Liebster, komm, du hast mich so lange warten lassen, trinken wir ein Glas.«

Espéranta kokettierte. Abner rührte sich immer noch nicht. Schwankende Schatten bewohnten sein Schweigen. Um den Mann herrschte eine zähe Leere. Wie ein Schleier, aufgespannt über Unzumutbarem, über einer Welt, in die kein Licht eindringt.

* »Großer Wind, kleiner Regen«. Ausdruck für etwas, das nicht hält, was es verspricht.

Eine Dimension, so faszinierend, wie es der Rand eines Abgrunds sein kann.

Ein Anflug von Beunruhigung ging Espéranta durch den Kopf, den sie mit einer Geste ihres Herzens abwies. Dieser seltsame Mann lockte sie. Sie waren Schmetterling und Flamme.

Espéranta näherte sich Abner mit wartendem Fleisch, weicher Lippe, blutschweren Augenlidern. Der dunkle, starke Geruch des Mannes erfüllte das Zimmer. Sie streckte ihm beide Arme entgegen, setzte dazu an, ihm die Sonnenbrille abzunehmen.

Bei der ersten Backpfeife taumelte sie bis zum Bett. Ihr Kopf traf hart auf die Wand. Eine blitzschnelle Bewegung. Die kräftige Hand hatte sie mit voller Wucht getroffen. Ein Überraschungsangriff, der ihr keine Zeit zu reagieren gelassen hatte. Espéranta verstand nicht, wie ihr geschah. Von der Härte des Schlags betäubt, blickte sie zu dem Mann und suchte vergeblich nach seinen in die Dunkelheit getauchten Augen. Er packte sie brutal am Arm, stellte sie wieder auf die Füße und schlug ihr bei derselben Bewegung mit dem Handrücken ins Gesicht. Diesmal wurde Espéranta ohnmächtig. Süßsaurer Blutgeschmack stieg ihr in den Mund. Abners Gesicht, überlaufen von Ticks, die ihm die Lippen aufstülpten, verzog sich zur Grimasse.

Espéranta konnte nicht länger stehen, ihre Knie gaben nach. Abner drehte sie um und stieß sie brutal gegen den Tisch. Mit dem Gesicht warf sie die Flasche *trempe* um. Ein Schmerzstrahl durchdrang ihre rechte Schläfe. Abner war blitzschnell über ihr. Er entblößte ihren Unterleib, drückte sie mit seinem ganzen Gewicht auf den Tisch, so dass sie sich nicht mehr bewegen konnte. Mit seiner freien Hand öffnete er seinen Hosenverschluss.

Espéranta schrie nicht. Damit die Nachbarn ihre Notlage nicht mitbekamen. Sie würden darüber lachen. Sie stellte sich vor, wie die Frauen des *lakou* jubeln würden. Sie stöhnte nicht, denn Stöhnen würde nichts nützen. Sie war sich dessen tragisch sicher. Heute Nacht war sie eine einsame Frau im Angesicht ihres Schicksals. Sie war niemals vor ihrem Schicksal geflohen. Ihre schwierige Eroberung gehörte zu denen, die verletzen, die bei Schmerz und Blut Genuss empfinden. Eines verhängnisvollen Tages musste ihr so einer über den Weg laufen.

Mit wildem Schwung seines ganzen Körpers bearbeitete Abner Espérantas Gesäß. Bei jedem harten Stoß des Mannes knarrte und schaukelte der Tisch aus Pechkiefernholz. Er wieherte mit schäumendem Mund, als er sie zerriss. Der Schmerz stieg verschlingend und pur wie eine Feuersglut in ihr auf. Espéranta schrie nicht. Sie biss die Zähne zusammen, schluckte ihre Klagen, verschlang ihr Röcheln, zurückgehalten von ihrer Eigenliebe, die sie die Schmähung ohne einen Schrei erdulden ließ.

30

»Athagwe ... Athagwe ... Athagwe ...« Kaum brachte Athanaël seinen Rücken auf den Atelierboden, schon befand er sich wieder oben an der Quelle. Dort, wo der Fluss ohne Zeugen seine kristallenen Emotionen laufen lässt. Diesmal trödelte er unterwegs nicht, der Übergang geschah zügig. Der Fluss drang ihm in den Kopf. Seine Wirbelsäule stürzte wie ein Wasserfall. Er sank hinab in eine kalte Welt unerreichbarer Tiefe. Eine Welt aus Millionen Tautropfen. Ein Universum, getränkt von geheimem Leben, vom Saft des Seins. Der Fluss wurde zur Brücke zwischen seinem Körper und seinem Traum. Das Wasser diente seinen Knochen, seinen Händen als Instrument des Übergangs. Er reiste zu der flüssigen Dimension, aus der die Nixe ihm Zeichen gab. Die Nixe erwartete ihn, ihre Haut war nass, ihre nasse Bekleidung lag ihren Körperrundungen eng an. Sie flüsterte seinen Namen, um ihn durch das Laub, zitternd vom Vogelgesang, oder zur Sonnenpiste zu geleiten, die sich im Lallen des Wassers verlor. Er war aus derselben Materie geformt wie sie. Sofort stellte sich die Kommunikation her. Er erkannte sie auf eine Art wieder, die er sich nicht erklären konnte, trat in ihre Realität ein.

Er betrachtete die Nixe, überwältigt von ihrem Zauber. Dieses Mal teilte er sein Wesen mit ihr. Kein Missverständnis störte mehr seinen Geist. Das Wasser kam zum Wasser. Ein Bach war zögernd über die Hänge gelaufen, hatte seinen Weg zwischen Kräutern und Kieseln gesucht, um endlich wieder zum Mutterlauf zurückzufinden. Ihre Naturen verschmolzen ineinander.

»Ja, *Athagwe*, komm, so ... du bist fast da. Du findest dich wieder. Du beginnst zu verstehen, nicht wahr? Ich fühle es. Jetzt beginnst du, dich kennenzulernen. Du bist ein Sohn der Freiheit. Frei, wie Wasser und Wind. Mächtig wie sie. Du kannst gehen, wohin du willst, es genügt, dass du Wasser in deinen Kopf strömen lässt. Lerne, auf seinen Ruf zu antworten ... dann wirst du ohne geringste Mühe den Wind in den Bäumen zum Singen bringen ...«

»Ja, Nixe, als Gefährten der Sonne wandern wir im selben Licht, ich habe meinen Irrtum eingesehen. Ich suchte deine Wirklichkeit in meinem Fleisch oder in der Härte des Steins. Ich wollte dich um jeden Preis berühren, deinen Atem trinken, dich in meinen Egoismus einschließen. Ich hätte dich aber verletzt. Jetzt bist du ganz und gar in meinem Kopf, vollkommen an meinen Rhythmus angepasst. Wie schön du bist ... oh Frau, schöner als nachts der Wellenspiegel unter dem Mond.«

Die Nixe lächelte glücklich, heiter. Sie bebte bei jedem der Worte Athanaëls.

»Ich sehe, dass du zu lieben lernst ... wie ein Mann. Du nimmst deine wahre Natur an und findest zu deiner Wahrheit ... Du bist auf dem guten Weg. Ich beneide die Frau, deren Liebhaber du sein wirst.«

Athanaël begann nachzudenken. Ein sehr bedeutungsvoller Punkt fiel ihm wieder ein. Er dachte erneut an die Worte, die die Nixe ihm bei ihrer ersten Begegnung gesagt hatte.

»Nixe, oh schöne Frau, kläre mich auf. Beim letzten Mal hast du von einer Tochter gesprochen, die ich dem Wasser gegeben haben soll, von einem Körper, der die Opfergabe meiner Frucht an die Erde trägt. Seither leide ich in meinem Männerleben an einem Hunger, an einem nie zuvor gekannten Bedürfnis. Ich verzehre mich in einem Irrschweifen, das mir keine Ruhe lässt. Die Schöpfergabe verlässt mich, die Formen entziehen sich meinem Willen. In freudloser Einsamkeit stagniert meine Einbildungskraft. Ich weiß nicht einmal, wonach ich suche, und dennoch wird diese gegenstandslose Suche zur Besessenheit.

Ich möchte dauernd mit dir hier sein ... wenn du da bist, bin ich glücklich.«

»Ich verstehe dich so gut, Athagwe. Der Entschluss, deinen Männerkörper als fortgesetzte Vermittlung zwischen denen unten und denen oben zu verwenden, stammt von den Geistern der oberen Hierarchie. Du würdest nicht imstande sein, ihren Beweggrund zu verstehen. Was getan werden musste, ist geschehen, du warst in jenem Moment aber nicht fähig, an diesem Geheimnis teilzuhaben. Jetzt hingegen bist du auf dem Weg vorangekommen. Sieh, heute kannst du dich direkt mit mir verbinden. Aus eigenem Willen. Eines Tages wirst du deine doppelte Natur beherrschen. Du wirst in der Lage sein, eine Frau, ein Wesen aus Fleisch und Blut, aus ganzer Seele zu lieben, und du wirst mich in dieser Frau wiederfinden ... Du wirst dann oben und unten, innen und außen, Warmes und Kaltes versöhnen können, wirst aber Grenzen haben, vergiss nicht, wer du bist ...«

»Warum aber nicht dich lieben?!«, schrie Athanaël aus Leibeskräften.

»Ich bin nichts als ein Bild in deinem Geist, ein Windhauch, der zu deinen Ohren spricht, ein Duft, deinen Schlaf zu verzaubern. Ich kann keine materielle Gestalt annehmen. Du wirst deine Männerbedürfnisse niemals mit mir stillen können. Deinen Überschwang wird eine Frau zu empfangen verstehen. Es gibt sie, sie trägt deine Frucht, wartet auf dich ... suche sie ...«

31

»All diese Gefühle, diese Bilder, die Sonne auf meiner Haut, die Brise um meinen Kopf ... und die Anwesenheit meiner *Leute ... wouy pitit mwen... mwen senti'm sou...** Und doch gelingt mir nicht, in den Schlaf zu finden. Ich kämpfe schon eine geraume Zeit auf

* Ja, mein Kind, ich fühle mich erschlagen.

meinem Bett, die Ruhe flieht mich. Außerdem habe ich auf dich gewartet. Mir ist das alles wie eine neue Geburt vorgekommen. Hier schließt sich der Kreis, Sophonie. Ich kehre zu meinem Anfang zurück. Ich werde jeden Tag ein klein wenig schwächer ... wie eine verlöschende Lampe ... mein Speicher versiegt ... meine Glieder werden die Kraft nach da oben zurückzukehren nicht aufbringen.«

»Aber, und der *kay-mistè*?«, fragte Sophonie besorgt. »Du hattest mir doch gesagt, er müsste wieder aufgebaut werden.«

»Das wird er«, antwortete Gran'n, »das wird er. Auch wenn ich ihn selbst nicht sehe. Du wirst meine Augen sein. Du wirst hinschauen und mir berichten. So kann ich in Frieden auf die Reise gehen. Heute habe ich das Wichtigste getan, habe die *Guinées* gebeten, uns in die Behausung einzulassen, uns zu erlauben, das Häuschen wieder aufzurichten. Boss Valbrun kann jetzt problemlos arbeiten. Morgen, wenn Gott will, werde ich ihn rufen lassen.«

»Gran'n«, fragte Sophonie nachdenklich, »hast du erneut von Nativita das Geld verlangt?«

»Nein, das ist nicht mehr nötig.«

»Wie?« Sophonie war verblüfft.

»Es gibt einen Weg zu jedem Bestimmungsort«, antwortete ihr Antoinette. »Die Wurzeln des *mapou** spüren das Wasser immer auf. Für jedes Werk, das wir im Leben verwirklichen sollen, erhalten wir auch die Mittel. Uns obliegt es, die erforderlichen Vorkehrungen zu treffen. Guten Glaubens und mit Vertrauen. Das Übrige ist nicht unsere Sache, siehst du. Auch wenn sie nicht davon spricht, weiß ich doch, dass Nativita jetzt unter dem Gewicht einer unerträglichen Marter stöhnt ... Sie weiß nicht, wie ihr geschieht. Sie verliert darüber den Schlaf. Sie anzusprechen würde sie noch mehr verwirren. Es wird so bleiben, bis diese Spannung ihr unerträglich wird. Glaube mir, ich bedaure es. Aber Nativita weiß es ebenso gut wie ich ... Sie wird mir dieses Geld zurückgeben, auch wenn es ihr sehr schwerfallen wird. Das alles hätte sie vermeiden können. Ich habe getan, was mir zu tun

* Bezeichnung für den Kapokbaum. Als der größte in Haiti wachsende Baum hat er im Voodoo besondere Bedeutung.

oblag. Ich bin ehrlich mit ihr gewesen, habe ihr gesagt, wofür ich die Summe benötigte. Jetzt ist sie am Zug, wie man so schön sagt. Was mich betrifft, so werde ich einfach abwarten, ohne den kleinen Finger zu rühren ...«

»Oh Gran'n! Wenn vom kleinen Finger die Rede ist, kommt mir auf einmal ein Traum in Erinnerung. Seltsam, bis zu dieser Sekunde habe ich mich gar nicht daran erinnert. Ich habe gestern am Abend von dir geträumt ...«

»Sprich, meine Tochter, erzähle.« Antoinette änderte ihren Gesichtsausdruck.

»Gut. Ich habe geträumt, du seist kurz davor zu ... zu ...«

Sophonie stießen die Worte an die Zähne. Sie konnte ihren Satz nicht beenden.

»... zu sterben?«, fragte Gran'n mit unbewegtem Gesicht.

»Ja«, sagte Sophonie erleichtert. »Dein Zimmer besetzten mehrere Frauen. Man hatte Tür und Fenster geschlossen. Ich weiß nicht recht, warum, aber ich habe dich mit Blut bedeckt gesehen. Du lebtest deinen letzten Atemzug. Kurz darauf hat eine Stimme mir befohlen, dich zu küssen, bevor du auf immer fortgehst. Ich habe mich auf das Bett neben dich gesetzt, mich zu dir geneigt und dich in meinen Armen gehalten. Dabei ist dein Blut zu mir hindurchgekommen. Ich habe gefühlt, dass es durch meine Adern wanderte, mich ein wenig brannte. Mein Gesicht, meine Brust waren davon bedeckt. Anschließend, flupp! ... bist du verschwunden, zu einer Wolke oder einem Lufthauch geworden. Ich sah dich nicht mehr. Verwirrt habe ich dich gesucht, auf das Bett geschaut. Plötzlich habe ich mitten in den Laken den kleinen Finger deiner linken Hand gesehen. Du bist gegangen und hast mir deinen kleinen Finger als Erbe hinterlassen ... Ein seltsamer Traum, nichtwahr, Gran'n?«

Erstaunt sah Sophonie die Alte breit lächeln. Eine tiefe Freude zog ihr die Gesichtsfalten glatt. Antoinette sah jünger aus. Sie lächelte mit offenem Mund. Die Lichtstrahlen der Lampe streuten ihr Funken in die Augen.

»Aahaa! Ich hatte es dir doch gesagt ... Man muss aufmerksam auf deine Träume bleiben ... Ja ... die Arbeit folgt ihrem Lauf. Die Frauen in dem Raum sind unsere Urahnen, die uns das Leben gegeben haben und uns ins Licht vorausgegangen sind. Mit ihrer Gegenwart haben sie das Werk des Blutes geweiht. Denn, Sophonie, wir sind über das Blut eins gewesen. Du musst unbedingt die Wahrheit der Traumwelt verstehen. Auf diesem Weg werden dir Botschaften geschickt und Kräfte verliehen, die du nicht ignorieren darfst. Blut symbolisiert das Leben, die Quelle, die niemals stirbt. Blut muss fließen, um Leben zu geben ... Denn im Blut beginnt und endet alles. Der Zyklus läuft in dir weiter, meine Kraft fließt jetzt in dir ...«

Sophonie lauschte mit gerunzelten Brauen. Sie unterbrach die Alte:

»Und der kleine Finger, Gran'n?«

»Dazu wollte ich gerade kommen, meine Tochter. In mystischer Sprache ist der kleine Finger das Symbol für die Sehergabe. Die Kraft der Augen, die Möglichkeit, die Zeit zu ergründen, im Buch der Tage zu lesen, die Kraft oder die Angst des Feindes vor dir zu spüren, Absichten zu erraten, ihnen zuvorzukommen. Du wirst auch die anderen beraten können, und vor allem musst du helfen, nichts ist dir für dich allein verliehen, sondern es ist zum Teilen bestimmt. *Abobo!*

Das ist es, was du empfangen hast, mein Kind. Jetzt bist du dir dessen vielleicht nicht bewusst, aber wenn der Moment zu handeln kommt, wirst du über deine Reaktionen selbst erstaunt sein.«

Die Alte seufzte vor Genugtuung. Der Tag endete gut. Ein Tag, reich an Erfüllung, reiner Freude, wie sie diese seit sehr langer Zeit nicht erfahren hatte. Antoinette lächelte noch, als sie in den Schlaf sank.

Sophonie blieb kurz am Fußende des Bettes sitzen. Sie betrachtete Antoinette, die mit offenem Mund leicht schnarchte. Sie grübelte den Worten der Alten nach. Unglaublichen Worten, über die sie noch vor kurzem gelacht hätte. Und dennoch, irgendwo in ihr drängte sich die Wahrheit dieser Worte ihr kraftvoll auf. Sie musste zugeben, dass sie anders als die anderen war, geboren unter einem Stern einer noch unentdeckten Galaxie. Wenn nicht, warum lebte sie in diesem *lakou*, zu dem sie die Liebe eines Mannes geführt hatte? So fern aller Anhaltspunkte, die es bis dahin in ihrem Leben gegeben hatte? Eines Mannes, der nicht der Vater ihrer drei Kinder noch dieses Kindes war, das jetzt in ihrem Bauch hauste. Démétrius hatte sie unter der Obhut seiner Großmutter hier gelassen, bevor er acht Monate später in einem unsinnigen Autounfall hingerafft wurde. Démétrius, das einzige Kind von Antoine, wie auch Letzterer der einzige Sohn Gran'ns war. Warum verwickelte das Leben gerade sie in dieses seelische Tief? Ihnen war die Freude, ein Leben zu zweien aufzubauen, verweigert worden. Ihr blieben von dieser großen Liebe nur einige in der Wärme zweier Körper entworfene Zukunftspläne und Versprechen, die an der Wurzel weggerafft wurden. Démétrius ... dessen Liebe sie zutiefst bewegt hatte. Démétrius, den sie in ihrem Zimmerchen mit einem Lakenzipfel zwischen den Zähnen, um die Jungen nicht zu wecken, lange beweint hatte.

Man musste jedoch einen Schlussstrich ziehen. Das Leben rief sie in eine andere Richtung. Irgendwo hatte ein Mann seinen Abdruck in ihr hinterlassen. Ein Mann ... nicht ganz und gar, weil er mit dem Fluss wanderte, weil er dessen Kraft, dessen Ungestüm, dessen blinde Entschlossenheit hatte. Ein Unbekannter, den sie erwartete, ohne auf ihn zu warten, dem zu begegnen sie vorwegnahm und fürchtete ...

32

Seit dem Sturz des Zimtapfelbaums war auf Kasalés Erde und das Umland kein Regentropfen gefallen. Als wäre in einer Nacht alles Wasser der Regenzeit die Abhänge hinuntergelaufen. Jeden Nachmittag krönten dunkle Wolken die Berge von Rivière-Froide. Man hörte das Gewitter grollen. Manchmal streiften gar Blitze den Himmel. Aber nichts floss. Die feuchte Hitze brannte wie Chili auf der Haut. Von den ersten Tagesstunden an schmorten lebende Christenmenschen und Tiere in ihrem Saft. Die Kinder verbrachten die meiste Zeit am Fluss, der wegen ungewöhnlicher Trockenheit zu dieser Jahreszeit nur noch ein Viertel so viel

Wasser führte wie sonst. Man hörte am ganzen Wasserlauf die Schreie der aufgeregten Kinder. Ihre nackten Körper glänzten in der Sonne ölig wie die von Eidechsen. Die Frauen mussten zum Waschen etwas höher rücken, um tiefere Becken im Fluss zu finden. Die unerbittliche Hand der Sonne lag schwer auf dem Leben des *lakou*, zwang die Bewohner, in Höfen oder auf Veranden zu bleiben. Männer und Frauen dösten schamlos mit striktem Minimum bekleidet unter den Bäumen.

An der neuen Brücke gingen die Arbeiten weiter. Schwere Baumaschinen zogen von morgens bis abends über die Straße und wirbelten Staubwolken auf, die sich über Menschen und Häuser legten. Das Echo ihres metallischen Lärms gelangte bis zum *lakou*. Die Arbeiter plagten sich. Auf Haut, Haaren und Wimpern klebte ihnen mit Schweiß vermischter Zementstaub. Selbst die Jüngsten, sonst stürmisch bei der Arbeit, bewegten sich im Zeitlupentempo. Ihr Lachen wurde klebrig. Alle waren von der Hitzewelle betroffen, Ingenieure, Werkmeister und Arbeiter.

Aber außer der Hitze lag eine vage Sorge über Kasalé. Der *lakou* erlebte eine unbestimmbare Erwartung. Der Zimtapfelbaum fiel nicht. Antoinette starb nicht, trotz der unerträglichen Hitze. Auf Knien wartete der *kay-mistè* auf die Hand, die ihn wieder aufbaute. Man wollte den augenscheinlichen Waffenstillstand zwischen Gran'n und Nativita platzen sehen. Etwas musste geschehen, was nicht geschah ... Man wartete, wie auf den Regen, auf eine Neuigkeit, eine Wende, ein selbst kleines Geschehen. Um die Vermutungen damit zu nähren. Und dumpf reizte dieses Warten die Gemüter.

*

Altagrâce begab sich mit ihrem schweren Schritt zum Markt. Mit ihrem aus Palmstroh geflochtenen Korb unter dem Arm ging sie zum Einkauf für die Tagesmahlzeit. Obwohl sie beschlossen hatte, das Haus früh zu verlassen, um die glühende Sonnenhitze zu vermeiden, hatte sie sich ein Gutteil des Morgens in ihrem Hof aufgehalten, um Nichtigkeiten zu regeln. Jetzt floss das Blei des Mittags über ihre Schultern, und sein Glanz schmerzte ihr in den

Augen. Ihr *momou* wies direkt unter dem Ansatz ihrer riesigen Brüste zwei nasse Flecken auf. Sie ging an Esthers Haus vorbei, das genau am Beginn des Zugangskorridors zum *lakou* lag. Esther saß auf einer Liege auf ihrer Veranda und fächelte sich mit einem alten Schulheft Luft zu. Durch die Lage ihres Hauses nahm sie den ganzen Tag am Kommen und Gehen der *lakou*-Bewohner teil. Eine Tätigkeit, die ihre Hauptbeschäftigung ausmachte. Ihr Ehemann Valbrun arbeitete die meiste Zeit auf Baustellen in der Provinz. Lusane, ihre Enkeltochter, stand hinter ihr und entfernte ihr mit einer Kammhälfte die Schuppen von der Kopfhaut. Man konnte meinen, Esther sei eingeschlafen. Dennoch registrierte sie das Leben durch das dünne Netz ihres Blicks.

»Hallo, Tagrâce! Gevatterin, wohin gehst du unter dieser Sonne?«, fragte Esther jetzt mit weit offenen Augen.

»Zum Markt, Gevatterin ... ich bin spät dran. Aber trotz dem Druck in meinem Kopf kann ich nicht anders. Ich habe weder ein Reiskorn, noch einen Tropfen Öl. Ah, was für ein Glutofen!«, antwortete Altagrâce und wischte sich mit dem Handrücken den Schweiß von der Stirn.

»Das kannst du wohl sagen, meine Liebe. Aber warum schickst du nicht die kleine Sherline, deine Nichte, zum Einkauf? Kinder sind wie Ziegen. Sie spüren weder Durst noch Schwüle.«

»Ja, sollte ich wohl, aber sie läuft Gefahr, von den Händlerinnen betrogen zu werden, die immer die Zerstreutheit der Kinder ausnutzen. Letzten Monat hat man ihr zweimal einen *madou** auf dem Grund eines kleinen Topfes mit Limabohnen untergejubelt. Sie hat nichts bemerkt.«

Altagrâce seufzte lange.

»Ich verstehe dich, die Zeiten sind nicht mehr dieselben. Es gibt kein Vertrauen mehr«, sagte Esther, während sie sich ein Tuch um die Haare band. Sie gab Lusane einen Wink, dass sie die Veranda verlassen sollte.

»Setz dich doch einen Moment, Tagrâce. Nur eine kurze Pause, bevor du weitergehst ...«

* Lappen, der von betrügerischen Händlerinnen auf dem Boden von Hohlmaßen verborgen wird.

Ein ganz neuer Glanz entstand in Esthers Augen. Fragen drängten sich hinter ihrer Stirn.

Altagrâce war es gerade recht. Seit einigen Tagen schmollte Nativita mit ihr. Nativita war ihre Freundin, ihre Vertrauensperson. Es tat ihr weh, plötzlich von der Freundschaft ihrer Cousine abgeschnitten zu sein.

Beide Frauen verweilten einen Augenblick schweigend, jede in Erwartung, dass die andere ein Thema anschnitt, dass ihr schon über die Zunge schlüpfte. Esther sprach als Erste.

»Ich habe heute Morgen gegen acht Uhr Vita vorbeigehen sehen, die sicherlich zur Gebetsstunde wollte. Sie hat kaum die Lippen bewegt, um mir guten Tag zu sagen. Es interessierte sie nicht, ob ich vorhatte hinzugehen oder nicht. Warum verhält sie sich so?« Esther befragte Altagrâce mit dem Blick.

»Du hast sie selbst gesehen. Seit einigen Tagen hat sie ständig vier Falten auf der Stirn. Sie schaut mich mürrisch an. Alles aus einem Grund, für den ich nicht verantwortlich bin.«

»Spricht sie denn noch mit Gran'n?«, fragte Esther.

»Ja, sie plaudern. Aber am seltsamsten ist, dass sie sich der Alten gegenüber sogar freundlich verhält. Wo ich doch spüre, dass sie sie im Grunde am liebsten hängen würde. Es ist, als verpflichtete man sie zu diesem Respekt gegen ihren Willen. Uns hingegen zieht sie ein Gesicht. Ich glaube, sie ist uns böse, dass wir dieses Dilemma mitbekommen.«

»Das ist aber töricht!«, rief Esther. »Die Familiengeschichten betreffen alle. Vita dürfte es nicht so auffassen.«

Altagrâce unterbrach sie.

»Du weißt, wie stur Vita sein kann. Je mehr sie im Unrecht ist, desto tiefer verfällt sie in ihre Unredlichkeit und beschuldigt die ganze Welt. Ich habe sie immer so gekannt. Glaube mir, Esther, diese Sache wird übel enden. Ich beobachte sie insgeheim. Ihre Wut verfliegt nicht. Unter den Auswirkungen leiden die Kinder. Ich finde, man muss die Kleinen zwar bestrafen, aber unnötige Ohrfeigen rechts und links, das ist unvernünftig. Sie wird sie am Ende noch zu Idioten machen.« Altagrâce nickte überzeugt.

Esther sprach leiser und flüsterte Altagrâce fast ins Ohr:

»Glaubst du, dass *sie* in ihrem Kopf arbeiten?«

»Altagrâce gab vor, nicht zu verstehen, und fragte:
»*Sie* ... aber wer?«
Esther sah sie ungläubig an.
»Na komm, Tagrâce, wir sind doch nicht von gestern! Ich meine die *lwa*, die Geister, die *Guinées* des *lakou*. Denkst du nicht, dass sie jetzt Nativitas Leben belasten, weil sie sich ihrem Willen irgendwie widersetzt?«
Altagrâce antwortete mit sehr ernstem Gesicht:
»Diese Vermutung liegt im Bereich des Möglichen. Weil du davon sprichst ... muss ich dir gestehen, dass auch ich daran gedacht habe. Und in diesem Fall werden sie sie verfolgen, bis sie nachgibt ... Gran'n wird nichts tun können, sie da herauszuholen.«
Esther seufzte lange.
»Ah, was für eine Geschichte! Ich betrachte das alles mit Misstrauen. Vita kann noch so oft zum Fasten und zu den Gebetsstunden gehen, solange sie ihr persönliches Problem nicht gelöst hat, wird sie keine Ruhe finden. Vita vergisst, dass jedes Ding hier unten seinen Platz hat. Die Kirche hat ihren, die *Mysterien* haben auch ihren ... Wozu sollten wir sie verärgern?«
Altagrâce stand auf, um weiterzugehen.
»Du hast recht, meine Liebe. Versuch es aber unserer Cousine verständlich zu machen. Jedenfalls wird man einen Ausweg aus der Lage finden müssen, man wird sehen. Gut, ich gehe los. Auf später, Esther.«
»Auf später, Tagrâce.«
Esther hatte bereits Lusane zurückgerufen und ihren Wachtposten wieder bezogen. Mit fast geschlossenen Augen beobachtete sie die Welt durch den Schlitz ihrer Augenlider.

33

Boss Valbrun trug Tag und Nacht einen Bleistiftstummel hinter dem linken Ohr. Er trennte sich nie von diesem wesentlichen Anhängsel seines Berufs, das ihm auch dazu diente, die *borlette*-Zahlen* zu notieren, die ihm im Traum angegeben wurden. Ebenso steckte unter der rechten Ohrmuschel immer eine filterlose *Splendid*. Er kaufte nie mehr als eine Zigarette auf einmal. Nicht etwa, weil er ein ganzes Päckchen nicht bezahlen konnte. Sein ganzes Vergnügen bestand vielmehr in dem Privileg, jedes Mal, wenn ihn die Lust zu rauchen überkam, ein Kind oder einen Baustellenhilfsarbeiter zu einer Händlerin zu schicken.

Valbrun war ein schlanker, großgewachsener Mann, ein brauner Mulatte**, dessen Haut von der Sonne der Straßen und Baustellen dunkler gefärbt und pergamentartig gegerbt war. Trotz seiner sechzig Jahre, die sich schon deutlich auf seine Schultern gesenkt hatten, zog er immer noch die Blicke junger Gevatterinnen auf sich. Er hatte gleichmäßige Gesichtszüge, eine schmale Nase, und sein Lächeln entblößte ein ebenmäßiges, kräftiges, vom Nikotin gelbes Gebiss. Der Blick seiner blauen Augen sprang Dinge und Menschen an, hielt sie mit seiner Scharfsichtigkeit gefangen. Valbrun und Antoinette liebten sich wie Hund und Katze. Sie streichelten sich gegen den Strich. Sie küssten sich nicht, sie bissen sich. Eine Art uneingestandene, wilde Zuneigung, die von vor fünfundzwanzig Jahren herrührte, als er durch die Heirat mit ihrer Großnichte Esther Mitglied von Gran'ns Familie geworden war. Es kam vor, dass sie sich in stürmischen Diskussionen ein paar Federn ausrissen und anschließend dem Anschein nach unversöhnliche Haltungen einnahmen. Sie allein wussten jedoch, dass das alles nur Theater war. Denn es verband sie eine gegenseitige Wertschätzung. Einer schätzte am anderen die Herzensbildung

* Borlette: populäre Lotterie.

** Das Wort hat auf den Antillen keine abwertende Konnotation.

und jene Eigenschaft, die bei ihren Landsleuten immer seltener wurde, die Treue.

Während Valbrun auf einem Stück Papier die Mengen und den Preis der Materialien berechnete, die für den Wiederaufbau des *kay-mistè* von Terre-Rouge notwendig waren, dachte die Alte wieder an die Worte des Maurermeisters, als er zu ihr auf die Veranda gekommen war: »Ich will die Arbeit gern für dich übernehmen, liebe Alte (er genoss als Einziger im *lakou* das Vorrecht, Antoinette die Alte zu nennen), aber ich kann erst in zwei Wochen anfangen. Gerade heute kehre ich aus Les Cayes zurück, um übermorgen wieder aufzubrechen. Ich muss für meinen Auftrag noch vierzehn Tage dortbleiben.«

Ein wenig, um Antoinette zu necken, hatte Valbrun hinzugefügt:

»Wenn du willst, kann ich deinem Patensohn Olgens die Arbeit anvertrauen. Er beginnt das Handwerk zu beherrschen. Diesem kleinen Job ist er gewachsen.«

Valbrun wusste genau, dass Antoinette sowohl aus emotionalen wie aus mystischen Gründen Wert darauf legte, dass er und kein anderer die Arbeit ausführte. Die schroffe Antwort der Alten überraschte ihn daher nicht.

»Gevatter Valbrun, das kannst du dir sonst wohin stecken. Wenn ich die Arbeit Olgens anvertrauen wollte, hätte ich ihn hergerufen. Ich kenne dein Haus und alle Kinder, die in meinen Händen zur Welt gekommen sind. Ich bin noch nicht gaga, Gott sei Dank.«

Valbrun lachte sich ins Fäustchen. Ernster fragte er sie danach:

»Hast du das Notwendige getan, damit ich hineinkann?«

Valbrun und Antoinette verstanden sich blindlings. Ohne zu zögern antwortete sie ihm:

»Ja, ich bin vorgestern mit Sophonie hinaufgegangen. Ich habe alle Vorkehrungen getroffen, um den Zugang zu öffnen. Nur deine Hand darf die Trümmer berühren. Wenn du aber hinaufgehst, um die Arbeiten auszuführen, gebe ich dir eine Kerze mit, die du an dem Ort anzündest, den ich dir angebe.«

Ernst geworden nickte Valbrun zustimmend. Valbrun kam aus dem Tal von Jacmel. Aufgezogen von seiner Großmutter väterlicherseits, hatte er sehr früh gelernt, das Innere und das Jenseitige der Dinge zu sehen. Er kannte den Einfluss des Mondes auf die Fasern des Holzes oder die Euter der Kühe. Er wusste, dass die Außenseite gewisser Blätter das Fleisch verderben konnte, die Kehrseite es dagegen gesunden ließ. Er hätte nie eine Kerze ohne ein Gebetswort angezündet, weil er wusste, dass jede erwachende Flamme einer verirrten Seele eine flüchtige Chance auf Rettung gewährt. Er wusste, dass es dumm und manchmal verhängnisvoll ist, sich über Unverstandenes lustig zu machen. Für ihn, der als Oberhaupt der Familie die Existenzgrundlagen des Hauses lieferte, spielte die wesentliche Rolle im Leben die Frau. Sie bewahrte in ihrem Körper den Lebenssamen. Der Ewige hatte sie beauftragt, diese Saat keimen zu lassen. Mittels des tiefsitzenden und reizenden Mysteriums, das zwischen ihren Schenkeln, in ihrem Bauch, an ihren Brustwarzen, bis hin zu ihren Handflächen ruht. Seit er sich in Kasalé niedergelassen hatte, fand er in der alten Antoinette den Duft und das Geheimnis der Dinge seiner Kindheit wieder. Ohne es ihr zu gestehen, unterstützte er ihre Unternehmungen stets insgeheim, und die Autorität dieser Unterstützung hatte der Alten einigen Ärger erspart.

Antoinette dachte nach. Noch zwei Wochen plus die zwei Tage, die er in Kasalé verbringen wird, bevor er wieder nach Les Cayes aufbricht!

Sechzehn lange Tage vor Beginn der Arbeit! Schließlich, wenn ihr es seid, die es so bestimmt ... Ich fühle mich jedoch schwach, ich sag's euch ... sehr schwach. Der Lauf der Sonne am Himmel kommt mir ebenso lange vor wie eine weite Reise in ferne Länder. Nachts verspüre ich bereits die Kälte rund um meinen Körper, als verkünde man mir die Frische der Erde. Ich habe euren Willen und eure Kräfte niemals in Zweifel gezogen, aber habt ein wenig Mitleid mit mir ... Macht mir die Arbeit nicht zu schwer. Wenn ich es auch die anderen nicht wissen lasse, ich leide mit Vita.

Ja, die Arme, wenn ich ihr doch diese ganzen Verwicklungen ersparen könnte. Und all die anderen, die mich beobachten, mir nachspionieren, deren Blicke mich abwägen, alles das ist sehr schwierig. Wer weiß, wie sie reagieren werden, wenn Vita etwas passiert?

Antoinette dachte nach, und wie die Meereswellen wogten ihre Gefühle von der Angst vor dem großen Unbekannten zum Vertrauen und der ungetrübten Freude, endlich ans Ende ihrer Reise zu gelangen. Dann, sagte sie sich, werde ich Kasalé niemals ganz verlassen. Selbst wenn ich an jenen Orten wandele, wo die Hülle des Körpers einen nicht mehr behindert, weiß ich im Grunde meines Herzens, dass ich hierher zurückkehre. Ich werde wiederkehren mit dem frischen Hauch des Windes, der Regen verkündet. Ich werde das Blut des Flammenbaums sein, dessen scharlachrote Blütendolden sich im Mai in die Hügel ergießen. Ich werde mich in den Himmel emporschwingen, frei und stolz wie die Spitze der Königspalme ...

»Gut, wenn wir die Blechteile bergen und sie ein wenig flicken, müssen wir noch zwei Klafter Steine beschaffen, um das Fundament zu erneuern, zehn Dutzend Holzlatten für das Flechtwerk ... Flusssand, den wir mit Erde vermischen, als Beschichtung für das Gerüst ... Ich habe den Zustand des Häuschens noch nicht gesehen, man wird aber sicher eine neue Tür, zwei neue Fenster, drei Sicherungshaken, zwei Scharniere und natürlich ein paar Pfund Nägel rechnen müssen. Die Transportkosten und die unvorhergesehenen Ausgaben ...«

Die Worte Valbruns brachten Antoinette wieder zu unmittelbaren Sorgen zurück. Sie fragte ihn:

»Hast du eine Vorstellung von den Kosten für das alles? Ich bestehe darauf, dass deine Arbeitskosten normal berechnet werden, ich verlange keinen Vorzugspreis.«

»Wann aber hört sie auf, garstig zu sein?«, dachte Valbrun. Er dachte eine ganze Weile nach, um die Alte in Atem zu halten, und sagte ihr schließlich:

»Sehr knapp kalkuliert berechne ich Kosten in der Größenordnung von viertausend bis viertausendfünfhundert Gourdes. Die Arbeitskosten sehen wir später, wenn alles beendet ist.«

»Einverstanden!«, antwortete Antoinette. »Wir sehen uns in sechzehn Tagen. Das Geld wird bereitstehen, Valbrun.«

Antoinette war überrascht, mit welcher Leichtigkeit sie Valbrun versicherte, dass sie das Geld auftreiben würde. Sie wusste natürlich noch nicht, woher auch nur der erste *gourdin** kommen sollte. Viertausendfünfhundert Gourdes ergab mit der sicher nur symbolischen Vergütung für die Arbeitsstunden, die Valbrun verlangen würde, fünftausend Gourdes. Genau die Summe, die ich von Vita erwarte, dachte Antoinette erschauernd. Damit nehmen die Dinge heute eine andere Wendung. Ihn und meine Ersparnisse erwarte ich in sechzehn Tagen. Hm ... Im Grunde ist es vielleicht besser so, weil Vita Zeit finden wird, sich zu behelfen. Zweifellos werden ihr Esther oder Altagrâce dieses Fälligkeitsdatum mitteilen. Ich werde heute Abend eine Kerze anzünden und beten. Die Geldscheine sind schon unterwegs zu mir. Ich weiß es. Ich fühle es. Meine linke Handfläche juckt ...

Valbrun beobachtete heimlich Gran'n, die in ihre bezifferten Überlegungen versunken war. Er wusste von der Rückzahlung, die von Nativita verlangt wurde. Bereits bei seiner Ankunft am Morgen hatte Esther ihn über die Ereignisse unterrichtet, die seit dem letzten Regen im Hof vorgefallen waren. Antoinette bemerkte seinen Blick und sagte:

»Wie verabredet, Valbrun, wir sehen uns in zwei Wochen und zwei Tagen. Halte dich an dein Versprechen und deinen Termin, die Zeit wird nicht immer auf mich warten ...«

In Valbruns Stimme kam ein flüchtiger Ton von Zuneigung auf, als er Antoinette sagte:

»Ich verspreche es dir ... Ich komme in zwei Wochen zurück und baue das Häuschen wieder auf. Inzwischen, Alte, verrecke nicht ...«

* Viertelgourde.

34

Irgendwo in einem *lakou* zögert ein Baum zwischen zwei Dimensionen. Die Erde hält ihn nicht mehr ganz. Dem Wasser gelingt es nicht, ihn mitzunehmen. Er ruht in der Umarmung des Windes, von unsichtbaren Sonnenfäden gehalten. Ein großer Baum mit Früchten wie Herzen, die man nachts schwach pulsieren hört. Niemand rührt ihn an. Man respektiert seinen Todeskampf. Einige sind seit dem letzten Regen besessen von ihm. Es vergeht keine Nacht, in der er nicht in den Träumen der einen oder der anderen umgeht.

35

Ich habe keine Angst mehr, Dilia. Ich wanderte allein in der Dunkelheit auf einem öden Weg. Ich sah nichts, aber in meiner zitternden Einbildung, in meinem schweren Herzen tanzten genau hinter meinen Fersen Schatten mit fratzenhaften Gesichtern, Kolonien von *chanpwel**, Banden gehörnter Werwölfe. Ich fühlte, dass sie meine Haare streiften, meine Arme wie Spinnen entlangliefen. Die Finsternis hüllte mich in ein Gewebe von Trugbildern, Dilia. Doch als ich auf der Straße weiterging, wurde in Ruhe das Licht geboren. Kein heftiger, roher Strahl, der mir die Augen verbrennen konnte. Eher ein sanfter Schein. Die Helligkeit kann dich auch verschlingen, wenn du auf einmal zu viel davon aufnimmst. Ich habe gesehen, wie das Wasser des Lichts zum Leben kam, Dilia. Ich habe gesehen, wie aus der trüben Masse ein Juwel hervortrat und Zärtlichkeitsstrahlen verbreitete. Wie ein Ursprungstropfen, wie das erste Erwachen. Weißt du, wenn das

* Gemeinbund, der schwarze Magie praktiziert.

Licht flüssig, durchscheinend, ein wenig schwer wirkt. Du fühlst es auf deiner Haut laufen, es badet, wäscht dich. Eine Phosphoreszenz wie am Morgen nach einem Zyklon. Wenn Himmel und Erde erschüttert zu vollkommener Mischung vermengt sind. Und die Helligkeit danach, wenn sie sich trennen. Kennst du sie? Man sollte meinen die Morgendämmerung der Zeiten. Ich ging vereinsamt auf der Straße, als ein Lichtstrahl unter meinen Fußsohlen aufstieg. Wie ein Mondstrahl. Darauf öffnete sich vor mir die Straße, meinem Schritt geschenkt. Es gab nur noch einen einzigen Schatten, den meines Körpers. Dieses Gespenst schreckt mich nicht mehr, Dilia, es gibt mir Halt. Es ist ein anderes Ich-selbst. Mein Engel. Der Mond hat meinen Schrecken eingeatmet, oder vielleicht hat dieser einfach seine Natur verändert. Der geläuterte Angstzustand wird zu hellem Glanz.

Gestern hat mein Leben sich mit dem Leben eines Mannes gekreuzt. Ich verkaufte wieder mein Brot auf der Straße. Dilia, Dilia, hörst du, wie die Brise Seufzer in die Pinien von Saint-Roc haucht? Es ist kühl da oben auf dem Hügel, wie auch in meinem Kopf. Der Wind hat mir beim Anblick dieses Wesens die Haare aufgerichtet. Die nach Harz duftenden Windstöße flüstern mir Geheimnisse zu, Dilia. Sie machen mich trunken, Dilia, sie greifen nach mir. Mein Kopf wird zu einem Zweig, auf dem eine ganze Turteltaubenfamilie sitzt. Das Unendliche pfeift in den Pinien meines Herzens, sein Lied füllt mein ganzes Vorstellungsvermögen aus. Der Mann hat mir die Hand gereicht. Er ist der Lufthauch. All meine Körperfasern haben sich bei seiner Anwesenheit erregt, mich zu seiner Wahrheit getrieben. Einer begeisternden Gewissheit. Dilia, hörst du die Blätter von Saint-Roc rascheln? Nein, antwortest du mir. Aber sie singen, die Pinien von Saint-Roc! Ihre Harmonie ist ein Murmeln, das ich im Blick des Unbekannten gelesen habe. Ihre Melodie ist die Luft, die seinem Mund entströmt, seine Atmung, seine Existenz. Dilia, mach dir keine Sorgen um mich, ich erlebe ein großes Glück ... Von nun an schläft ein Mondfunke unter meinen Fußsohlen. Er leuchtet über der Straße bis nach Saint-Roc. Trunken von seinen Lauten gehe ich von nun an über weiche Piniennadeln. Dieser Gesang geht mir nicht aus dem Kopf. Ein Gesang von Weite, von funkelnden Wassertropfen. Ich habe einen

Mann gesehen, er hat mich erkannt. In unseren Augen tanzt dieselbe Sonne ... Ich bin der Teil seiner selbst, der ihm fehlte, der fähig ist, im ruhigen Wasser seiner Augen einen Sturm auszulösen. Du wirst mir nicht glauben, Dilia. Ich kann es dir aber schwören. Dilia, ich bin mir dessen so sicher wie dieser Freudenböen, die an meine Ohren schlagen.

36

Trotz der Trockenheit, die Kasalé an der Kehle gepackt hielt, trotz der Erwartung, die jedem Blick abzulesen war, der durch den *lakou* hindurchdrang, folgte das Leben seinem Lauf. Die Morgen trödelten. Die Nachmittage schmachteten, verharrten bis zur äußersten Grenze des Tageslichts, um dann ganz plötzlich den Abhang der Nacht herunterzupurzeln.

Vor zehn Tagen war Valbrun wieder nach Les Cayes abgereist. Ein geheimer Countdown hatte in vielen Herzen der Einwohner von Kasalé begonnen.

Seit Valbruns Abreise lastete jeder neue Morgen etwas schwerer auf Nativitas Leben. Wie sehr sie auch Gleichgültigkeit hinsichtlich ihrer Schuld gegenüber Gran'n und der bald fälligen Rückkehr Valbruns vortäuschte, ihre Stunden färbten sich mit derselben Erwartung, die gewisse Häuser des *lakou* bewohnte. Sie nahm physisch das Gewicht der Tage wahr. Eine Schwere rollte hinter ihren Augen, machte ihre Bewegungen, ihre Worte und selbst ihre Gedanken schwerfällig. Diesem Gewicht zu widerstehen, verlangte physische Kräfte, die sie nicht besaß. Sie dachte daran, sich in der Ambulanz abhorchen zu lassen, da sie aber unter keinem besonderen Schmerz litt, hätte sie die Art ihres Unwohlseins dem Doktor oder der Krankenpflegerin nicht erklären können. Sie litt einfach unter einem Gewicht auf ihrem Leben. Das kleinste Ärgernis steigerte ihr Ohnmachtsgefühl, versetzte sie in gewaltigen Zorn.

Am Morgen dieses zehnten Tages wollte Nativita zur Kreuzung der alten Brücke, um Mehl zum Eindicken ihrer Suppe aus roten Bohnen zu kaufen. Sie rief Eddy, um es ihm mitzuteilen und ihn, wie üblich, wenn sie sich entfernte, zu bitten, die Kleineren im Blick zu behalten. Die Vorsichtsmaßnahme war überflüssig, denn die Kinder spielten auf Gran'ns Veranda. Nativita wollte Eddy lediglich das Verantwortungsbewusstsein anerziehen, das er gewiss dringend benötigen würde, wenn er nach New York ziehen sollte. In ein Land, wo angeblich Kinder ab zehn Jahren ihre Hausschlüssel erhielten. Sie rief Eddy dreimal, ohne eine Antwort zu erhalten. Dabei sah sie ihn ganz nah mit Jasmin hinter dem Grundstück von Altagrâce unter dem Quenepabaum einen Lastwagen aus Weißblech zurechtflicken. Schon begann Nativitas Blut anzusteigen. Sie rief aufs Neue, diesmal lauter. Eine Ader trat an ihrer rechten Schläfe hervor. Eddy, vertieft in seine Tätigkeit, schien ihren Ruf nicht zu hören. Übrigens schien niemand ihre Stimme zu vernehmen, niemand achtete auf sie, außer Simone, die erstaunt war, ihre Großmutter zu sehen, die mit offenem Mund wie ein Fisch in Atemnot auf der Schwelle ihrer Tür stand.

Als Nativita bewusst wurde, dass ihren Mund kein Laut verließ, musste sie sich am Türrahmen abstützen, um nicht zu fallen. Lange verharrte sie so, den Kopf in der Armbeuge. Simone wurde immer neugieriger, kam auf sie zu und zupfte sie unten am Rock: »Warum stehst du so da, Großmutter Vita?« Nativita hob den Kopf, und Simone konnte in ihrem Gesicht ein maßloses Erstaunen lesen, als begegne ihre Großmutter am helllichten Tag einem Gespenst.

*

Die Nachricht konnte nicht lange verborgen bleiben. Nativita brachte kein einziges Wort mehr hervor. Seit drei Tagen war ihr kein Laut über die Lippen gekommen. Ihr Gesicht war zu einer erstaunten Maske geworden. Ihr ganzes Leben fand sich jetzt konzentriert im Ausdruck ihrer Augen. Ein Notfallbesuch in der Ambulanz hatte an der Situation nichts geändert. Für ihr Verstummen hatten die Ärzte keine körperliche Erklärung gefunden. Man sprach von emotionalem Schock, Verärgerung oder von einem kalten Luftstrom, der manchmal mitten in einer Hitzewelle auftrat. Sie berieten sich über den Fall, zogen dicke Handbücher zurate, sprachen von »vorübergehender Erkrankung« oder »psychosomatischer Pathologie«. Man empfahl ihr das spezialisierte Krankenhaus von Bonnefin in der Nähe von Les Cayes, in dem große ausländische Spezialisten turnusmäßig tätig waren.

Am selben Tag besetzte eine Handvoll Frauen Nativitas Veranda und bildete eine Gebetskette. Sie beteten ununterbrochen den Rosenkranz.

*

Nativitas Schweigen befreite die Lippen der kleinen Leute vom *lakou.*

»Ich glaube, dass sie einen geballten Zorn gehabt hat ... eine Blutkugel muss ihr die Kehle blockieren.«

»In diesem Fall können allein Eisenkraut und *kase-sèk** die schlechte Stimmung lösen.«

»Ein solcher Fall ist mir begegnet ... die Unglückliche hat mithilfe von Kompressen aus Mandelblättern, überzogen mit erhitztem und gesalzenem Rizinusöl, die ihr direkt auf die Kehle gelegt wurden, die Stimme wiedererlangt. Sobald die Kompresse erkaltet, muss man sie entfernen und eine neue auflegen. Diese Behandlung ist bei Blutstürzen in der Kehle unübertroffen.«

»Meiner bescheidenen Meinung nach ... sieht diese Sache ziemlich nach einem *Pulveranschlag*** aus ...«

»Nicht doch! Alle wissen, dass Pulveranschläge nur Körperteile, nicht den guten Engel*** treffen ...«

»Was aber sagen die Ärzte in der Krankenstation?«

* Heilpflanze aus der Familie der Weidengewächse.

** Anschlag mit magischem Pulver, das seine Wirkung entfaltet, wenn der Betroffene es berührt.

*** Der Seele ähnliches Konzept im Voodoo.

»Nun, nichts im Wesentlichen ... ihrer Meinung nach ist sie nicht krank, ihr Blutdruck ist gut, ebenso ihre Temperatur. Der Form halber hat man ihr nur ein Beruhigungsmittel verschrieben. Der Arzt behauptet, sie braucht Ruhe ... er sagt, sie sollte sich abkapseln ...«

»Wie das, sich abkapseln? Kann ein lebender Christenmensch sich abkapseln? Muss man ihn dafür operieren?«

»Nein, nein, das bedeutet, dass sie eine Zeitlang anderswo leben sollte ... abschalten ...«

»Abschalten ... Was wird man nicht noch zu hören bekommen ... Ich sage immer, die Ärzte sind Witzbolde. Wenn ihnen ein Fall zu schwierig ist, kommen sie dir mit allerlei Mumpitz, um dich noch mehr zu verwirren ...«

»Hmm ... Vergessen wir nicht, dass es Krankheiten gibt, für die die Krankenhausärzte nicht zuständig sind.«

»Da hast du recht, meine Liebe. Und diese übernatürlichen Störungen sind schwer zu heilen. Wir müssen noch mehr beten ...«

»Oder wir wenden uns an einen ...«

»An wen denkst du?«

»An niemanden ... vergiss es.«

»Findet ihr nicht merkwürdig, dass Gran'n nicht dauernd an Vitas Bett sitzt? Sie ist schließlich ihre Nichte, ihre nächste Verwandte im *lakou*. Müsste man nicht auch Ti-Came in New York benachrichtigen?«

»Da wir noch nicht wissen, woran Vita leidet, halte ich es für voreilig, Ti-Came sofort zu alarmieren. Sehen wir erst einmal, wie die Situation sich entwickelt. Vita ist immerhin nicht bettlägerig.«

»Seit Vitas Krankheit hat die Alte sie mehr als einmal besucht. Sie bleibt aber nicht lange. Sie empfiehlt Aufgüsse aus Petersilie für das Blut und aus Zimt gegen die Erkältung. Man hat den Eindruck, als könnte Antoinette nicht ertragen, ihre Nichte sprachlos in ihrem Bett liegen zu sehen. Sollte es Reue sein?«

»Warum Reue? Glaubst du, dass sie etwas damit zu tun hat?«

»Das will ich nicht sagen ... da ich jedoch weiß, was sich hier seit einiger Zeit ereignet, wäre ich nicht erstaunt ... So etwas hab ich übrigens ein wenig vorausgesehen. Aber seiner eigenen Familie das anzutun! Die Alte schwört jetzt nur auf die Augen

Sophonies. Wer kann wissen, was die beiden da auf unser aller Rücken brauen ... im Grunde ist niemand in Sicherheit ...«

»Ja, die Dinge nehmen eine dramatische Wendung. Das wird jetzt zu heftig. Wir können nicht hilflos zusehen, wie Antoinette Nativita in aller Ruhe *verzehrt*. Sonst werden wir als Komplizen gelten. Man muss etwas tun ... Pater Daniel benachrichtigen ...«

»Hallo! Ziehen wir keinen voreiligen Schluss. Erheben wir auch keine vorschnellen Beschuldigungen. Im Übrigen ist das, was zwischen diesen Frauen geschieht, eine Familienangelegenheit, die uns nicht betrifft. Allerdings ... allerdings ... wäre es gut, den Pater zu unterrichten. Er wird selbst entscheiden, was zu tun ist ...«

»Ich wüsste gern, wie diese Geschichte enden wird ... Man hat mir gesagt, dass Gran'n vor einigen Tagen nach Terre-Rouge aufgestiegen ist. Hat sie den *kay-mistè* wieder aufbauen lassen?«

»Äh, mir scheint, nein. Wie sollte Antoinette genug Geld dafür auftreiben?«

»Das frage ich mich ... aber bei diesen Leuten ...«

»Und der Zimtapfelbaum?«

»Immer noch am selben Ort ...«

37

Espéranta würde glauben, die Szene geträumt zu haben, die sie gerade erlebt hatte, wäre da nicht, eingepflanzt wie ein Baum, der Schmerz in ihrer Mitte. Zwei Gläser der Sonnenbrille, die sie in einen ekelhaften Abgrund zogen, der Geschmack von Blut in ihrem Mund, die schneidende Klinge von Abners Geschlecht, das Echo seines gutturalen Lachens, alles das verschmolz zu ein und demselben Albtraum. Aber das Brennen, das bei jeder Bewegung ihres Körpers heftiger wurde, ließ ihr keine Illusion. Sie blieb auf dem Bauch liegen, durchdrungen von der Kühle der Nacht, schwitzte dann große Tropfen unter den glutheißen Blechen.

Espéranta brauchte drei Tage und drei Nächte nach dem Schock ihrer Begegnung mit Abner, um sich von den Brutalitäten des Mannes zu erholen. Drei Tage, in denen sie nur im Schutz der Dunkelheit ihr Zimmer verließ, um ihre Notdurft in den Latrinen ihrer Gasse zu verrichten oder mühsam einen Eimer Wasser für ihre Toilette zu schöpfen, die sie hinter ihrem Haus und nicht, wie gewöhnlich, im Fluss vornahm. Jede Muskelkontraktion löste einen Schmerz aus, dessen Stachel sie fast zu Tränen brachte. Das Denken tat ihr weh. Ihr Gehirn befand sich am Ort ihrer Marter. Kein Gedanke ging ihr durch den Sinn. Sie aß während dieser Zeit fast nichts, jede Art von Hunger hatte ihren geschundenen Körper und ihre verletzte Seele verlassen. Als sie Mut fasste, bereitete sie Sitzbäder mit Blättern vom Papayabaum und *petit-baume**, die ihren Schmerz milderten, die Verletzung ihres Fleisches heilten.

Niemand wunderte sich, dass Espéranta nicht frühmorgens mit dem Brotkorb aus ihrem Zimmer kam. Im Grunde wussten alle, dass sie diesen Handel notgedrungen betrieb. Man dachte, sie habe sicherlich eine Beute am Haken und schlafe den Rausch eines neuen Abenteuers in den vier Wänden ihres Zimmerchens aus.

*

Espéranta wusste, dass es ihr besser ging, als sie nachzudenken begann. Der Würgegriff des Schmerzes ließ wieder nach. Sie lag jetzt auf dem Rücken und betrachtete die Decke des Raums. Sie sah das Blechdach, die Holzlatten, die es stützten und das Ende der Nägel, die das Blech am Innengerüst hielten. Der Anblick der metallenen Spitzen wurde ihr unerträglich. Sie schloss kurz die Augen. Ein langer Seufzer entstieg ihrer Brust. Sie hatte einen bitteren Geschmack im Mund. Ein Glucksen in ihrem Magen erinnerte sie daran, dass sie etwas essen musste. Der Hunger kehrte zurück, und mit ihm erwachten gewisse Körperimpulse. Sie schob ihre Hand in das Gestrüpp ihrer Haare, denen, so dachte sie, ein guter Bürstenstrich fehlte. Mit der Zunge machte

* Hain-Minze.

sie eine Bestandsaufnahme ihrer Zähne. Als sie sie alle unbeschädigt vorfand, seufzte sie erleichtert. Während ihr Blick über ihren Körper wanderte, stellte sie verdutzt fest, dass sie immer noch das Nachthemd trug, in dem Abner sie neulich abends vorgefunden hatte. Ein stechender Schmerz im Kopf zeigte ihr an, dass sie an zu viel auf einmal dachte. Nicht mehr als einen Gedanken auf einmal, um ihr Gehirn nicht zu ermüden. Wenn nicht, protestierte es und schickte schmerzhafte Signale.

Auf dem Fußboden lagen noch Glassplitter. Ein Wunder, dass sie sich nicht die Fußsohlen aufgeschnitten hatte. In den drei letzten Tagen hatte sie vollkommen abgeschottet von ihrer Umgebung gelebt und war nicht sie selbst gewesen. Als eine saubere Frau, die sie war, hatte sie niemals mit Besen und Putzlappen gegeizt. Und nun hatte ihr Leben drei Tage lang zwischen Schmerz und dem Nichts in der Schwebe gehangen. Endlich tauchte sie daraus auf. Sie wollte sofort aufstehen und um sich herum etwas aufräumen. Aber der Befehl kam nicht an. Ihre Glieder waren so schwer. Sie musste noch warten, sich ausruhen.

Nachdem sie ihren körperlichen Zustand festgestellt hatte, ging es ihr besser, viel besser. Ihre größte Furcht war gewesen, entstellt oder ohne Zähne zu sein. Aber in dieser Hinsicht ging alles gut, in wenigen Tagen würde nichts mehr zu sehen sein ...

Ihren seelischen Zustand wagte sie allerdings nicht festzustellen. Mit allen Kräften wies sie die Empfindungen und Gefühlsregungen von sich, die von ihrer Begegnung mit Abner ausgegangen waren. Sobald sie daran dachte, ließ eine hohe Dünung sie kentern. Eine Welle zu starker Gefühle, um sie analysieren zu können. Sie lähmten sie einfach. Trotz all ihrer Anstrengungen, trotz des Kopfschmerzes, den ihr der Wille, nicht nachzudenken, bereitete, konnte sie sich jedoch einer aufsteigenden Gefühlsflut nicht erwehren. Empfindungen überstürzten einander wie ein Wasserfall, wie ein Erstickungsanfall. In solchen Momenten packte sie die plötzliche Lust, zu laufen. Wohin zu laufen? Ganz egal. Nur, um ihren Gedanken, den Schatten zu entfliehen, die in ihrem Kopf trabten, den Bildern, die wie ein Gewitter rollten oder stark wie der Donner genau am Ansatz ihres Nackens losbrachen. Espéranta zog den physischen Schmerz, der sie beschäftigte, sie zum

Nachdenken brachte, Medikamenten vor, die ihr Erleichterung verschaffen könnten. Wenn ihre Schmerzen sie herausforderten, reagierte sie aus einer Art Überlebensinstinkt fast automatisch. Aber wie sollte sie den Druck auf ihrer Brust heilen oder lindern? Was geschah mit ihrem Bauch? Warum fühlte sie, dass ihre Eingeweide in Aufruhr gerieten, sobald sie Abners Silhouette im Türrahmen zu sehen glaubte? Wie sollte sie den Griff um ihren Hals lockern, wenn es schien, als quelle der brutale Geruch des Mannes aus den Wänden? Espéranta weigerte sich, zu verstehen.

Sie hasste Abner. Sie dachte sich die schlimmsten Bosheiten aus, um dem Mann körperliche und moralische Schmerzen gleich denen zuzufügen, die er sie hatte leiden lassen. Nichts wäre grausam genug, ihre Erniedrigung zu rächen. Aber diese Gefühle gaben nur die Oberfläche der Empfindungen wieder. Etwas anderes war darunter. Als sie einige Stufen in ihrem Kopf hinabstieg, gelangte sie auf einen verwirrenden Treppenabsatz. Ihre Intimfarben verschwammen.

Espéranta glaubte sich zu kennen. Sie hatte keine moralische Gesinnung. Zumindest wich ihre Moral vollkommen von der gewöhnlicher Frauen ab. In sehr jungen Jahren hatte sie das Leben vor eine einfache Wahl gestellt, nämlich zu überleben oder zu krepieren. Mit einer Mutter, die unter psychischen Störungen litt, einem Stiefvater, dem sie als Spielzeug diente, hatte sie mit extremen Parametern zurechtkommen müssen. Alle, die ihr angeblich halfen, wollten sich in Wirklichkeit nur Lust mit ihr verschaffen. Auf diese Art hatte sie schamlos die Kräfte ihres Körpers kennengelernt. Weil er eine solche Anziehung auf Männer ausübte, beschloss sie, diese voll zu nutzen. Ihr Gesäß würde ihre Visitenkarte sein, ihre Waffe, ihre Einkünfte. Mit der Zeit entdeckte sie Freuden an ihrer Art, anders zu sein. Die Gefühle machten ihr nicht lange zu schaffen. Gefühle, eine Schwäche. Eine Bresche in der Verteidigung, durch die man immer versenkt wird. Die Jahre hatten ihr langsam Schicht um Schicht Zynismus, Gleichgültigkeit und Berechnung über das Herz gelegt. Meistens entschied sie selbst über die Männer, die sie in ihrem Bett haben wollte. Sie schnappte sie, benutzte sie und ließ sie fallen, wann es ihr beliebte. Die Männer erfüllten bei ihr nur eine Funktion, nämlich ihre Lüsternheit zu befriedigen und für genug Geld zum Überleben in ihrem Portemonnaie zu sorgen. Sie war gegen sich selbst weder großzügig noch gönnerhaft. Ihr Leben verfolgte einen Weg, jedem den seinen.

Es hatte Abners schwer wiegender Anwesenheit, seiner Verachtung, seiner kalten Gewalt bedurft, um das Vertrauensgebäude Espérantas zu erschüttern. Als er ihr jede Menschlichkeit verweigerte, sie vergewaltigte, berührte er unwissend einen sensiblen Kern ihres Wesens. Sie entdeckte auf diese Art, dass sie eine Frau sein konnte, die zu sein sie sich immer weigerte. Ein Weibchen, dessen man sich bedient, das weder die Bedingungen noch den Zeitpunkt bestimmt. Eine Frau unter dem Joch eines Gebieters. Nichts als eine Frau. Abner hatte die Unterwerfung ihr abgerungen.

Um das nicht zu sehen, presste Espéranta sich die Hände auf die Augen. Um es nicht zu hören, verstopfte sie sich die Ohren mit den Fingern. Sie befreite ihren Kopf von allen Empfindungen, um das unsinnige und abscheuliche Verlangen nicht zu fühlen, das wie eine Morgendämmerung durch die Nacht ihrer Seele brach.

38

Selbst die Kinder wittern das Unbehagen. Sie entnehmen es dem Schweigen der Erwachsenen. Die Kleinen verstehen, wenn die Erwachsenen in den verschlungenen Pfaden des Lebens umherirren. Etwas stimmt nicht in Kasalé. Der Wind weht tief und schwer. Der Fluss wird geizig mit Freude. Die Bäume singen immer noch, aber ihre Stimmen vermischen sich. Die Kleinen kennen das Lied des Laubes, die Klage oder die Freude der Wurzeln. Der Pflanzensaft singt falsch seit einigen Wochen, das können sie versichern. Aber sie sprechen nicht untereinander davon. Kinder sind wie Gitarrensaiten. Man zupft sie, und ihre Musik fliegt auf in den Himmel, nichts hält sie zurück. Seit einiger Zeit verlieren ihre Lachsaiten an Spannung. Ihre Murmeln rollen quer. Ihre Puppen langweilen sich. Etwas stimmt nicht in Kasalé. Die Großen schweigen zu oft, zu lange. Sie schauen drein wie Katastrophenopfer. Sie scheinen zwischen gestern, das nicht war und morgen, das nicht kommt, in einer Zwischenzeit festzustecken.

39

Eines Morgens beschloss Sophonie, Nativita aufzusuchen. Sie musste unter vier Augen mit ihr sprechen. Dieser Entschluss war nachts gefallen. Zwar störte sie die Aussicht auf diese Begegnung wegen der Anwesenheit der Frauen, die das Haus seit vier Tagen besetzten. Sie wusste aber, dass nichts sie davon abbringen konnte. Allzu fest war sie überzeugt. Nicht einmal mit Gran'n würde sie darüber sprechen. Diese Angelegenheit betraf sie ganz allein. Auf dem Rückweg vom Brotverkauf würde sie gegenüber zu Nativita gehen.

Kaum hatte sie vor dem Morgengrauen die Augen geöffnet und den Fuß auf den Zimmerboden gesetzt, drängte sich Sophonie die Notwendigkeit, Nativita zu besuchen, wie eine unumgängliche Selbstverständlichkeit auf. Zunächst abgeschreckt vom Gedanken daran, akzeptierte sie ihn im Laufe des Tagesanbruchs. Er erschien ihr normal und logisch. Es war ihre Pflicht, ihre Verantwortung, wie jene, die das Schicksal dir in die Hände legt und denen du nicht entfliehen kannst. Wie wenn du ein Kind zur Welt bringst und es nur dich ganz allein hat, ihm ein Schicksal von A bis Z zu schmieden. Um deiner neuen Verantwortung gerecht zu werden, musst du die Ressourcen auf dem Grund deines Seins finden. Du musst reagieren, selbst wenn du fliehen möchtest. Du hast Leben gegeben, wie es dir gegeben worden ist. Du kannst die Kette nicht unterbrechen. Also gürtest du dir die Lenden mit einem Strick aus derbem blauen Stoff. Schluckst deine Angst, deine Tränen hinunter und nimmst das

Leben in deine Arme. Die Unsichtbaren befahlen ihr, zu handeln. Nativita musste geholfen werden. Die Zeit drängte. Sie würde sie überzeugen müssen, ihre Hilfe anzunehmen, ihr ihre eigene Gewissheit mitteilen.

Sophonie band sich ein weißes Tuch um den Kopf, ging mit nackten Füßen über die Straße und trat auf Nativitas Veranda. Zwar hatte sie diese seit ihrer Krankheit schon einmal besucht, war aber jedes Mal sehr schnell wieder gegangen, weil sie der Kranken nichts zu sagen fand und die Atmosphäre im Haus unfreundlich war. An diesem Morgen besetzte die kleine Veranda ein halbes Dutzend eng aneinander gedrückter Frauen, die Gebete herunterleierten. Sophonie grüßte sie mit lauter Stimme. Sie nahm zur Kenntnis, wie langsam sie auf ihren Gruß antworteten. Einige öffneten kaum die Lippen. Sophonie ließ sich nicht einschüchtern. Mit erhobenem Kopf und entschlossenem Blick trat sie in das Haus ein wie in ihr eigenes. Sie wusste Nativita in ihrem Zimmer, das sie seit einigen Tagen nicht verließ. Den Frauen zuvorkommend schlüpfte sie schnell in den Raum und schloss unter ihren feindlichen und überraschten Blicken die Tür.

Nativitas Augen erzählten ihr ganzes Leben. Ihr sonst verschlossener Blick spiegelte jetzt eine außergewöhnliche Lebhaftigkeit. Als wenn ihr die Sprache entzogen werden musste, damit sie endlich dem Leben zuhöre. Sie saß auf einem kleinen Strohstuhl und enthülste Kongobohnen, die in den Falten ihres Kleides lagen. Nach und nach ließ sie die Bohnen in einen *coui* fallen, der neben ihr am Boden stand. Eine Kompresse, von der ein starker Rizinusölgeruch ausging, verlängerte ihre Stirn. Im Halbdunkel des Raums sah Sophonie die kleinen Augen Nativitas leuchten wie die einer Katze in der Nacht. Nativita schien nicht überrascht über Sophonies Kommen zu sein. Allerdings befragte ihr Blick die Besucherin, als diese die Tür hinter sich schloss.

Seit ihrer Ankunft in Kasalé hatten sich Nativitas Gefühle für Sophonie von Feindschaft zu Respekt entwickelt. Nativita hatte Sophonie nicht gemocht. Sie kam von anderswo und schleppte drei Bastarde mit. Sie hatte sie nicht gemocht, weil sie dem den

Kopf verdreht hatte, den die Frauen des *lakou* als den besten ihrer Männer betrachteten, ihren schmerzlich vermissten Démétrius. Nativita nahm ihr auch übel, Antoinettes Geschwätz von den *lwa* zu wohlwollend anzuhören. Mit der Zeit aber hatte sie in Sophonie eine ernsthafte junge Frau erkannt, die den Männern nicht leicht zulächelte. Nativita verdächtigte sie, in ihrem Zimmer manchmal insgeheim einige lustvolle Momente zu genießen. Aber die kleine Gerissene entzog sich stets ihrer Überwachung. Auch lernte Nativita Sophonies Ausdauer bei der Arbeit und die Grundsätze schätzen, die sie ihren Söhnen anerzog. Sophonie wiederum verstand es, sich durch kleine Gefälligkeiten ein wenig von Nativitas Freundschaft zu gewinnen. Aber seit ihrem Ärger mit Gran'n kehrte Nativitas Misstrauen ihr gegenüber schnell wieder zurück.

Als Sophonie ihr Zimmer betrat, drückte der Blick, den Nativita ihr zuwarf, ihre gemischten Gefühle für die junge Frau aus. Da Sophonie keinen Stuhl im Raum fand, hockte sie sich an ihre Seite. Beide Frauen schauten sich lange an. Ein Austausch, der beredter als Dutzende Worte war. Nativita ließ sie verstehen, dass sie sich wegen ihrer Behinderung nicht unterlegen fühlte. Dass sie für ihre Prinzipien bis zum Ende kämpfen würde.

Sophonie verstand es und beschloss, gleich zur Sache zu kommen. Hinter der Tür hörte sie bereits gedämpfte Worte und die Bewegung der Frauen, die darüber zu beten vergaßen.

»Zunächst, Vita, sollst du wissen, dass ich nicht in Antoinettes Auftrag komme. Ich schwöre es dir auf den Kopf meiner drei Jungen. Ich habe beschlossen, selbst zu kommen, um mit dir zu sprechen, denn man hat mich gestern Abend im Traum darum gebeten.«

Nativita runzelte die Stirn. Aus einem natürlichen Reflex öffnete sie, um zu sprechen, den Mund, schloss ihn aber sofort. Sophonie fuhr fort:

»Diese ... Geschichte zwischen Gran'n und dir muss aufhören. Du musst endlich wieder gesund werden. Uns bleiben nur noch drei Tage, bis Valbrun zurückkehrt. Du weißt, wovon ich spreche, ich werde mich nicht endlos darüber auslassen ... Warum bin ich gewählt worden, dir zu helfen? Darüber weiß ich absolut nichts.

Glaube mir, ich würde gern auf diese Rolle verzichten. Ich verlange nur, hier zu leben. Wenn das Leben für mich in Kasalé unmöglich wird, bin ich bereit zu gehen, so schmerzlich das für mich auch wäre. Ich habe aber seit langem gelernt, die Wege des Schicksals nicht zu befragen. Darum hör mir von ganzem Herzen zu. Ich kann dich zu nichts zwingen. Du bist eine tapfere Frau, eine Kämpferin, Vita. Du weißt sicher, was gut für dich ist. Ich bitte dich nur, mich anzuhören. Die Entscheidung, zu handeln, kommt dir zu, dir allein. Ich erfülle nur meine Pflicht ...«

Sophonies Worte gewannen Nativitas Interesse. Ihre kleinen Augen hörten ihr aufmerksam zu. Sie entzifferte Sophonies Gefühle auf ihrem Gesicht. Sie durchsuchte sie buchstäblich mit den Augen. Sophonie sagte ihr noch:

»Vita, bevor du heute Abend schlafen gehst, bereite dir ein Bad mit den Blättern des Feigenbaums hinter Altagrâces Haus. Du fügst einige Blätter Basilikum und *kapab** hinzu, die du auf dem Markt findest, und beträufelst alles mit einigen Tropfen *My Dream***. Nach deinem Bad ziehst du ein Kleid aus geblümtem Stoff an und legst dich ins Bett. Versteh mich richtig, wenn du es machst, werde ich erneut für dich, mit dir, träumen ... In meinen Träumen geht die Behandlung weiter, du musst aber dabei mitmachen und die Anweisungen ausführen, die ich dir gegeben habe.«

Nativitas Blick verhärtete sich langsam bei Sophonies Worten. Sophonie stellte sich bereits vor, was sie gesagt hätte, wenn sie hätte sprechen können. Trotz der Sprachlosigkeit ihrer Gesprächspartnerin hörte sie ihren Zornausbruch. Aus Prinzip und Charakter akzeptierte Nativita von niemandem Befehle oder Anweisungen. Es kam zwar vor, dass sie, wenn sie darüber nachgedacht hatte, einen Ratschlag oder eine Bemerkung als berechtigt anerkannte, aber zunächst empörte sie sich. Nativita kniff die Lippen zusammen, und ihr Gesicht nahm jenes verstockte Aussehen an, das Sophonie an ihr gut kannte. Sophonie gab sich den Anschein, als bemerkte sie nichts. Es machte ihr zu schaffen, das Instrument zu sein, durch

* Baum aus der Familie der Kreuzdorngewächse.

** Beliebtes Parfum.

das Nativita das Schicksal traf. Letztere hätte gut ihre Mutter sein können. Sie verstand, wie bitter diese Demutslektion für Nativita sein musste.

Sophonie berührte Nativitas Hand. Eine Geste des Respekts und der Sympathie. Bevor sie ging, sagte sie noch:

»Vita, uns bleiben nur drei Tage, vergiss es nicht. Ich garantiere dir, dass diese ... Sache strikt unter uns beiden bleibt ... wie auch immer du dich entscheidest. Ich komme morgen früh nach dem Brotverkauf wieder. Ich werde dir sagen, was ich in der Nacht geträumt habe. Ich hoffe, dass der Traum mir von dir erzählen wird.«

Als sie wieder auf der Veranda auftauchte, herrschte dort eine unbehagliche Stille. Die Frauen nahmen sofort ihre Gebete wieder auf. Sie gaben sich den Anschein, die Besucherin zu ignorieren. Sophonie hörte bis in ihr Haus die letzten Worte des Vaterunsers, das sie ihr hinterherwarfen: »... und führe uns nicht in Versuchung, sondern erlöse uns von dem Bösen ... Amen!«

Niemand im *lakou* erfuhr jemals, warum sich an jenem Tag Nativita bei Einbruch der Dunkelheit mit verschlossenem Gesicht und einer Papiertüte unter dem Arm beeilte, vor dem Weggang der Kräuterverkäuferinnen auf den Markt zu kommen.

40

Nativita wanderte in der Umgebung von Mariani rechts an der Landstraße entlang. Das elektrisch blaue Meer rollte kleine sanfte Wellen heran, die am Fuß des Strandgeländers ausliefen. Sie hatte keine Ahnung, warum sie sich an diesem Ort ziemlich weit weg von ihrem Haus befand. Der Grund selbst übrigens war uninteressant. Sie wanderte mit zwei leeren Händen ohne ein besonderes Ziel dahin, lauschte dem Flüstern der Brise und genoss das Salz der Sonne auf ihrer Haut. Die Gegend war um diese mittägliche Stunde nahezu ausgestorben. Sie sah in guter

Distanz vom Ufer Einbäume mit Fischern, deren nasse schwarze Haut in der Sonne wie die der Wahoos glänzte, die sie in ihren Reusen fingen. Ab und zu kam ein Lastwagen, überfüllt mit lebenden Christenmenschen, Waren und an den Beinen neben dem Fahrgastraum aufgehängten Ziegen, in hohem Tempo vorbei und ließ auf seiner Fahrt eine Spur dicken schwarzen Rauchs hinter sich.

Nativita sah, wie ihr eine Frau entgegenkam. Irgendeine gewöhnlich aussehende Gevatterin in ihren Fünfzigern, möglicherweise eine Händlerin oder eine Fromme auf dem Weg zu einer Gebetsversammlung. Auf ihrer Höhe reichte ihr die Frau wortlos einen sorgfältig gefalteten Zettel. Nativita konnte nicht lesen. Sie machte sich nicht die Mühe, die Mitteilung zu entfalten, verstand aber, dass die Frau sie aufforderte, ihr zu folgen. Sie gingen einige Meter nebeneinander. Dann hielt die Frau inne, kletterte über das Geländer und sprang überraschend ins Wasser. Nativita sah sie wie einen großen Fisch mit kräftigen Flossen die Fluten teilen. In raschen Abständen tauchte sie unter und wieder auf. Einmal sah Nativita eine Ausbeulung auf der Höhe ihrer Hüften, die ihre Silhouette verformte und ihr ein irreales Aussehen verlieh. Als sie mitten im Meer angekommen war, drehte die Fisch-Frau sich zu ihr um und bedeutete ihr, zu ihr zu kommen. Ohne zu wissen warum, tauchte Nativita ebenfalls ein, überrascht, schwimmen zu können. Sie folgte der Botin über eine gute Strecke. Das Wasser wurde immer tiefer. Dann verschwand die Kundschafterin. Nativita war allein. Allein in einer Welt von ergreifender Schönheit. Es streiften sie Schwärme kleiner Fische in glitzernden Farben. Algen wie Spitzenschleier tanzten lasziv den Strömungstanz. Von aller Schwere befreit, versank Nativitas Körper im Schillern dieser tiefblauen Welt. Nach einigen Minuten spürte sie jedoch das drängende Bedürfnis, wieder festen Boden zu gewinnen. Von dort, wo sie war, konnte sie durch die Wasseroberfläche die Fischer an Bord ihrer Einbäume sehen. Dank einem plötzlichen Wunder sah sie auch das Asphaltband der Straße, Menschen bei ihren Tätigkeiten, sogar Kasalé, ihr Haus und ihre vertraute Umgebung. Eine große Trauer hüllte ihre Seele ein, zu der sich ein Gefühl von immenser Einsamkeit gesellte. Sie wollte schreien, um die Leute, die sie oben sah, zu alarmieren. Wenn doch jemand sie sehen könnte! Sie wirkten so nah, und doch trennte sie eine unsägliche Entfernung. Kein Laut verließ ihre Lippen, das Gewicht des Wassers hielt ihr Wort in ihrer Brust gefangen. Untröstlich sah sich Nativita nach einer möglichen Hilfe um. Die perlmuttfarbenen Fische glitten gleichgültig zwischen den Algen hindurch oder suchten ihre Nahrung in den Korallenbänken. Nativita weinte üppige Tränen, die sich mit dem Salz des Ozeans vermischten.

Als sie schon verzweifelte, sah sie zwei miteinander schwimmende junge Burschen vor ihren Augen. Jugendliche von großer Schönheit, die einander vollkommen ähnelten. Ihre Gliedmaßen bewegten sich nicht, sie glitten dank einer durch ihre Körper laufenden Wellenbewegung durchs Wasser. Glücklich, endlich Menschen zu finden, mit denen sie sprechen konnte, gab Nativita ihnen lebhafte Zeichen. Sie hielten inne, betrachteten sie lächelnd. Nativita geriet in Panik, als sie feststellte, dass die Jungen sie nicht verstanden, weil kein Laut aus ihrem Mund drang. Sie waren schon drauf und dran, ihren Weg fortzusetzen, als einer von ihnen, angesichts der verzweifelten Geste Nativitas, aus einem Beutel unter seinem Bauch einen kleinen Flaschenkürbis zog, den er ihr zuwarf.

Nativita, die in diesem Moment aufgewacht war, spürte noch die Bewegungen des Wassers in ihren Gliedern. Was für ein seltsamer Traum ... seltsam und schön! Ein Traum, der in ihrem Kopf eine große Klarheit zurückließ. Sie war leicht wie ein Holzstück mit den Wellen geschwommen. Also stimmt es, dachte sie. Das Kräuterbad hat gewirkt ... Ich habe mich unter Wasser befunden, habe *marassa** gesehen, die Heiler. Nativita verstand ganz natürlich, dass ihr Traum kein »einfacher« Traum war. Die Frau am Straßenrand musste sicher Simbie** mit menschlichem Aussehen gewesen sein. Bestimmt enthielt der Flaschenkürbis, den ihr die *marassa* entgegengestreckt hatten, irgendeine Macht, aber welche? Sophonie wüsste es vielleicht ... Schade, dass sie ihr

* *Marassa* bedeutet »Zwilling«.

** Voodoogeist, Herr über Seen und Wasserläufe.

diese Reise im Herzen des Meeres nicht erzählen konnte. Nativita hoffte zwar, bewahrte aber einen großen Zweifel in ihrer Seele. Stimmt ja, sie war mit sich selbst nicht mehr konsequent. Sie war bereit, ins Netz dieser okkulten Welt zu tauchen, der sie hatte entfliehen wollen. Die schmerzlichen Umstände, die sie erlebte, erinnerten sie an die Existenz eines anderen Lebens hinter den Formen, die die Augen sahen. An eine Wirklichkeit, die sich in der Bewusstlosigkeit des Schlafs zeigte, deren Wahrheit jedoch sehr eng mit dem wachen Bewusstsein verflochten war. Eine Hierarchie von *Mysterien*, heilender oder rächender, schützender oder zerstörender Geister. Wer war sie in diesem Moment? Wo war ihre Wahrheit? In Kasalé geboren schleppte sie in ihrem Gedächtnis Generationen der Sklaverei. Denn der Voodoo erschien ihr vornehmlich als Knechtschaft. Eine Religion, die einen unterjochte, zwingenden Praktiken unterwarf. Viele *Familienmitglieder* vor ihr hatten diese Erbschaft wie einen Klotz am Bein mitgeschleift. Würde sie jemals die Kraft haben, sich wirklich, vollständig davon zu befreien? Müsste sie ihr Leben lang dieses Zeichen in ihrem Fleisch, ihrer Seele tragen? Würde sie immer gezwungen sein, dieses Doppelleben zu führen? Konnte eine Wahrheit denn zwei Gesichter haben?

Nativita, hin und her gerissen zwischen widersprüchlichen Gedanken, wollte mit all ihrer Willenskraft die Sprache wiedererlangen. Diese vier Tage des Eingesperrtseins in ein Schweigen, das ihr eigener Körper ausgelöst hatte, wirkten auf sie wie ein Vorgeschmack der Hölle. Wenn sie sich aber entschloss, den Weg zu verfolgen, den Sophonie ihr angeboten hatte, würde das bedeuten, in die Vergangenheit zurückzukehren? Welcher Preis wäre zu zahlen, wenn ihre Behandlung wirklich gelänge, wenn sie Sprache und Gesundheit wiederfand? Gran'ns fünftausend Gourdes? Oder vielleicht etwas anderes, das sie sich nicht auszudenken wagte. Verstört erlitt Nativita auf ihrem schmalen Bett die Qualen des Zweifels, gefangen zwischen dem brennenden Verlangen zu gesunden und den letzten Festungsmauern ihres Stolzes, die mit den Stunden bröckelten.

*

Wie angekündigt besuchte Sophonie Nativita am frühen Vormittag. Die Frauen auf der Veranda bekundeten wieder ihre – diesmal von brennender Neugier gefärbte – Missbilligung. Welches Geschäft führte Sophonie seit dem Vorabend zu Nativita? Was war denn los? Warum zeigte sich Nativita plötzlich so gefällig gegenüber der jungen Frau? Wie hatte sie sich bei der Kranken so beliebt machen können, dass sie ihr zwei Tage hintereinander einen langen Besuch abstatten konnte? Angesichts der Entschiedenheit, die aus Nativitas Blick sprach, wagten die Frauen jedoch weder, sich Sophonies Anwesenheit zu widersetzen noch im Zimmer zu bleiben, während sie mit ihr sprach. Die Frauen wussten nicht recht, wie sie sich verhalten sollten. Sie wurden bei etwas sehr Wichtigem außen vor gelassen. In ihren Köpfen entstanden frustrierte Gefühle. Schließlich hatten sie Nativita als Erste ihre Hilfe angeboten.

Als Nativita Sophonie in ihr Zimmer kommen sah, hämmerte ihr Herz heftig. Sie schloss die Augen, atmete tief durch. Als sie sie wieder öffnete, beruhigte sie der gelassene Gesichtsausdruck ihrer Besucherin wieder. Sophonie hockte sich abermals neben sie und begrüßte sie, als sei sie einfach zu einem kleinen Anteilnahmebesuch wegen ihrer Krankheit gekommen. Nach den üblichen Begrüßungsformeln lächelte Sophonie ruhig und sagte ganz leise:

»Gestern Abend haben deinetwegen die *marassa* mit mir gesprochen. Wir werden ein Heilmittel bereiten, zumindest gebe ich dir Erklärungen dazu, und du führst sie aus.«

Ein langer Schauer lief in Nativitas Haarwurzeln. Ihre Augen konnten ihre Ungeduld nicht verbergen.

Sophonie sprach weiter:

»Geh und pflücke einen Flaschenkürbis vom ersten Flaschenkürbisbaum, den du im Hof findest. Bohre seinen Kopf auf und höhle ihn aus, ohne zu sehr an den Wänden zu kratzen. Wenn du damit fertig bist, füllst du ihn mit Trinkwasser. Von diesem Wasser trinkst du den ganzen Tag. Vor Einbruch der Nacht solltest du das gesammelte Wasser vollständig ausgetrunken haben … Noch ein wenig Geduld, Nativita, du wirst es nicht bereuen. Ich komme morgen Vormittag wieder, und das wird mein letzter Besuch sein.«

41

Zum ersten Mal trug Athanaël der Schlaf zur Siestastunde nicht hinweg. Wie immer legte er sich nach seinem Mittagessen am gleichen Ort auf den kühlen Atelierboden. Er verharrte reglos. Der Schmerz seiner Muskeln von der Arbeit am Stein wich mit der mittäglichen Trägheit. In seinem Kopf aber entstand keine Ruhe. Die sanfte Lethargie, die seinen Geist um diese Stunde immer einhüllte, floh ihr Stelldichein. Seine weit geöffneten Augen sahen erneut das Bild einer Frau. Einer kleinen Frau mit einem *caraco*, in dem ihr Körper verschwand. Sie dürfte ihm kaum bis zur Schulter reichen. Die Enden ihrer eng geflochtenen Zöpfe unter ihrem weißen Tuch verbargen ihren Nacken. Ihr schlanker Hals war ihm äußerst verwundbar erschienen. Die Haarlinie lief tief über ihre Stirn, die sich der Morgensonne darbot wie eine süße Orange an ihrem Zweig. Leicht geblähte, durchsichtige Nasenflügel krönten ihr zurückhaltendes Lächeln. Der Blick ihrer Augen mit den zarten Lidern traf ihn wie ein Faustschlag auf den Solarplexus. Ihr Blick schmerzte ihn. Ein Schmerz, den man wie eine Segnung, wie ein Vorrecht empfängt. Eine Verwundung, an der man ständig leiden möchte. Ein lebhafter Schmerz, die Essenz des Lebens selbst. Sie sah wie ein ganz junges Mädchen aus, aber die flüchtige Melancholie in ihren Augen sprach von verfrühten und bitteren Ernten.

Als er aus dem Atelier ging und sie ihren Brotkorb anhob, um ihn sich auf den Kopf zu setzen, wären sie beinahe zusammengestoßen. Ein großes Bedürfnis, eine Gewissheit oder ein Wahn entstand aus diesem ersten getauschten Blick. Er konnte vor dieser Frau kaum das Beben seines Körpers zurückhalten, seine Hände zitterten panisch. Der Anblick Sophonies riss ihn hin wie seine Begegnung mit der Nixe im Traum. Nur, dass er diesmal mit beiden Füßen auf der Erde stand. Er fühlte die Temperatur des Köpers, der vor ihm stand, und folgte dem Lauf ihres Blutes in der pochenden Ader der Halsgrube.

Diese bisher unbekannte Gefühlsregung hielt ihn wach. Mit dem Gedanken an diese Frau verbrannte er ebenso viel Energie, wie wenn er stundenlang den härtesten Stein bearbeitete. Ein kaltes, langsames und süßes Verbrennen ...

*

Sein gebeugter Arm lag quer über seinen Augen, aber er schlief nicht. Eine Haltung, um den Schatten in seinem Kopf zu verstärken, ein bisschen mehr in die Träumerei zu versinken. Er sah Madame Sainval auf Zehenspitzen sein Atelier betreten. Ehe sie die Tür wieder hinter sich schloss, warf sie einen schnellen Blick ringsum. Die Straße dämmerte um diese Zeit von der Sonne erdrückt vor sich hin. Nur die Baustelle weiter oben schwitzte und vibrierte vom Eifer der Arbeiter. Athanaël runzelte die Stirn, gab sich aber den Anschein zu schlafen.

Ihn erstaunte nicht allzu sehr, dass seine Vermieterin erschien. Vielleicht suchte sie ihn für irgendetwas im Zusammenhang mit dem Haus? Schließlich wohnte sie nebenan. Doch der Ausdruck auf Madame Sainvals Gesicht machte ihn stutzig. Eine Mischung aus Ekstase und Unruhe. Sie atmete mit offenem Mund schnell und stoßweise, als wäre sie eine Strecke gelaufen. Der Glanz ihrer Augen nahm etwas vorweg ... ein Vergnügen, einen heiß erwarteten Moment. Sie wirkte wie ein Kind in Erwartung eines lang ersehnten Geschenks. Madame Sainvals Anwesenheit verbarg Beweggründe, die Athanaël sehr entfernt von den häuslichen Anliegen vermutete. Als er darüber nachdachte, stellte er fest, dass sein Weg den der Dame seit einiger Zeit sehr viel öfter als üblich kreuzte. Unter fadenscheinigen Vorwänden machte sie ihm spontane Besuche. Einmal hatte sie ihm zwei herrliche Mangos der Sorte Francisque gebracht, die er mit Genuss verzehrt hatte. Sie stand immer, wenn er im Begriff war auszugehen, vor seiner Tür. Eines Tages, als sie zum Waschen ging, bot sie ihm sogar an, auch seine Wäsche zu waschen, ein Dienst, den er freundlich ablehnte. All diese Fürsorge war ihm etwas lästig, verletzte die Grenzen seiner Abgeschiedenheit, zwang ihn zu einer Geselligkeit, die ihn Überwindung kostete.

Athanaël ahnte nicht, welche Verheerungen die Eifersucht in Madame Sainvals Herzen angerichtet hatte. Seit Sophonie sich in der Nähe ihres Gitters eingerichtet hatte, erlebte die Vermieterin die Qualen der Zurückweisung. Ihr Territorium war überfallen worden, ihr Glück in Gefahr. Schon am ersten Tag, an dem Sophonie auftauchte, sah sie in der Gesellschaft der Brotverkäuferin eine Bedrohung des Mannes, den sie liebte, und auch ihrer selbst. Das Mädchen war jung, vielleicht unscheinbar, aber von einer Zartheit, die geeignet war, das andere Geschlecht zu rühren. Sie rief Wohlwollen hervor, das Bedürfnis, sie zu schützen. Eine Art Scheinheilige, die sie auf den ersten Blick hasste. Sie machte sich keine Gedanken wegen der anderen, der Stute mit den Glubschaugen, die bis zum Gaumenzäpfchen lachte. Ein Mannsbild vom Schlag Athanaëls könnte derartig Vulgärem keine Aufmerksamkeit schenken. Und dennoch versuchte sie die beiden mit allen Mitteln davon abzuschrecken, Handel in der Nähe ihrer Tür zu treiben. Einmal fegte sie, von panischer Wut gepackt, die gesamte Vorderfront ihres Ladens bis zur Straße und bedeckte diese unerwünschten Emigrantinnen mit Staub. Das Speisesalz, das sie frühmorgens an ihrem Standort verstreut hatte, zeigte keine Wirkung. Auch nicht die tote Vogelspinne, die sie auf drei Blättern Werwolfskraut* dort platzierte. Sie erwog zwar noch nicht, einen *bòkò* zu Rate zu ziehen, um ihr Ziel zu erreichen, dachte aber, dass nur ein guter *wanga*** mit dieser Pest fertig würde, die über ihr Leben herfiel. Falls nötig, würde sie Pulver einsetzen, und die Sache wäre ein für alle Mal behoben.

Madame Sainval verlor die Nerven. Erst gestern hatten Athanaël und das Mädchen Bekanntschaft geschlossen. Sie hatte sie verborgen hinter einem Vorhang beobachtet. Da sie selbst in ihrem Fleisch und ihrer Seele in Liebe entbrannt war, entdeckte und empfand sie wieder die Vibration, die durch die Anwesenheit der beiden entstand, obwohl sie kein Wort gewechselt hatten. Sie war ihrer Intuition sicher, ging langsam daran zugrunde. Wo sie doch ihren Geliebten seit so vielen Wochen mit allerlei Aufmerksamkeiten bedacht, tausend Gelegenheiten geschaffen hatte, so oft wie möglich in seinem Umfeld zu sein. Ihre Verfügbarkeit,

* *Feuille loup garou*. Heilpflanze aus der Familie der Dickblattgewächse.

** Zaubermittel mit in der Regel schädigender Wirkung.

ihre Aufopferung für Athanaël rannen ihr aus den Augen, aus jedem ihrer Worte, die sie ihm nicht zu sagen wagte. Sie musste etwas tun, sie musste reagieren, durfte nicht einfach zusehen, wie ihr Glück wegen einer unscheinbaren Brothändlerin zusammenstürzte. Athanaël wusste nicht, welche Frau neben ihm lebte. Er wusste im Grunde nichts von den Frauen. Sie bot ihm einen noch festen Körper, ein Verlangen, das in ihren Adern kochte wie die Lava eines Vulkans, und all ihre Lebenserfahrung, die sie ihm zu Füßen legte. Nein, er wusste nichts von alledem, und es war ein Fehler gewesen, es ihm nicht verständlich gemacht zu haben. Jetzt war es höchste Zeit. Sie würde heute direkt in sein Atelier gehen, die wilde Katze in ihren Bau verfolgen. Selbst wenn sie ihn aus seinem Schlaf wecken musste, würde sie vor ihm die Überfülle ihres Herzens bis zum letzten Tropfen entleeren.

Madame Sainval konnte einen leisen Überraschungsschrei nicht unterdrücken, als sie Athanaël, der doch auf dem Boden lag, als sie die Tür geöffnet hatte, plötzlich gegenüberstand. Nachdem sie durch den etwas dunklen Raum gegangen war, fand sie ihn aufrecht und sie erwartend vor. Er überragte sie mit seiner schlanken Gestalt, mit seinem von langen und festen Muskeln durchzogenen Körper. Sein Geruch, eine Mischung aus Schweiß und Gesteinsstaub, drang ihr in den Kopf, lähmte ihren Willen. Ihr fiel kein einziger der Sätze ein, die sie sich seit Stunden immer wieder vorsagte. Diesmal hatte sie keinen Vorwand vorbereitet, ihren Mieter zu besuchen, weil sie sich vornahm, in die Offensive zu gehen, ihm ihre Liebe zu gestehen. Aber ihr ganzer schöner Beschluss schmolz unter dem fragenden Blick Athanaëls. Als Opfer ihrer mangelnden Erfahrung und ihrer Emotionen lächelte Madame Sainval dümmlich und trat von einem Bein auf das andere. Sie wollte bleiben und fliehen. Athanaël sagte, arglos und unbarmherzig, kein Wort. Er beobachtete sie wie ein eigenartiges Insekt, das er verborgen hinter einer seiner Skulpturen entdeckte.

Hingerissen von einem letzten Ausbruch an Kühnheit und Verzweiflung flog Madame Sainval dem Bildhauer an den Hals und bedeckte mit ihren feuchten Lippen seine. Ihre lüsterne Zunge öffnete gewaltsam den warmen und weichen Mund. Leidenschaftlich trank sie seinen Atem, ihr Becken umschlang das seine, angeklammert an ihn wie an einen eingefetteten Klettermast. Madame Sainval erlebte blitzschnell die Entfesselung einer Lust, die sie im Innersten durchfuhr und bis in ihre Extremitäten ausstrahlte. Und das war alles. Athanaël reagierte nicht. Er blieb eiskalt, vom Angriff seiner Vermieterin konsterniert. Als er die Absicht der Frau begriff, versuchte er, ihre Geste zu vereiteln. Er versuchte, ihr begreiflich zu machen, dass er nicht zu denen gehörte, die man körperlich lieben konnte. Wie sollte er ihr sagen, dass eine Frau ihm im Schlupfwinkel des Wassers, mitten in der Wut der Elemente oder im Murmeln des Windes begegnen müsste, um seine Liebe, seine Lust mit ihm zu teilen? In einer Dimension, zu der nur Wesen Zugang hatten, die mit einem besonderen Schicksal gezeichnet waren. Er konnte sie aber schon nicht mehr zurückhalten. Madame Sainval glitt bereits in einen Kälteabgrund. Sie geriet von einer Extremtemperatur in die andere, von verschlingendem Feuer zu beißender Kälte, die sie jetzt mit den Zähnen klappern ließ. Sie konnte es nicht fassen. Sie versank in einem Becken mit eiskaltem Wasser, das ihr Blut, ihr Denken und ihre Seele auskühlte. Sie löste daraufhin ihre Umarmung, befreite den Körper des Mannes. Ihr Gesicht sprach von Schmerz und großem Schaudern. Sie tauchte aus einem seltsamen Traum auf. Sie suchte mit ihren verwirrten Augen den Saal ab und umschloss mit den Armen ihre Brust in einem Versuch, ihre Wärme zu bewahren. Sie betrachtete Athanaël und sah einen absolut Fremden. Diese Kälte in ihren Knochen ... woher kam sie? Was machte sie aber im Atelier ihres Mieters? Zu dieser Zeit hätte sie im Laden arbeiten müssen.

Madame Sainval kehrte, für immer von ihren späten Leidenschaften geheilt, in ihr Haus zurück. Dass sie von der Substanz eines Flussmenschen gekostet hatte, ließ eine Kältesäule in ihr aufsteigen, die den letzten Funken ihres Verlangens im Keim erstickte.

42

Nativita zog seit ihrer Krankheit alle Aufmerksamkeit des *lakou* auf sich. Im Grunde ging es ihr seit zwei Tagen besser, obwohl sie immer noch kein Wort sprechen konnte. Verwandte und Freunde lösten einander auf der Veranda ab, jeder schlug Heilmittel, Gebete vor und erwartete dafür einen Bericht über die neueste Lage. Diese Besuche ermüdeten Nativita, die zumeist in ihrem Zimmer blieb. Man vergaß fast Antoinette darüber, die doch am Ursprung der jüngsten Ereignisse war. Ohne die nächtlichen Besuche Sophonies hätte Gran'n stundenlang an ihrer Türschwelle gesessen, ohne mehr als zehn Worte mit einem Erwachsenen zu wechseln. Vorübergehende grüßten sie, erkundigten sich kurz nach ihrer Gesundheit und gingen dann gegenüber zu Nativita, auf der Lauer nach einem Hauch von Nervenkitzel. Getreu ihrer Anhänglichkeit spielten die Kinder weiter auf der Veranda der Alten, wo ihnen der Schatten frischer als andernorts erschien.

Antoinette ging in aller Ruhe dem Ende entgegen. Sie wurde immer langsamer und lebte praktisch im Umkreis der zwanzig Schritte von ihrem Bett bis zu dem Sessel auf ihrer Veranda. Sobald sie saß, nickte sie ein, hin und wieder geweckt von den Spielen der Kinder. Man sah von ihr nur die Mitte des so stark zur Erde geneigten Kopfes. Der obere Teil ihres Rückens bildete einen perfekten Kreisbogen. Wenn Sophonie sie am Abend in ihrem Haus wiedersah, stellte sie entsetzt fest, dass die Aufmerksamkeit der Alten immer mehr nachließ. Nach nur wenigen Minuten Unterhaltung trug entweder der Schlaf sie plötzlich fort oder ihr Blick trübte sich. In ihrem Kopf vermengten sich Zeit und Menschen, der Augenblick wurde zur Ewigkeit. Mit dem Anflug eines Lächelns, das ihr eine merkwürdige Jugend verlieh, erzählte sie Sophonie von unbekannten Personen und Orten. Das festzustellen, betrübte Sophonie sehr, weil die Stunde ihrer Trennung mit großen Schritten nahte. Sie unterrichtete deshalb die Alte nicht von der Behandlung, die sie für Nativita durchführte. Nicht mehr sicher, ob Antoinette im Vollbesitz ihrer mentalen Kräfte war, zog sie vor, diese Information für sich zu behalten, um zu verhindern, dass sie in unbefugte Ohren geriet. Niemand nahm wahr, in welchem Ausmaß Antoinette verfiel.

So richteten sich eines Morgens alle Blicke auf Antoinette, als Pater Daniel, nachdem er lange mit Nativita gebetet hatte, die Alte begrüßen kam und sie ausrief:

»Antoine! Antoine! Antoine, *pitite gason mwen** *! Adjé !* Du bist zurückgekehrt! Endlich bist du wieder da, mein Kind! Oh je! Das ist lange her ...«

Altagrâce, durch einen ungewohnten Klang in Gran'ns Stimme erschreckt, eilte aus ihrer Küche. Esther, die vorüberkam, erklärte ihr, indem sie ihren Zeigefinger vor ihren Augen kreisen ließ, dass die Alte durcheinander war. Die Frauen, die Nativitas Veranda besetzten, hörten auf zu beten, beobachteten die Szene und warteten auf die Reaktion des Besuchers.

Von Gefühlen übermannt, rief Antoinette immerzu:

»Schnell, einen Stuhl für Antoine! Wo sind bloß die Leute vom Hof? Mein kleiner Antoine ist zurückgekehrt!«

Daniel setzte ein erzwungenes Lächeln auf, weil er nicht recht wusste, was er tun sollte. Er zögerte, ob er, auf die Gefahr hin, sie noch mehr zu verwirren, Gran'ns Irrtum berichtigen oder das Spiel mitspielen und sie im Glauben lassen sollte, dass er wirklich ihr vor mehr als dreißig Jahren verstorbener Sohn war. Antoinette lächelte ihn weiter an. Als sie die drei Begleiterinnen Daniels bemerkte, wirkte sie einen Moment verblüfft. Sie erkannte sie nicht wieder und fragte:

»Aber ... du bist nicht allein, Antoine ... ich sehe Mädchen bei dir, hast du jetzt Kinder? Lass sie mich anschauen ... kommt, kommt meine Kinder ... ihr gehört zur Familie ... setzt euch ... tragt mir bitte Stühle her.«

Man brachte Sitzgelegenheiten, um die Besucher zu empfangen. Jeder holte aus seinem Haus den brauchbarsten Stuhl. Dieser Besuch Pater Daniels war keinem der vorausgegangenen

* Mein lieber Junge.

ähnlich. Er wurde zu einem Theaterstück mit dem Sträßchen als Bühne und ihnen allen als Schauspielern. Die Bewohner des *lakou* elektrisierte ein Strom der Neugier und Überraschung. Die vergnügten Kinder verließen den Ort nicht. Sie umringten auf dem Mäuerchen, das die Terrasse umgab, die Neuerschienenen. Die enge Veranda der Alten füllte bereits ein kleiner Menschenauflauf.

In gewisser Weise war Daniel erleichtert über die Verwirrtheit Antoinettes. Immer beharrlichere Gerüchte, die bis zur Pfarrei drangen, hatten ihn veranlasst, an diesem Morgen, eine Woche vor seinem monatlichen Besuch, nach Kasalé zu kommen. Zuerst ging das Gerücht um, dort oben bringe ein Zimtapfelbaum mit übernatürlichen Kräften Unruhe ins Leben der Leute. Die zunächst zaghaften Gerüchte wurden mit den Tagen immer deutlicher und schließlich alarmierend, seit Schwester Nativita ohne ersichtliche medizinische Erklärung an Stummheit litt. Alle Finger zeigten in Richtung Antoinettes, die, kurz vor ihrem Aufbruch ins Land ohne Hut, wieder mystische Anwandlungen hatte und glaubte, zu der Zeit zu leben, als im Hof der Kult der *lwa* blühte. Tatsächlich behielt Daniel von seinem Besuch bei Nativita ein gewisses Unbehagen zurück. Er hatte nicht die Nativita der Dienstags- und Donnerstagstreffen wiedergefunden. Sie hatte mit ihm gebetet, aber er hatte ihre Verstörung gespürt. Natürlich litt sie darunter, nicht sprechen zu können, aber er entdeckte in ihrem Blick eine Verlegenheit, deren Natur sich ihm entzog. Etwas im Leben dieser Frau stand in direkter Beziehung zu ihrer Gesundheit. Nativita wusste es sicherlich, aber, so dachte Daniel, es hinderte sie nicht nur ihr Zustand daran, davon zu sprechen, sie wollte sich ihm auch nicht anvertrauen. Während der ganzen Zeit des Gebets war sie in ihr doppeltes Schweigen eingeschlossen geblieben.

Gran'ns Altersabbau kam für Pater Daniel beruhigend, denn die Situation schien ihm weniger schwerwiegend, als er sie vorausgesehen hatte. Die kleine Welt Kasalés machte sich unnötig Sorgen. Er auch. Wozu all die Zweifel in Bezug auf Nativita? Er verdächtigte sie schon gewisser Machenschaften, die man nicht offen zugeben kann. Sicherlich wegen einer Menge vorgefasster

Ideen infolge der im Hof kursierenden Gerüchte. Die Alte hatte keinerlei Macht. Ihr verkalktes Gehirn zeigte ernsthafte Zeichen von Schwäche, und ganz offensichtlich strömten Bilder ihres Lebens in ihr Gedächtnis, ohne dass sie zwischen Vergangenem und Gegenwärtigem unterscheiden konnte. Daniel gab einen diskreten Seufzer der Erleichterung von sich. Seit einigen Tagen belastete ihn die Aussicht, auf einen Kreuzzug gehen zu müssen. Wenn in Kasalé wirklich wieder eine Schwärmerei für die *lwa* aufkam, würde er diesen Leuten mehr Zeit widmen müssen, um sie auf den rechten Weg zurückzuführen. Er würde Überzeugungsarbeit leisten, ihr Vertrauen wieder einfordern, falls nötig sogar drohen müssen. Daniel besaß nicht mehr die physische Kraft seiner besten Jahre. Kleine gesundheitliche Probleme machten ihn unmerklich langsamer. Wie heute Morgen, wo er seit dem Erwachen eine leichte Übelkeit verspürte. Die Strecke nach Kasalé war ihm länger, die Steigung steiler als gewöhnlich erschienen. Nach dem Halt des *tap-tap* an der Kreuzung der Landstraße nach Rivière-Froide brauchte man gute dreißig bis vierzig Minuten bis zum *lakou*. Die Sonne brannte heiß und hüllte den Körper in eine vibrierende Hitzeaura. Und zu allem Überfluss machten heute früh Myrtha und Adeline ein verdrießliches Gesicht. Sie litten an ihrem Monatsübel, trödelten und protestierten gegen diesen Besuch vor dem geplanten Datum.

Daniel hatte das religiöse Leben seiner Schäfchen gern unter wirksamer Kontrolle. Jahrelang hatte er mit sehr gewissenhafter und methodischer Einstellung geduldig gearbeitet, um der Sache der Kirche zum Sieg zu verhelfen, eifrige Christen aus diesen unwissenden und ausgebeuteten Menschen zu machen. Dieses Gebäude bedroht zu wissen, betraf ihn moralisch wie körperlich. Zu sehen, dass sie ihre abergläubischen und rückschrittlichen Praktiken wieder aufgriffen, würde nach so vielen Jahren der pastoralen Arbeit einen bitteren Fehlschlag bedeuten!

Pater Daniel entschied sich schließlich für die Wahrheit. Er sprach unendlich sanft mit der Alten, damit sie ihn erkannte.

»Ah, liebe Schwester Antoinette! Ich bin glücklich festzustellen, dass Sie mich an diesem Morgen mit einer ihrem Herzen sehr nahen Person verwechseln!«

Antoinette, die in einen Zustand der Erschöpfung verfallen war, seit die Besucher sich auf ihre Veranda gesetzt hatten, reagierte nicht auf Daniels Kommentar. Sie betrachtete sie alle, einen um den anderen, und murmelte ganz leise vor sich hin.

»Schwester Antoinette ... hören Sie mich? Ich bin's, Ihr Freund Pater Daniel ...«

Antoinette hob den Kopf und lächelte. Auf die Worte des Besuchers antwortete sie nicht.

Sie sagte, als spräche sie zu sich selbst:

»Antoine hat sich sehr verändert ... Mein Gott, nun ist er schon ein Mann!«

Daniel erachtete es nicht der Mühe wert, Antoinette Klarheit zu verschaffen. Im Moment reiste sie sehr fern von ihnen. Aber da er sich schon einmal herbemüht hatte, nutzte er die Gelegenheit, um der kleinen Menge, die in dem Sträßchen zusammengelaufen war, eine feierliche Ansprache zu halten. So war dieser Fehlalarm doch zu etwas gut. Er erinnerte ihn daran, wie fein die Trennlinie zwischen Religiosität und Aberglauben war. Das Böse kroch trotz jahrzehntelangen Predigens, trotz des Feldzugs gegen Ignoranz und Götzendienst, überall hinein, bis ins Unterbewusste der Menschen.

In einer ergreifenden Rede erinnerte Daniel an die Strafen, denen sich Christen aussetzten, wenn sie die »verabscheuenswerte Mischung« praktizierten. Er ermahnte sie, die Angst abzuwehren, denn sie allein halte sie als Gefangene der Tyrannei Satans in den Klauen des Bösen. Nach einer langen Predigt über die Macht der Gerechtigkeit gegen den Frevel und die des Lichts gegen die Dunkelheit ging er fort und ließ sie über Paulus' Versprechen an die Römer nachsinnen: »Der Gott des Friedens wird den Satan bald zertreten und unter eure Füße legen.«

43

Der Baum gab nicht nach, zeigte aber ernsthafte Anzeichen von Schwäche. Seine Erschöpfung stellte man an seinen schlappen Blättern und den verschrumpelten Früchten fest, die nacheinander ins Netz des Flusswassers fielen. Schutzlos vor der heißen Sonne, ohne Regen, ihn von innen zu erfrischen, würde er unter dem gleichgültig gewordenen Blick der Vorübergehenden langsam sterben. Anfangs wartete man, ohne es zuzugeben, mit mystischem Schrecken auf die ungewöhnlichen Wirkungen, die sein Fall nach sich ziehen würde. Man sprach abends beim Lampenlicht darüber, wenn die Kinder in den Röcken ihrer Mütter schliefen und die Männer an ihren Pfeifen zogen. Der Baum wurde zum Drohmittel für die ungehorsamen Kinder. Aber zu lange geschah nichts. Der Zimtapfelbaum erhob sich nicht, sprach nicht, schickte seine Fangarme nicht bis in die Hütten, um die Kinder zu *fressen*. Der Baum lieferte der Einbildungskraft keine Nahrung, den Herzen keine heilige Angst. Daher trennte man sich sanft von ihm.

Wer konnte seine Zeit damit vergeuden, einen gefallenen Baum zu überwachen?

44

»Hast du gestern alles Wasser aus der Kalebasse getrunken?«

Nativita nickte bestätigend. Sophonie hörte draußen das Geflüster der Beterinnen. Wie egal deren Haltung ihr jetzt war! Sie fühlte sich stark. Die schüchterne kleine Schwiegertochter Gran'ns existierte nicht mehr. Sie wurde jeden Tag selbstsicherer, stand mühelos zu dieser Selbstgewissheit. Ihre heitere und rege Miene besagte es. Sie sah jetzt den Leuten direkt in die Augen und stellte, nicht ohne Staunen, fest, dass sie zuerst die Augenlider senkten. Eine neue Freiheit keimte in ihrem Herzen. Wie gut es tat, befreit vom beschwerenden Urteil der anderen zu sein. Sophonie entdeckte ihre inneren Welten. Sie bebte, wenn der Wind ihr seine Geheimnisse zuflüsterte oder das Meeresblau jenseits der Berge ihr durch den Kopf ging.

»Nativita, nun bleibt dir nur, abzuwarten. Meine Arbeit ist beendet. Wenn du ...«

Die Enttäuschung ließ Nativita ein langes Gesicht ziehen. Wörter überstürzten sich in ihrem Kopf, ohne die Schwelle ihrer Lippen zu überwinden. Manchmal glaubte sie, daran verrückt zu werden. Zu viele zurückgehaltene Wörter erstickten sie. Und was nun? Was würde mit ihr geschehen? Abwarten, sagte Sophonie. Leicht gesagt. Und ihr Traum gestern Abend? Just vor dem Morgengrauen hatte sie einen kurzen Traum, fast eine Vision, gehabt. Sie hatte geträumt, eine Hand habe unter ihrem Kopfkissen eine Kerze und sieben Fünf-Centimes-Stücke gelassen. Das Bild war ihr so lebendig erschienen, dass sie beim Erwachen sofort unter ihr Kopfkissen geschaut hatte. Sie fand nichts dort. Nativita war perplex und schlecht gelaunt. Was hatte sie davon, Sophonies Ratschläge zu befolgen? Sie hatte sich über die Gerüchte hinweggesetzt und ihre Besuche drei Tage nacheinander in der Intimsphäre empfangen, im Wissen, dass dieses Kommen und Gehen sicherlich Kommentare hervorrufen würde. Indem sie einer Art Panik, größer als ihr Glaube und ihr Wille, nachgab, wurde sie ihrem Gewissen und ihren Versprechen untreu, um die Ratschläge dieses Mädchens zu befolgen. Einer fast Unbekannten. Warum dieses Vertrauen?

Sophonie schien ihre Gedanken zu lesen und beendete ihren Satz, den die stummen Worte Nativitas unterbrochen hatten.

»... wenn du am Dienstag nächster Woche eine gute Nachricht erhältst, zündest du am Fuß des Feigenbaums, den du kennst, eine Kerze an und legst in die Höhlung seiner Wurzeln sieben Fünf-Centime-Münzen.« Überrascht machte Nativita eine zurückweichende Geste. Die Verbindung entstand. Jetzt überraschte sie die Klarheit ihrer Vision. Sie war entsetzt darüber. Eine Opfergabe am Fuß des Feigenbaums leisten! Hieß das nicht, ihr Zugeständnis an die *Mysterien* offen darzulegen? Das niemals! Dabei waren ihr die Bedingungen des Austauschs mit den Göttern nicht unbekannt. Wie hatte sie hoffen können, sich darüber hinwegzusetzen? Wen glaubte sie zu täuschen? Niemanden, nur sich selbst, musste sie sich schweren Herzens eingestehen.

Sophonie unterbrach ihre verstörten Überlegungen, um ihr zu sagen:

»Wenn du dir nicht zutraust, es zu tun, mache ich es für dich. Kauf selbst die Kerze, gib sie mir mit den Münzen, dann bringe ich die Opfergabe in deinem Namen dar ...« Sophonie verließ das Zimmer, um sich nicht mit Nativitas Dankbarkeit zu belasten. Sie ging durch das Schweigen der Beterinnen. Als sie gerade in ihre Hütte zurückkehren wollte, besann sie sich anders und kehrte wieder um. Sie folgte einer Eingebung, ohne zu verstehen warum. Sie kam wieder auf Nativitas Veranda. Die von ihrer Kehrtwendung überraschten Frauen betrachteten sie mit fragend misstrauischem Blick. Sophonie trat zu Madame Lumanès, einer fettleibigen Matrone mit schweren Beinen, deren Fleisch über den Stuhl unter ihrem Hintern hing. Sie sagte ihr ins Ohr, aber laut genug, um von den anderen gehört zu werden: »Acht Tage lang einen Sud aus Kaffee-Kassie-Wurzeln vor Sonnenaufgang kochend heiß trinken, während du eine Kompresse mit kaltem Wasser auf deine rechte Seite legst. Das müsste das Ödem an deinen Beinen abschwellen lassen ...«

*

Joubert, Man Kékés Patensohn, stotterte erbarmungslos. Mit gerunzelten Brauen versuchte Nativita die Nachricht zu entschlüsseln, die er von seiner Patentante überbrachte. Sie verstand schließlich, dass Man Kéké sie bat, so früh wie möglich zum Markt zu kommen. Ein aus New York zurückgekehrter Verwandter habe einen Umschlag von Ti-Came für sie. Nativita traute ihren Ohren nicht. Endlich Nachrichten von Ti-Came! Sie schäumte vor Ungeduld und Aufregung. Den Blick auf die Lippen des Jungen geheftet, hörte sie die letzten Worte des Boten wie in einem Traum. Sie wollte aber sofort mehr darüber wissen. Eindringlich fragte sie Joubert:

»Was enthält denn dieser Briefumschlag, Joubert?«

Joubert kniff mehrmals die Augen zusammen, verzerrte das Gesicht unter Zuckungen, bevor er antwortete:

»Eine Ka... Ka... Kass... sss... sette und G... G... Geld.«

Als Joubert fühlte, dass er vielleicht einen Fauxpas beging, erlangte er seine Fähigkeiten wieder und sagte ohne Unterbrechung:

»Man Vita, bitte sagen Sie Man Kéké nicht, dass ich Sie über den Inhalt des Umschlags unterrichtet habe.«

Verständnissinnig antwortete ihm Nativita:

»Oh! Keine Sorge, Kleiner, und danke für die Bestellung!«

Als Nativita dann bewusst wurde, dass sie mit dem Kind gesprochen hatte, brach sie in schallendes Gelächter aus, das sie sehr schnell mit ihren Handflächen bedeckte.

46

Die Hitze wurde immer sengender. Um die Wäsche am Fluss zu waschen, musste man Wasser mithilfe eines Gefäßes auffangen und die Eimer damit füllen, die zum Spülen dienten. Keine Möglichkeit mehr, die Wäsche in den Flusslauf zu halten, damit sie die Strömung von selbst spülte. Die zu einem Rinnsal verkommene Rivière-Froide trübte sich, sobald man die Füße hineinsetzte.

Auf den steilen Flusshängen lebten Zickleinfamilien mit zarten, nervigen Gliedmaßen und hielten sich wie durch ein Wunder auf den fast senkrechten Hängen aufrecht. Von Zeit zu Zeit hüpften sie mit einem kurzen heftigen Sprung auf den Boden und ließen ein Geriesel aus Kieselsteinen hinter sich, die die ausgetrocknete Erde nicht mehr hielt.

Andrisse und Milo liefen im Flussbett herum, erkletterten Felsblöcke und spielten Verstecken in Erwartung ihrer Mutter, die mit der Wäsche beschäftigt war. Sophonie war in der Hoffnung, ein reineres Rinnsal zu finden, so hoch wie möglich stromaufwärts gestiegen. Sie saß auf einem flachen Fels und schrubbte gründlich ihre Wäsche, während sie das Spiel der Jungen überwachte. Sie dachte an das knospende Leben in ihrem Bauch. Nach der ersten Woche war alles Unwohlsein verschwunden. Sie fühlte sich wohl und hätte sogar die Geschichte, die Gran'n erzählt hatte, als Unsinn bezeichnen können. Aber ihr Monddatum war ohne Blutung verstrichen. Und zudem sprachen ihre Brüste, ihr Unterleib eine Sprache, die sie gut kannte. Noch ein Mund zu ernähren, seufzte die junge Frau. Nur dass diesmal nicht sie die Verantwortung trug. Die Natur verband sie ungewollt mit einem Mann. Ihren Schlaf nutzend hatten die *Mysterien* ihre Absicht verwirklicht. Was brachte ihr die Zukunft?

Endlich wehte ein leichter, frischer Wind. Um ihn besser zu nutzen, öffnete Sophonie erleichtert die oberen Knöpfe ihres Oberteils. Die Brise hob zu einem sanften Gemurmel an. Sophonie zitterte. Das Lied des Windes ging ihr durch und durch. Wie neulich packte sie das Stimmengemurmel am Bauch. Eine schwache Klage, die nicht etwa von einem Schmerz, sondern vielmehr vom Versprechen eines Glücks herrührte. Ihre Füße verließen die Erde. Sie war kaum überrascht, im Flussbett den Mann auf sich zukommen zu sehen, der neben dem Laden von Madame Sainval wohnte. Einen Mann, der eine Einheit mit dem Fluss, den Bäumen und dem Wind bildete. Seine Anwesenheit hier erschien so natürlich wie die am Hang wachsenden Büsche oder die gelben Blüten auf den Disteln. Ihr kamen Gran'ns Worte wieder in den Sinn: »... dein Herz wird ihn erkennen, du wirst dir dessen sicher sein...«

*

»Ich suchte dich, ich wusste, wo ich dich finde ... ich weiß auch deinen Namen, die Brise hat ihn mir zugeflüstert, als ich auf dich zukam ... weißt du auch meinen?«

»Nein«, antwortete Sophonie leise.

»Ich bin Athanaël. Ich gehöre zu deinem Schicksal, wie du zu meinem. Heute kreuzen sich hier unsere Wege, aber unsere

Reise hat schon lange begonnen. Ich komme vom Wasser und du von der Erde.«

Als Athanaël auf ihrer Höhe angekommen war, schaute er Sophonie kurz an und setzte sich dann in vernünftigem Abstand auf einen Felsblock. Da Sophonie die Jungen nicht sah, warf sie einen Blick in die Richtung, wo sie spielten. Der Mann folgte ihrem Blick und sagte ihr:

»Mach dir keine Sorgen um deine Jungen, sie vergnügen sich, ihnen kann nichts geschehen.«

Sophonie wusch nicht weiter. Mit Mühe kontrollierte sie die tobenden Herzschläge in ihrer Brust. Sie konnte noch kein Wort hervorbringen.

Athanaël sprach aufs Neue mit ihr, während seine Augen eindringlich ihre suchten:

»Seit unserer Begegnung neulich auf der Straße hast du an meinen Tagen und Nächten teil. Du bist mein Hunger und mein Durst geworden. Deinetwegen weiß ich endlich, wer ich bin. Ich kann nicht lügen, Sophonie. Ich habe noch nie so mit einer Frau gesprochen. Nie habe ich das Bedürfnis dazu verspürt. Ich kann auch nicht Süßholz raspeln, Sophonie. Ich kann verstehen, dass meine Anwesenheit und meine Worte dich erschrecken, aber du solltest nicht ...«

Sophonie empfing Athanaëls Worte als einen Wohlklang. Dieser Mann gehörte zu ihrem neuen Leben. Ein neues Lernen, ein anderes Sprechen. Bei seiner Sprache im Herzen der Dinge erzitterte sie.

»Nein, Athanaël«, sagte sie schließlich, »du machst mir keine Angst. Es ist eher mein Herz, das mir Angst macht ... Hältst du es für möglich, ein Wesen, das man kaum kennt, so zu verstehen?«

Jetzt schaute Athanaël zum Himmel, zum Lauf der Wolken. Er sprach weiter, ohne den Blick vom Unendlichen zu wenden.

»Ja, das glaube ich. Wir sind vom gleichen Schlag, Sophonie. Wir nehmen verborgene Kräfte im schwächsten Lebewesen wahr. Wir können die Gefühle im Kern der Seele entstehen sehen. Dieses Privileg kann sich auch gegen uns wenden ... Unsere Lügen schlagen uns wie eine Hand ...«

Leicht zögernd fragte Sophonie ihn noch:

»Warst du es denn ... in meinem Traum, in jener Nacht, als der Regen ...«

Athanaël lächelte.

»Ja, aber ich wusste es selbst noch nicht. Ich erinnere mich nur, dass wir gekämpft, unseren eigenen Naturen Widerstand geleistet, mit unseren zärtlichen Gefühlen gerungen haben. Ich musste mir Gewalt antun, dir Gewalt antun, um unsere Atmung in Einklang zu bringen ... ich wollte dich nicht erschrecken ... es wird so nicht mehr sein ... wenn du es willst ... du wirst verstehen, mich auf deinen Wegen zu leiten.«

»Aber warum auf diese Weise? Warum in einem Traum?«, fragte Sophonie ratlos.

Athanaël zögerte, bevor er antwortete:

»Ich erfülle ein Schicksal, das mir seit unbekannten Zeiten aufgezeichnet war. Mein Körper, den du siehst, birgt den Schlüssel zum Wasser. Meine Substanz gehört mir nicht. Ich bin anders als die Normalsterblichen, Sophonie. Das hat mir die Herrscherin des Wassers gesagt ...«

Sophonie fragte ihn lebhaft:

»Die Herrscherin des Wassers?«

»Sie ist eine Erscheinung, ein Traumbild aus meinem Schlaf. Sie berät mich und zeigt mich mir selbst. Sie hat mich auf deine Ankunft in meinem Leben vorbereitet ... Von ihr weiß ich, dass unsere Begegnung eine Frucht getragen hat ... ein Mädchen.«

Als er ihren Zustand erwähnte, schloss Sophonie schüchtern die Knöpfe ihres Oberteils. So also begegnete sie schließlich dem, dessen Lebenssaft sie trug. In ihrem Kopf drängten sich Fragen zuhauf. Doch wusste sie schon die Antwort darauf. Sie sagte ja zum Leben, zu der so erhofften Liebe.

»Werden wir zusammen leben können ... eines Tages ...? Es wird wohl nötig sein, wenn du mir helfen sollst, dich um dieses Kind zu kümmern ...«

Sophonie sah einen Schatten über das Gesicht des Mannes laufen, der ihr direkt in die Augen blickte. Er brannte von einer plötzlichen Intensität.

»Ich werde, wenn du es willst, dein Liebhaber sein, aber wir können nicht unter demselben Dach leben ... Ich werde dein

Mann sein, aber ich werde dich nicht mit den Händen, die du hier siehst, berühren können.« Als er das sagte, streckte Athanaël ihr die beiden offenen Hände entgegen. »Meine Menschennatur erwacht nur in der Dimension des Schlafs. Ich werde deine Träume teilen, und du wirst darin meine Liebe und Inbrunst erleben. Ich werde dich mit der Kraft des Wassers nehmen, Sophonie, meine Liebkosungen werden sanft auf deiner Haut sein wie der Wind. Auch wenn mein Körper nicht in deinen Mauern wohnt, werde ich bei dir sein, wenn du es willst, ganz gleich wo, du musst es nur wollen ... Ich werde mich auch um deine Kinder kümmern ... um unsere Kinder ... So bin ich veranlagt, Sophonie. Wenn wir diese Grenzen überschreiten, verlieren wir alles ... alles.«

Athanaël sprach, gespannt auf Sophonies Reaktionen, nicht weiter. Überrascht von den Enthüllungen des Mannes sagte sie kein Wort. Was würde noch von ihr verlangt werden? Warum ließ das Leben sie immer mehr Umwege gehen? Sie wollte Athanaël nach eigenem Ermessen im knallenden Sonnenlicht oder unter dem Silberstaub des Mondes lieben. Wenn ihr Bauch anschwellen würde, hätte sie ihn noch nötiger, damit die anderen wüssten, dass sie sich nicht wieder einen Bastard eingefangen hatte. Sie brauchte einen Vollzeitehemann. Sie konnte es nicht mehr ertragen, allein zu sein, immer alles selbst entscheiden zu müssen. Sie wollte endlich ihre Schwächen akzeptieren und mit einem Partner rechnen können, der einen Eimer Wasser aus dem Fluss holte oder Jasmin die Hosen strammzog, wenn er rücksichtslos handelte. Was hatte sie davon, so viel gebetet, sich so lange um Liebe oder Vergnügen gebracht zu haben, um diesen *nèg* zu finden, wenn der Partner nur ein Schatten, ein bloßer Schein, sogar eine Illusion sein sollte?

Sophonie konnte sich nicht äußern, ihr Herz war hin- und hergerissen in zwei Richtungen. Die Ehrlichkeit ihres Gesprächspartners machte sie sprachlos.

Athanaël sagte ihr noch:

»Ich verstehe, Sophonie, wenn du beschließt, dich nicht an mich zu binden. Wenn das deine Entscheidung ist, sollst du wissen, dass ich mich dennoch um deine Kinder und um das Mädchen, das geboren werden soll, kümmern werde. Ich werde mich meiner Aufgabe stellen, denn der Wassergeist hat mir eure Leben anvertraut. Wenn du aber Ja sagst ... versichere ich dir, dass du niemals allein sein wirst. Ich werde körperlich und geistig um dich sein. Siehst du den in mir, den du erwartet hast, Sophonie?«

Die Frage erwischte sie wie der unerwartete Flügelschlag eines Vogels. Sie starb einen sanften Tod daran. Tief zuinnerst wusste sie, dass ihr Widerstand nicht lange halten würde. Sie war nackt vor ihm, ohne dabei die geringste Scham zu empfinden. Die Worte des Mannes berührten sie wie Hände. Und so öffnete sie ihm ihr Sein. Mit ruhiger Sicherheit nahm er sie in Besitz. Die Zeit verlor den Sinn. Zwischen ihnen war es unnötig, sich zu verstellen, Regeln des Anstands einzuhalten, die ihrer Natur nicht entsprachen. Dieser Fremde sprach eine seltsame, außergewöhnliche Sprache mit ihr, die sie gut verstand und akzeptierte. Sie antwortete ihm:

»Ich glaube es ... Athanaël.«

»Wenn du es wirklich glaubst, werde ich dich von ganzer Seele lieben.«

*

Das Nachmittagslicht verblasste. Sophonie dachte, sie müsste nach Hause zurückkehren. Athanaël ahnte ihre Absicht und half ihr, ihre Wäsche in die Eimer zu füllen. Als sie fertig war, hörte sie das Lachen der Jungen, die zu ihr zurückkehrten. Sie liefen mit von Spaß und Schweiß glänzenden Gesichtern aufgeregt über den Uferhang. Als sie Athanaël bemerkten, musterten sie ihn mit der Dreistigkeit, wie sie Kindern eigen ist. Andrisse fragte als Erster:

»Wer ist dieser Herr, Mama?«

»Ein Freund«, antwortete Sophonie. »Er wird uns bis zum Haus helfen. Los, kommt, wir kehren jetzt heim.«

47

Als Sophonie das Zimmer betrat, war sie überrascht, Gran'n nicht schlafend vorzufinden. Auf dem Tisch in der Ecke des Raums brannte eine *tèt-gridap*, die den riesigen Schatten der kleinen, zu einer Kugel gerollten Katze auf die Wand gegenüber warf. Die Alte saß auf dem Bett und schien auf sie zu warten. Wenn man allerdings genau hinschaute, machte Gran'n eher den Eindruck, als sei sie im Begriff auszugehen. An den Füßen trug sie abgenutzte, aus den Tiefen unter ihrem Bett hervorgezogene, staubige Schuhe. Ihr enges, schlecht geknöpftes Oberteil fiel über einen altmodischen langen, weiten Rock, in dem abwechselnd Streifen aus Perkal mit verblassten Blumen und aus zerschlissener Spitze verarbeitet waren. Ein breitkrempiger leichter Strohhut mit einem Band aus verwaschenem grünen Samt, eingefasst in Rips von derselben amnestischen Farbe, bedeckte ihren Kopf. Ein groteskes und erbärmliches Bild. Beim Anblick Antoinettes brach Sophonie das Herz. Mit Entsetzen stellte sie den Verfall der Alten in so wenigen Tagen fest, und ihr wurde bewusst, dass sich ihr die Stützen entzogen, auf denen ihr Vertrauen beruhte. Gran'n ließ sie zurück. Sie hatte so viel von ihr zu lernen, ihr so viele Fragen zu stellen. Doch vor allem brachte sie ihr eine so gute Nachricht!

Die Stickigkeit des kleinen Raums schnürte Sophonie die Kehle zu. In ihrem Zustand ertrug sie schlecht die Gluthitze und zu abgeschlossene Räume. Sie zog den Morgenrock aus, den sie über ihr Nachthemd gezogen hatte. Antoinette hingegen schien die Hitze trotz ihres Aufzugs nicht das Geringste auszumachen. Als sie ihre Schwiegertochter kommen sah, lächelte sie ihr schwach entgegen und wies, wie bei jedem ihrer nächtlichen Treffen, auf das Stühlchen.

Der Glanz in den Augen der Alten beruhigte Sophonie. Sie durchlebte keinen der konfusen Momente, auch wenn ihre Ausstaffierung etwas anderes vermuten ließ. Sophonie sagte ihr sofort, ohne sich nach ihrer Gesundheit zu erkundigen:

»Gran'n, du wirst nicht glauben, was für eine Nachricht ich dir bringe.«

Ein interessiertes Leuchten erschien in Antoinettes Blick, die antwortete:

»Die Geister begleiten dich, meine Tochter, ich fühle dich tief von ihnen durchdrungen. Wer mit dem Herzen handelt, erntet immer die Früchte seiner Güte. Ich bin glücklich, dass ich diese gute Nachricht aus deinem Mund erfahre ... sag's mir ...«

»Also, Nativita hat heute einen Umschlag erhalten, den Ti-Came einem Cousin von Man Kéké, der von einer Reise zurückkehrte, anvertraut hat. Es sieht so aus, als habe Ti-Came eine bedeutende Summe geschickt, die sie seit einigen Monaten angesammelt hat. Daraufhin hat mir Nativita fünftausend Gourdes gegeben und mich gebeten, sie dir auszuhändigen.«

Antoinette lauschte Sophonies Worten mit geschlossenen Augen. Als Letztere verstummte, öffnete die Alte wieder die Augen und sagte:

»Nativita hat nicht den Mut gehabt, mir dieses Geld selbst zu bringen. Sie wird sich offenbar niemals ändern. Wie ein Schatten verbirgt ihr der Stolz die Sonne. Das Wichtigste ist aber geschehen. Ich danke immerhin dem Himmel, dass sie die Sprache wiedergefunden hat.«

»Das ist aber noch nicht alles«, fuhr Sophonie erregt fort. »Ti-Came schickt ebenfalls fünftausend Gourdes speziell für dich. Wie sie auf der Kassette gesagt hat, senden ihre Arbeitgeber sie dir, damit du dir Vitamine kaufen kannst. Ti-Came hat ihnen von dir, der Ältesten des Hofs, so viel Gutes erzählt, dass sie beschlossen haben, dir ein kleines Geschenk zu machen.«

Jetzt lächelte Antoinette, ihr zahnloses Zahnfleisch glänzte im goldgelben Licht des Zimmers. Sie hob ihre Hände gen Himmel und sagte:

»Danke euch allen, Geister meiner Wurzeln, *lwa* meiner Familie ... oh! Dreimal Dank ... Ihr habt eure Dienerin nicht verlassen ... jetzt kann ich in Frieden sterben ... *Abobo!*«

Wieder ernst sagte Gran'n Sophonie nachdenklich:

»Ich überlasse dir, mein Kind, die Verwaltung dieses Geldes, mein Kopf ermattet.« Mit einer Geste bremste sie Sophonie, die drauf und dran war, zu protestieren. »Du bewahrst fünftausend Gourdes für meine Beerdigung auf. Die anderen fünftausend gibst du Valbrun, der morgen aus Les Cayes zurückkehrt. Er hat mir versprochen, mit der Arbeit sofort nach seiner Rückkehr zu beginnen. Wie ich Valbrun kenne, wird er damit in drei oder höchstens vier Tagen fertig sein.«

Ergriffen stellte Sophonie fest, dass Antoinette trotz ihres Verfalls, trotz ihrer Absencen auf die Rückkehr Valbruns wartete, ohne sich bei der Zeit zu verzählen. Sie wartete Stunde um Stunde, Tag um Tag darauf, dass ihr Gevatter den letzten Auftrag ausführte, den ihr die *Mysterien* erteilten. Ein ums andere Mal hatte sie sich in dem Moment, als sie endgültig in ihr Irrschweifen zu versinken drohte, wieder aufgerafft. Hatte gegen das Bedürfnis ihres Körpers angekämpft, sich hinzulegen und zu sterben. Tief aus den letzten Reserven schöpfend, blieb sie am Leben, damit das Leben weiterging.

Sophonies Überlegungen unterbrechend fragte die Alte sie:

»Und du, mein Kind? Bringst du mir von dir keine Nachrichten mehr? Wie geht es diesem Leben in deinem Bauch?«

»Sehr gut, Gran'n«, antwortete Sophonie. »Die Übelkeitsanfälle beeinträchtigen mich nicht mehr. Ich kann meinen Beschäftigungen problemlos nachgehen. Und ... ich habe sogar jemanden kennengelernt ... den ... du weißt schon ...« Sophonie suchte schüchtern nach Worten.

Antoinette verstand sofort. Sie lächelte und sagte in verständnisvollem Ton:

»Aha! Du kennst ihn also endlich. Wie sieht er aus?«

Sophonie nahm sich lange Zeit, bevor sie antwortete:

»Er ist schön, Gran'n. Ich kann dir mehr nicht über ihn sagen. Seine Schönheit betrifft aber nicht nur sein Gesicht und seinen Körper. Er ist schön durch seine Kraft, seine Aufrichtigkeit. Wenn er mit mir spricht, werde ich zu einer anderen, er verändert mich vollkommen ... Ich bin Spreu im Wind seiner Stimme ... seine Anwesenheit erfüllt mich überreichlich.«

»Dein Bedürfnis ist nun erfüllt, mein Kind. Du hast lange gehofft, hast vertraut, und für dein Warten überflutet dich seine Liebe«, sagte die Alte.

»Aber Gran'n, er hat mir von Dingen erzählt, die ich nicht so recht verstehe«, fuhr Sophonie fort. »Er hat mir gesagt, er würde mein Mann sein, ohne es wirklich zu sein. Er kann nicht mit mir wohnen, verspricht mir aber seine ständige Anwesenheit und seine Hilfe. Seine Hände dürfen meine Haut nicht berühren. Er kann mich nicht mit klaren Augen sehen, er wird aber meine Nächte wunschlos glücklich machen. Gran'n, Gran'n, was wird aus meinem Leben? Wer wird mir sagen ...?«

Sophonie beendete ihren Satz nicht. Sie dachte an Antoinettes baldigen Tod.

»Habe Vertrauen, mein Kind«, antwortete ihr die Alte, die in ihren Gedanken las. »Beweist dir bis jetzt nicht alles, was uns geschieht, dass das Leben für uns sorgt? Wozu dir Sorgen um die Zukunft machen? Du willst in deinem Leben einen Mann haben, nicht wahr? Wie jede Frau erwartest du von ihm Leidenschaft, Treue, Verantwortungsbewusstsein, auch Freundschaft ... nicht?« Sophonie nickte. »Also«, fuhr die Alte fort, »warum ist dir wichtig, dass dieser Mann jede Nacht in deinem Bett schläft? Hat er dir nicht versprochen, anwesend zu sein, wenn du es benötigen würdest?«

»Ja«, sagte Sophonie, »aber wie wird er es wissen?«

Antoinette holte tief Luft, bevor sie weitersprach. Die Müdigkeit war ihr jetzt ins Gesicht geschrieben. Sie klammerte sich jedoch an ihren Gedanken, da sie spürte, dass sie nicht mehr lange zum zusammenhängenden Ausdruck fähig sein würde.

»Ich weiß nicht, wie er es wissen wird ... Wie du dich mit ihm verständigen wirst, wirst du entweder ganz von selbst herausfinden, oder es wird dir angegeben ... Ich erinnere dich nur daran, immer auf deine Träume achtzugeben. Weißt du, wie ich selbst im Alter von zwanzig Jahren *hougenikon* geworden bin?«

Sophonie schüttelte den Kopf. Die Alte fuhr fort. Ihre Stimme wurde so schwach, dass Sophonie sich ihren Lippen nähern musste, um sie zu verstehen:

»Ich bin nicht im Haus eines *houngan* ausgebildet worden. In Kasalé praktizierten wir unseren Kult in der Familie unter der

Leitung eines *mèt-kay**. Wir ehrten und respektierten als Erbe eines jeden, als Erbe von uns allen, die *lwa*, die unsere Wurzeln sind. Eines Tages also, ich erinnere mich, als wäre es gestern, war ich am Fluss. Zu jener Zeit, meine Tochter, war er ein wirklicher Fluss. Ein Wasser, das ganz aus Wasserfällen und Schaum bestand, ein blaues Wasser, wie wenn du Indigoblau in deine Wäsche tust. Kinder konnten ihn zu ganz gleich welcher Jahreszeit nicht allein überqueren ... An diesem Tag also wusch ich meine Wäsche mitten in der Strömung, als ich fühlte, dass sich unter meinen Füßen die Kiesel bewegten. Das erschien mir ungewöhnlich, denn die Bewegung folgte nicht der normalen Richtung des Wassers. Um mich herum entstand ein Strudel und saugte mich ein ... ganz langsam. Niemand sah oder verstand, was mir geschah. Ich versank, während die anderen Frauen weiter ihren Beschäftigungen nachgingen. Nun, meine Tochter, sieben Tage und sieben Nächte habe ich unter Wasser verbracht ... In einer Wunderwelt, in der Licht und Schatten nicht von der Sonne, sondern von Gestirnen in fantastischen Farben kamen. Einer Wasserwelt mit riesigen Blumen, enormen Früchten ... Ich wurde von einem greisen Paar mit feiner schwarzer Haut empfangen, ihre lockigen Haare flossen in der Strömung. Sie nahmen mich auf, als wenn sie mich schon immer gekannt hätten. Ich habe ein langes Empfangsritual der Reinigung und Initiierung durchlaufen. Während meines Aufenthalts haben sie mich unermüdlich die Hierarchie der Geister, die Riten, die Geheimnisse der Pflanzenwelt gelehrt. Als der Moment gekommen war, wieder zur Wasseroberfläche aufzusteigen, war ich unendlich traurig. Es lebte sich so gut dort unten, befreit von den Lasten des Körpers und der Seele! Aber ... niemand kann ewig im Wohnsitz der *Mysterien* verweilen, ohne alle Etappen des menschlichen Lebens, den Tod ... durchlaufen zu haben. Als Abschiedsgeschenk haben sie mir einen großen roten Seidenschal und einen *koua-koua*** geschenkt und mich zur Wasseroberfläche begleitet. Seitdem war ich *hougenikon*. Wenn ich mir den Schal um den Hals legte und den *koua-koua* schüttelte, kamen mir spontan

* Gemeindeleiter.

** Eine Art Rassel.

alle Vodoolieder über die Lippen ... Ich konnte eine ganze Nacht hindurch zig Strophen zu Ehren aller Geister unseres Hauses singen. Durch meine Adern lief das Feuer der Trommeln ...«

Ein wenig außer Atem hielt die Alte inne. Sie betrachtete Sophonie. Ein Rauchschleier überzog ihre Netzhaut. Sie sagte:

»Geh jetzt nach Hause, Vita. Wenn dein Vater dich um diese Zeit draußen erwischt, bestraft er dich.«

48

Espéranta beschloss, zum Waschen zu gehen. Als einziges sauberes Wäschestück blieb ihr nur das Nachthemd, das sie trug. Sie sammelte die schmutzigen Kleider, die über den Stuhlrücken, dem Besenstil, unter dem Bett oder an den Nägeln der Wände hingen, und stapelte sie in einer grünen Plastikwanne auf. Die Zeit kam, ihr Leben wieder in den Griff zu nehmen. Ihrem Körper ging es viel besser. Ein wenig Ordnung im Raum würde ihr endlich den Kopf wieder zurechtrücken. Das Leben ging weiter, ihre immer noch schmutzige Wäsche erwartete sie, und niemand würde kommen, sie ihr zu waschen.

Vier verdunkelte Tage in ihrem Leben. Sie hatte viel durchgemacht. Sie ging als eine andere daraus hervor. Espéranta war eine zutiefst erschütterte Frau. Ein Teil ihrer Menschennatur war zerbrochen, zerquetscht, umgeformt worden. Es hatte eines solchen namenlosen Leidens bedurft, um ihr eine andere Sicht ihrer Natur zu erschließen. Nachdem sie während der Zeit, in der sie auf dem Rücken lag, eine ganze Palette von Gefühlen erlebt hatte, tauchte sie aus ihrem Albtraum mit einem unterschwelligen Bedürfnis nach dem Mann auf, der ihr Chaos ausgelöst hatte.

Sie würde auf die Straße zurückkehren, Brot verkaufen und ihn suchen. Diese sich mit den Stunden klarer abzeichnende Anwandlung brannte ihr bereits unter den Fußsohlen. Sie musste ihn unbedingt sehen, einen Blick von ihm erbetteln.

Stillschweigend würde sie ihm ihre Unterwerfung bekunden. Sie wollte einen Platz in seinem Leben einnehmen, war sogar bereit, seine Bestialitäten über sich ergehen zu lassen. Abner hatte sie gebrandmarkt. Er besaß sie von nun an wie ein Gut, ein Tier oder eine Sklavin.

Sie hätte Kasalé besser verlassen sollen. Auch das wusste sie. Wie so viele Male in ihrem Leben fortgehen, wieder bei Null beginnen. Der Ort war ihr nichts wert. Abner war ein Tier, kein lebendiger Christenmensch. Ihr kamen Märchen aus ihrer Kindheit in den Sinn, Bilder von Wesen, die nur die menschliche Hülle besaßen. Von Kreaturen, die aus dem kalten Schweiß der Finsternis entstanden. Nicht einmal Hass war die Ursache für die Brutalität dieses männlichen Wesens. Er war brutal, wie andere als Albinos oder Stotterer geboren werden. Espéranta sagte sich, sie sollte ihre Chance lieber woanders suchen, sich ihre eigenen Herausforderungen stellen und sie annehmen wie früher. Das gebot ihr der elementarste Überlebensinstinkt. Sie wusste es. Aber ihr Kampfgeist wurde schwächer. War das etwa eine Wirkung des Alters? Die morbide Anziehungskraft des Mannes belastete gefährlich schwer ihre Widerstandkräfte. Sie fürchtete und wollte ihn zugleich.

Bevor Espéranta zum Fluss ging, warf sie einen Blick im Zimmer ringsum, um sich zu vergewissern, dass sie nichts vergessen hatte. Als sie schon gehen wollte, besann sie sich, kehrte um und hob das Ende ihrer Matratze an. Sie zog ein kleines, gelbes Handtuch mit langen Fasern heraus, das sie für einen sehr speziellen Dienst dort aufbewahrte. Unterwegs beschloss sie, den restlichen Tag vergehen zu lassen, um eine Entscheidung zu treffen. Sofort wegzugehen oder zu bleiben.

Espéranta ging, ihre Wäscheschüssel auf dem Kopf balancierend, den schmalen Pfad entlang. Ein Mann kam ihr entgegen. Sie erkannte Chrisphonte, den Schwiegersohn Esthers. Als er auf gleicher Höhe mit ihr war, machte er keine Anstalten, ihr den Weg freizugeben. Er nutzte aus, dass Espéranta durch ihre Last behindert war, um ihre Brust intensiv zu befingern. Diese Geste ärgerte sie, statt ihr zu schmeicheln. War es möglich, dass sie schon das Bedürfnis verspürte, ihre Gunst Abner allein zu erweisen? Die Frage stellte sich Espéranta noch, als sie den Hang zum Flussbett hinunterging.

Es war angenehm draußen. Das flüssige Licht wusch ihr die Augen. Zu lange war sie in den vier Wänden ihres Zimmers geblieben, eingeschlossen, den Schatten ausgeliefert. Jedes Mal, wenn die Brise nachließ, erhob sich einträchtig und kräftig das Zirpen der Grillen. Am Fluss waren fast keine Frauen. Sie zogen es wegen der Trockenheit vor, Wassertransporte zur Quelle bei der Bäckerei zu schicken und ihre Wäsche zu Hause zu waschen. Espéranta freute sich darüber. Sie hatte die ganze Gegend für sich.

Sie fand einen hinreichend großen Felsblock, um sich zu setzen. Sie löste das Tuch, das ihre Haare zusammenhielt, raffte ihr Nachthemd bis zum Schritt und zog unter dem Kleiderhaufen einen halben Riegel Kernseife hervor. Mit einem Eimer schöpfte sie Wasser, das sie in die Wanne goss. Ganz oben auf dem Wäschehaufen lag das kleine, gelbe Handtuch. Sie bewahrte es immer an derselben Stelle auf, oben unter der Matratze. Selbst bei vollständiger Dunkelheit brauchte sie nur zu tasten, um es wiederzufinden. Nach ihren galanten Begegnungen diente ihr dieses Stück Stoff dazu, die Flüssigkeit aufzunehmen, die aus ihrem Geschlechtsteil floss. Sie hielt es immer sauber, bereit für die nächste Verwendung. Der Stoff war noch steif vom getrockneten Samen Abners. Espéranta griff das Tuch und machte sich daran, es mit dem Seifenstück einzureiben, als etwas Ungewohntes sie innehalten ließ. Sie bemerkte eine Bewegung im Stoff. Ein Gewimmel, eine lebende Präsenz. Erstaunt brachte sie das Handtuch dicht vor ihr Gesicht. Mit namenloser Abscheu entdeckte sie einen Wurf winziger Wesen, ähnlich Kaulquappen, die sich zwischen den Fasern des Stoffs schlängelten, jedes von der Größe des kleinen Fingernagels. Sie hatten keine Füße und Hände, nur einen Schwanz und einen übermäßig großen Kopf mit beidseits zwei kleinen herausragenden schwarzen Augen. An der Stelle, die ihnen als Stirn zu dienen schien, erhob sich ein schwaches hornförmiges Anhängsel. Espéranta hielt zwischen ihren Händen kleine Ungeheuer, die unter der Wirkung des Wassers sichtbar anschwollen! Und dieses diabolische Volk war durch ihren Körper gegangen, hatte sich im geheimsten Bereich ihrer Anatomie aufgehalten! Wer weiß, vielleicht wohnten und wuchsen einige von ihnen noch in ihrem Schoß! Diese kleinen Scheusale kamen aus Abners Samen! Ihr Instinkt hatte sie also nicht getäuscht, sie hatte es mit einem Tier zu tun gehabt!

Während sie das Tuch so weit wie möglich fortwarf, schüttelte eine Übelkeitswelle die Schultern der Frau. Sie konnte den Krämpfen, die wie Meereswellen unter dem Joch des heftigen Nordwinds aufstiegen, keinen Widerstand leisten und erbrach sich, wobei sie den Kopf zur Seite neigte, um die Wanne mit nasser Wäsche zu ihren Füßen nicht zu beschmutzen.

Mit jeder Sekunde drang der Wahnsinn weiter in Espérantas Kopf vor. Ihre Augen traten hervor, als wollten sie aus den Höhlen springen. Jedes Haar stand ihr kerzengerade auf dem Kopf. Eine Art nervöses Lachen zog ihre Lippen in die Länge. Aber Espéranta hatte vor allem Angst. Sie konnte alle Kompromisse, alle Niederträchtigkeiten akzeptieren, um einen Mann zu halten. Aber vor dem Teufel kannte sie nur einen Ausweg, die Flucht. Schnell wrang sie ihre Kleidungsstücke aus, ohne sie zu waschen, und legte sie zurück in die Wanne. So schnell es die Erregung ihrer Beine zuließ, eilte sie zum *lakou* hinauf, trat in ihr Zimmer, ließ die Tür mit voller Wucht zufallen. Mit hastigen Bewegungen häufte sie ihre Sachen in ihre beiden Koffer. Sie warf sie durcheinander, leerte das Regal mit einer einzigen Armbewegung. Als ihre Koffer gepackt waren, rannte sie rasch zur Tür. Der Kleinkram, der auf dem Tisch und in Plastiktüten unter dem Bett blieb, kümmerte sie nicht. Auch ihren Brotkorb ließ sie ohne jedes Bedauern zurück.

Niemand in Kasalé erfuhr, was aus Espéranta wurde, noch warum sie an einem brütend heißen Sommernachmittag mit nur einem Nachthemd auf dem Körper aus ihrem Zimmer floh.

49

Schon am Tag nach Boss Valbruns Rückkehr begann der Wiederaufbau des *kay-mistè*. Er kam frühmorgens, um sich Anweisungen von Antoinette zu holen, und brach nach Terre-Rouge auf. Er versprach, den Wohnsitz der Geister binnen vier Tagen wieder aufzurichten. Von dem Moment an verließ Gran'n tagsüber nicht mehr ihr Bett. Sie wurde immer schwächer und nahm nur noch einige Löffel klare Brühe oder gezuckerten Tee zu sich. Da sie inkontinent geworden war, benötigte sie Pflege wie ein kleines Kind. Die Frauen an ihrem Bett richteten es trotz ihrer Armut so ein, dass der Tod sie anständig und sauber vorfand. Denn vor dem drohenden Ende hielt man zusammen.

Nativita, Altagrâce und Esther gingen zur Schneiderin des Marktes hinunter, um sich Trauerkleidung anfertigen zu lassen. Dieselbe kleine Truppe, die Nativitas Veranda während ihrer Krankheit besetzt hatte, pilgerte jetzt zu der von Antoinette. Wie Bienen um eine Blume blieben die Kinder am Ort. Antoinette gehörte ihnen. Sie spielten zwar weiter, aber ihren Spielen war ein wenig kalt geworden. Gran'n ging fort. Dennoch war die Atmosphäre rings um das Häuschen gelassen. Die Alte starb an ihrem hohen Alter, das Leben ging seinen natürlichen Gang. Die meiste Zeit schwebte Antoinette in einem wirren Bereich. Worte, Satzfetzen oder Namen Verstorbener kamen ihr in den Mund, die sich niemand mehr zu verstehen bemühte.

Sobald Sophonie vom Brotverkauf zurückkehrte, betrat sie Gran'ns Zimmer. Sie wollte sie in ihren letzten Momenten begleiten und vor allem vielleicht einen letzten Hinweis, einen Rat empfangen ... Der Frauenkreis akzeptierte Sophonie etwas mehr. Seit ihrer Genesung behandelte Nativita sie mit einer Mischung aus Respekt und Freundschaft. Sie sprachen nicht mehr von der Behandlung oder irgendetwas, das auch nur entfernt an die jüngsten Ereignisse erinnern konnte. Madame Lumanès, deren Verordnung schon ermutigende Ergebnisse zeigte, erhob sich zur Beschützerin Sophonies. Letztere glaubte gewiss nicht naiv, dass diese Frauen sie plötzlich liebten. Aber sie bekundeten ihr weder Feindseligkeit noch Gleichgültigkeit, was bereits eine gewisse Verbesserung ihrer Gefühle bewies. Und außerdem dämpfte Antoinettes Tod, ganz allgemein der Tod, der mit langsamen Schritten näher rückte, die feindseligen Gefühle im Herzen einer jeden.

Sobald die Frauen im Zimmer am Krankenbett der Alten waren, schwatzten sie endlos weiter. Das waren Reden, wieder auftauchende Erinnerungen, zur Schau gestellte Kenntnisse über natürliche und übernatürliche Tode. Aber manchmal entführte ihre Stimmen eine große Stille. Sie schauten einander mit Unverständnis in den Augen an, bewusst nur der übergroßen Anwesenheit des Todes. Diese Sache, die letztlich niemand verstand.

Während man am Tag jeden Augenblick fürchtete, dass Antoinettes Atem aussetzte, waren ihre Nächte von unberechenbarer, heftiger Bewegung erfüllt. Die Alte schreckte im tiefsten Dunkel hoch und nahm den Weg nach Terre-Rouge. Sie ging los, um dort oben unter dem kalten Schauer der Sterne, im Duft der wilden Jasminpflanzen zu wohnen. Sobald die Sonne unterging, stieg ihr dieser Wahn in den Kopf. In der ersten Nacht wurde sie von Altagrâces Sohn Ti-Son aufgehalten, der von einem Besuch am anderen Ende des *lakou* nach Hause unterwegs war. Er hatte alle Mühe der Welt gehabt, sie zum Umkehren zu bewegen. Sie warf sich auf den Boden, stieß ein die Trommelfelle der Nacht zerreißendes Geheul aus und entfaltete außergewöhnliche Kraft. Entsetzt darüber, eine solche Gewalt gegen seine zerbrechliche Tante ausüben zu müssen, hatte der Unglückliche sie bis in ihr Zimmer zurückgebracht. Dort lag sie mit starrem Blick, erschöpft und kurzatmig auf ihrem Bett. Ti-Son hatte noch kurz Wache gehalten, bis sie einschlief.

Sobald am nächsten Abend die Frauen nach Hause zurückgekehrt waren, bewegte Antoinette, gerade wach geworden, sich wie ein Automat zum Ausgang. Altagrâce und Nativita, die auf einen Rückfall gefasst waren, hielten aus ihren Häusern heraus Wache. Sobald sie das Quietschen der Scharniere hörten, benachrichtigten sie Ti-Son. Dieser fing Antoinette auf der Veranda ein. Wieder einmal fiel die Alte in einen Zustand nahe dem Irrsinn. Sie trampelte, heulte oder weinte wie ein Kind. Mit dem Blick in Richtung Terre-Rouge flehte sie Ti-Son an, sie gehen zu lassen. Die beiden Frauen mussten dem Mann zu Hilfe kommen, um die Alte in ihr Zimmer zurückzubringen. Sophonie nebenan wagte sich nicht zu nähern. Sie konnte die Schreie Antoinettes nicht ertragen. Im eigenen Körper erlebte sie die Krämpfe, die die Alte versteiften. Als sie das Geräusch von zerreißendem Stoff hörte, verstand sie, dass sie der ständig schreienden Alten Fuß- und Handfesseln anlegten. Sie selbst hatte das Bedürfnis zu schreien, zu schreien, bis ihr die Stimme brach.

»Hast du gestern Abend die Schreie gehört?«

»Nein, welche Schreie? Woher kamen sie?«

»Willst du sagen, dass du nichts von dem weißt, was heute Nacht im *lakou* geschehen ist?«

»Ähm, nein ...«

»Also wirklich, wenn du schläfst, kann man dich wohl nur wecken, wenn man Kanonen in deinem Zimmer abfeuert.«

»Ja, das stimmt, ich erfreue mich eines guten Schlafs. Du wirst mir das doch wohl nicht übelnehmen? Wer schrie denn?«

»Antoinette. Es scheint, dass sie nachts verrückt wird. Sie will nach Terre-Rouge ziehen. Es brauchte die Kräfte von sechs Männern, um sie festzuhalten.«

»Oh! Oh! Dann war sie ja wie entfesselt ...«

»Hm, wie du sagst. Ich habe sie im Lauf des Tages gesehen, und da machte sie nicht den Eindruck, als würde sie bis zur Nacht durchhalten. Niemand wird mir weismachen, dass sie aus eigener Kraft aus ihrem Bett gestiegen ist ...«

»Diesmal scheinen mir die Dinge klar zu sein. Die Geister erheben Anspruch auf sie, sie nehmen ihr Gut zurück.«

»Valbrun nimmt jetzt anscheinend die Reparaturen am *kaymistè* vor. Weißt du, meine Liebe, diese Leute sind erstklassige Geheimniskrämer. Ich dachte nicht, dass die Alte genug Geld besaß, um das Häuschen wieder aufbauen zu lassen.«

»Kann man erfahren, wo sie das Geld herhat?«

»Und warum sie sich bei Sonnenuntergang die Seele aus dem Leib heult?«

»Hm ...«

»Wie du sagst ...«

»Denkst du, Nativita steckt mit der Alten unter einer Decke, um ihre Dinge zu regeln? Ohne Hilfe ihrer Familie würde es ihr nicht gelingen. Aber, Vita! ich hätte niemals geglaubt ...«

»Wirklich, ich kann es nicht behaupten. Denn sie halten ihre kleinen Tricks untereinander sehr geheim. Trotz all meiner Bemühungen, ein wenig mehr zu erfahren, nichts ...«

»Und dieselben Personen sind's, die nachher auf die anderen herabsehen und als die christlichsten der Christinnen gelten.«

»Ich werde nicht versäumen, ihnen zu sagen, wie ich darüber denke, sobald ich Gelegenheit dazu finde.«

»Meine Liebe, befolge meinen Rat, misch dich nicht ein. Man muss mit den Einbeinigen auf einem Bein hüpfen. *Chat konnen, rat konnen.*«*

»Und der Zimtapfelbaum?«

»Vollkommen kahl. Aber er hängt immer noch.«

»Unglaublich!«

»Ich frage mich, wer als Erster nachgeben wird, er oder Gran'n. Erinnerst du dich an die Legende, die lange Zeit um den Baum und Antoinette kursierte? Denkst du, dass die ganze Geschichte ...«

»Mit dem Alter, meine Liebe, habe ich die Dinge dieses kleinen Landes zu respektieren gelernt. Ich könnte dir nicht sagen, ob die Legende leben wird oder nicht. Bis dahin schaue ich jedenfalls zu, ohne zu reden.«

50

Sophonie hob behutsam das Kissen auf ihrem Gesicht an. Sie lauschte kurz. Als sie nichts hörte, schob sie es sich unter den

* »Die Katze weiß Bescheid, die Ratte weiß Bescheid.« Jeder weiß, was er zu tun hat, um keinen Ärger zu bekommen.

Kopf. Endlich, nach über einstündigem Kampf, erlag die Alte dem Schlaf. Am dritten der aufeinanderfolgenden Abende hatte Ti-Son sie am Bett festbinden müssen. Dass in einem so schwachen Körper noch eine solche Kraft schlummerte, war nur schwer zu begreifen. Sophonie konnte nicht ertragen, was im Haus nebenan geschah. Antoinettes Schreie verletzten sie im Kopf. Sie verübelte es den anderen, sie so zu misshandeln, obwohl sie wusste, dass sie nicht anders handeln konnten.

Am Morgen fand Sophonie Gran'n in ihrem Bett jedoch wieder fern und schwach vor. Der Faden ihres Atems schien jeden Moment reißen zu wollen. Wie widerstandsfähig das Leben sein konnte! Während es unter anderen Bedingungen in einem Wimpernschlag verschwand und ohne Vorwarnung einen kräftigen, lebenshungrigen Körper verließ. Die Alte redete oft wirr, kannte niemanden wieder, aber Sophonie blieb zuinnerst tief überzeugt, dass sie sich noch verstanden. Einmal, als sie ihr das Gesicht befeuchtete, drückte ihr Antoinette einen kurzen Moment die Hand. Diese Geste tröstete Sophonie, erleichtert festzustellen, dass die Chemie zwischen ihnen immer noch stimmte.

Um die Tagesmitte kam Pater Daniel in Begleitung eines jungen Priesters aus der Gemeinde Saint-Charles zum *lakou* hinauf. Sie kamen auf Bitten der Familie, um die Sterbende mit den letzten Sakramenten zu versehen. Alles ging sehr schnell vonstatten. Antoinette war verwirrt und konnte nicht beichten. Der Priester salbte ihr Stirn, Mund und Brust mit den heiligen Ölen und sprach die dem Anlass entsprechenden lateinischen Formeln. Nach Aufsagen von zehn Rosenkränzen sah der erleichterte *lakou* die Gottesmänner aufbrechen.

Gegen Ende des Nachmittags, als die müde Sonne sich zum Bett der Alten neigte, bewachte allein Sophonie sie. Die Frauen waren nach Hause zurückgekehrt, wo sie vor der Nacht die Hausarbeit erledigten. Antoinette schnappte mit offenem Mund nach Luft. Ihre Brust hob sich ruckweise und fiel, erschöpft von der Anstrengung, schlagartig zurück. Die Alte murmelte etwas. Sophonie hob den Blick von ihrer Näharbeit. Wieder sagte Antoinette unverständliche Worte, sprach dabei Sophonie mit den

Augen an. Beunruhigt hörte Sophonie mit der Arbeit auf und beugte sich zu ihr. Die Alte versuchte wieder, mit ihr zu sprechen, aber sie verstand nichts. Angesichts ihres bittendem Blicks bückte Sophonie sich, bis sie Antoinettes herben Atem auf ihrem Gesicht spürte. Mit Mühe sagte ihr die Alte: »... Ro... drigue, Ro... drigue ... wird ... wieder... kommen ...« Sophonie verhielt noch in derselben Haltung und wartete auf etwas anderes, aber Antoinette fügte nichts hinzu. Mit geschlossenen Augen schien sie bereits recht fern zu sein.

Sophonie, die Gran'ns Satz neugierig gemacht hatte, wartete auf die Rückkehr Nativitas, um mit ihr darüber zu sprechen. Zwar folgte sie manchmal den Irrwegen Antoinettes, hatte aber diesen Vornamen niemals von ihr gehört. Noch von sonst irgendjemandem vom Hof. Sophonie wusste, dass Antoinette bei vollem Bewusstsein mit ihr gesprochen hatte. Natürlich würde ihr niemand glauben. Wer war dieser Rodrigue? Kaum war Nativita über die Türschwelle getreten, als sie ihr die Frage stellte:

»Vita, kennst du Rodrigue?«

Sophonie entnahm Nativitas Reaktion, dass sie einen wunden Punkt der Frau berührt hatte. Nativita schaute sie sehr erstaunt, geradezu argwöhnisch an. Die Frage hing jedoch in der Luft, sie musste darauf antworten. Sie zog vor, in der Defensive zu bleiben, und fragte ihrerseits:

»Und du, woher kennst du Rodrigues Namen?«

»Gerade eben hat Antoinette mir angekündigt, dass er kommt«, antwortete Sophonie.

»Mmm«, machte Nativita. »Und was hat sie dir sonst erzählt?«

»Nichts sonst. Sie hat mich einfach unterrichtet, dass dieser Rodrigue kommen wird.«

Nativita warf einen Blick auf die Alte, deren ausgemergeltes Gesicht bereits die Totenmaske aufwies.

»Hat sie in dem Zustand, in dem ich sie sehe, mit dir gesprochen?«, fragte Nativita in zweifelndem Ton.

Verärgert antwortete Sophonie ihr nachdrücklich:

»Ja, wie unglaublich das auch scheinen mag, sie hat wirklich mit mir gesprochen, und ich habe ihre Worte gut verstanden. Aber du hast mir immer noch nicht gesagt, wer dieser Rodrigue ist«, fügte sie in gemäßigterem Ton hinzu. Nativita antwortete ihr schließlich verlegen:

»Rodrigue war mein Bruder, mein sehr junger Bruder, Sohn der zweiten Frau meines verstorbenen Vaters. Er war aber nicht wie wir, er hat studiert ... er träumte zu viel ...«

»Du sprichst in der Vergangenheit von deinem Bruder, ist er tot?«, fragte Sophonie.

»Ich weiß nicht ...«, antwortete Nativita. »Ich glaube, du solltest besser nicht auf das wirre Gerede der Alten achten.«

Um Sophonie das Ende der Unterhaltung anzuzeigen, suchte sie Streichhölzer in der Tasche ihres *moumou* und machte sich an der Lampe zu schaffen.

Sophonie lag im Halbdunkel auf dem Rücken und konnte nicht einschlafen. Seit drei Nächten musste sie sich während Gran'ns Krisen die Ohren, das Herz zustopfen. Manchmal wünschte sie gar den sofortigen Tod der Alten. Sie konnte nicht ertragen, stumme und machtlose Zeugin einer solchen Not zu sein.

Sie wälzte sich unablässig auf ihrem Bett. Von der anderen Seite des Vorhangs stieg der gleichmäßige Atem der schlafenden Jungen auf. Gelobt sei die Unschuld! Sie wussten nichts, sie hörten nichts. Wie gern wäre sie in diesem Moment ein Kind gewesen, nur mit dem jetzigen Augenblick beschäftigt.

Der einzige Balsam für ihre Schmerzen hieß Athanaël. Jeden Morgen kam er nach dem Brotverkauf zu ihr und nahm sie mit in sein Haus. Sie setzte sich kurz zwischen die Statuetten in seltsamen Stellungen. Sie plauderten. Am Anfang fürchtete sie Madame Sainvals Reaktionen, denn sie hatte die Aggressivität der Ladenbesitzerin ihr gegenüber nicht vergessen. Seltsamerweise verbrachte sie jedoch jetzt unter dem nunmehr trübseligen Blick der Dame jeden Morgen mit Athanaël. Verstehe einer die menschliche Natur!

Sophonie erzählte ihrem neuen Freund ihr Leben. Sie sprach von Antoinette, den Leuten vom *lakou*, von außergewöhnlichen Momenten, die sie seit der unglaublichen Nacht erlebte, in der ihre Schicksale sich vereinigt hatten. Athanaël verstand zuzuhören. Er begriff alle Regungen ihres Herzens, ihre Ängste, ihre

Hoffnungen, ihre Befürchtungen. Er sagte nicht viel, aber seine Anwesenheit war eine Welt gesprochener Worte wert.

Manchmal las Sophonie im klaren Becken seiner Augen ein rohes Begehren. Athanaël rief sie mit seiner ganzen Haut, allem Wasser seines Körpers. Er vermochte sein Verlangen nach ihr nicht zu verbergen. Sophonie gelüstete es ebenso nach ihm. Ihre Begegnung an diesem geheimen Ort, der ihnen vorbestimmt war, hing nur von ihr ab. Aber diesen Weg suchte sie nicht, weil ihr Herz zu diesem Zeitpunkt ihres Lebens zu sehr litt. Ihre bitteren Nächte, ihr ungewisses Erwachen schwächten ihr Verlangen, sobald es unter ihrer Haut aufkeimte. Athanaël verstand sie und wartete auf sie.

Sophonie beschloss, in den Hof zu gehen. Sie hatte Wäsche zum Trocknen auf der Kaktushecke gelassen. In diesen schwierigen Zeiten war es besser, sie reinzuholen, alles wurde gestohlen, sogar geflickte Wäsche. Auch wollte sie sich ein wenig erfrischen, ihre Lungen der freien Abendluft öffnen. In Gran'ns Hütte war wieder vollkommene Ruhe eingekehrt. Ti-Son, der jetzt seine Nächte an ihrem Krankenbett verbrachte, schlief sicher tief und fest.

Vorsichtig, um die Kinder nicht zu wecken, entriegelte Sophonie die Haustür. Sie schlich sich aus ihrem Zimmer, sofort gepackt und aufgemuntert von der leichten Luft. Nach einigen Schritten bewegte sie sich nicht mehr, gebannt vom Zirpen der Grillen. In der stillen Dunkelheit veränderte es sich auf verschiedene Weise. Sophonie hörte begeistert zu. Eine erste Melodie ertönte einige Schritte entfernt, eine andere löste sie etwas weiter weg und etwas leiser ab, dann wieder eine andere und noch eine andere, bis der Gesang erstarb. Danach begann die Welle erneut. Die Musik verlor sich kaskadenweise im Unendlichen. Entspannt hielt Sophonie die Augen geschlossen. Unterhalb des Abhangs, jenseits der Hecke, durchfurchte das trockene, nahezu phosphoreszierende Flussbett die schwarze Weite wie ein Riss. Sophonie konnte den Durst der Felsen fühlen, die seit mehreren Wochen Wasser entbehrten. Sie seufzte beim Gedanken an Regen. Kurz hinter dem leuchtenden Streifen der Kieselsteine begann die dunkle Masse der Büsche, in deren Mitte andere Hütten schlummerten.

Der Schrei eines Nachtvogels alarmierte sie. Sie war nicht allein. Eine andere menschliche Präsenz teilte mit ihr den Raum. Eine feindliche Präsenz. Bevor sie umkehren und in ihr Haus zurückkehren konnte, stürzte sich ein Schatten von hinten auf sie, schob sich ein kräftiger Arm unter ihr Kinn. Ein Körper hielt sie gefangen, presste ihren Hals und machte mit seinem anderen freien Arm ihre beiden Arme bewegungsunfähig. Die Umklammerung war so heftig, dass sie nicht den geringsten Laut von sich geben konnte. Ihre völlig zugedrückte Luftröhre brannte unter dem Druck der eisernen Muskeln ihres Angreifers. Der Mann, dessen anschwellendes Verlangen sie gegen ihr Gesäß gedrückt spürte, stieß sie in kleinen, unbeholfenen Schritten zur Hecke.

Abner ... sofort fiel ihr der verabscheute Name ein. Die in ihrem Rücken pulsierende Gewalt und Bestialität konnte nur von ihm kommen. Und sie hatte sich doch seit einigen Tagen gefreut, ihn morgens nicht mehr zu sehen. Er war zu ihrer großen Erleichterung ebenso plötzlich verschwunden, wie er aufgetaucht war. Da sein Verschwinden zeitlich mit dem Espérantas zusammenfiel, hatte sie daraus geschlossen, dass sie irgendwo ihre endlich in Einklang gebrachten Gemeinsamkeiten genossen. Jetzt aber wurde ihr klar, dass der Polier sie immer noch im Sinn hatte, mit der Zwangsvorstellung lebte, sie zu besitzen. Er hatte einfach die Taktik geändert. Er musste sie seit Tagen belauert haben. Diese Gedanken eilten wie Sterne durch Sophonies brennendes Hirn. Sie verlor die Nerven. Schmerzhaft fehlte ihr Luft. Bis die Bestie ihre Wut befriedigt hatte, wäre sie sicher erdrosselt. Sie würde hier, in ihrem eigenen Hof, einige Meter von ihren schlafenden Kindern, zugrunde gehen, und niemand würde ihr helfen können.

Da überkam ihre Seele eine befreite Kraft. Keine physische Kraft. Sophonie wandelte sich eher, akzeptierte zu sein. Sie beschloss, nicht zu sterben, nicht von Abners Hand. Sie leistete keinen Widerstand mehr. Ihr Körper gab nach unter dem eisernen Griff. Er schleifte sie nun nicht mehr, sondern musste sie geradezu tragen. Verunsichert durch die Schlappheit seines Opfers lockerte er seine Umklammerung. Als sie sich dem Zaun näherten, gegen den sie der Mann bestimmt zu drücken versuchen würde, um sie zu vergewaltigen, warf sie ihre Kautschukpantoffeln weit von sich. Eine Hitzewelle stieg von ihren Fußsohlen in ihren ganzen Körper. Das Vibrieren der Erde drang in sie ein. Dabei kam ihr ein unbekannter Name in den Sinn, den sie in ihrem Kopf anrief: »Athagwe! ... Athagwe! ... die Erde schreit zu dir ... Athagwe! ... Wasser trete aus dem Bauch der Erde, um das Leben zu schützen!«

Gleich dem Grollen vor einem Erdbeben stieg ein großes Brausen aus dem Boden unter Sophonies Füßen auf. Während ihr Körper sich in eine Wassersäule verwandelte, begann er mit schwindelerregender Geschwindigkeit herumzuwirbeln. Abner, durch Sophonies plötzliche Metamorphose in Angst und Schrecken versetzt, ließ sie los, fand aber keine Zeit zu fliehen. Der Strudel schnappte ihn in seinem Lauf. An den Füßen gepackt, wirbelte er in immer verrückterem Tempo lange in der Luft. Seine Glieder und sein Kopf stießen ringsum an die Bäume, die Stacheln des Meskitstrauchs zerrissen sein Fleisch. Eine letzte Kraftaufwallung schleuderte ihn brutal mehr als hundert Meter über das Flussbett. Mit dem Kopf voran landete Abner am Stamm eines Sandbüchsenbaums. Während sein Schädel explodierte, hörte er einen Hahn krähen.

Die Morgenröte überraschte Sophonie ausgestreckt auf der gestampften Erde ihres Hofs. Sie erwachte und schaute um sich, verwundert, sich außerhalb ihres Bettes zu befinden. Blätter, Zweige und Reisig bedeckten den Boden zuhauf. Sie griff sich an ihren verletzten Hals. Mit schmerzhafter Klarheit kehrten die Bilder der Nacht zu ihr zurück. Sie nannte einen seltsamen Namen: »Athagwe ...« Als sie ihr Haus wieder betrat, hielt sie noch eine zerbrochene Sonnenbrille in ihrer verkrampften Faust.

51

La Fleur du Cap raste mit hoher Geschwindigkeit über die Straße in Richtung Carriès. Trotz der stark ausgefahrenen Fahrbahn drückte der Fahrer den Fuß ständig auf das Gaspedal. Der Lastwagen wirbelte auf seiner Fahrt eine Staubwolke auf, die ringsum die Pflanzenwelt und die vielen vulkanischen Felsbrocken am Wegrand überstäubte. Jedes Jahr versprach der Staatschef in seiner Rede zur Feier des Unabhängigkeitstags in seinem zu großen schwarzen Gehrock, näselnd, furchtbar kurzsichtig, dem Volk die unmittelbar bevorstehende Ausbesserung der Nationalstraßen. Das gute Volk ließ ihn hochleben, tanzte zu seinen Hoffnungen beim Klang der Trommeln und wartete immer weiter.

Seit der Abfahrt in Cap Haïtien schleuderten die Stürze des Lastwagens in tiefe Spurrillen die Passagiere in unvorhersehbaren Abständen an die Decke der Kabine. Eine zwölfstündige Marter, die die Männer, Frauen und Kinder an Bord auf unbequemen Bänken stoisch ertrugen. Das zuversichtliche Glücksgefühl bei der Abfahrt am Morgen war in kreuzlahmer Stille erloschen. Die Reise nahm kein Ende, denn bei den Militärposten von Limbé, Ennery, Plaisance, Pont Sondé, Gonaives und Saint-Marc musste man aussteigen, damit nachlässige Soldaten, unterstützt von eifrigen VSN das Fahrzeug inspizieren konnten. Nach dem letzten Halt in Duvalierville würde es noch ungefähr zwei Stunden dauern, bis »die Blume von Le Cap« das Portail Saint-Joseph, den nördlichen Zugang zur Hauptstadt, passieren konnte.

Rodrigue riss sich zusammen, um dem Kopf des Chauffeurs nicht mit Faustschlägen einen Begriff vom Respekt für den anderen einzubläuen. Zugleich ärgerte er sich über die in ihm hochsteigenden aggressiven Gefühle, denn er hatte schon lange gelernt, sie zu sublimieren. Eine Überlebensmaßnahme. In diesem Land garantierte, wie auf Kuba, Schweigen das Überleben. Die Prüfung dieser Reise zog sich jedoch in die Länge und stellte Rodrigues Nerven auf eine harte Bewährungsprobe. Er litt, ohne etwas zu sagen, denn er wusste, dass er womöglich sein Leben aufs Spiel setzte, wenn er gegen die Fahrweise des Chauffeurs protestierte. Wer weiß, vielleicht war der Mann am Lenkrad des Lastwagens Sohn, Neffe, Schwager oder Vetter eines *macoute* oder selbst einer. Unter dieser schönen Sonne der Karibik hielt sich jeder Bürger für den Staat, und jede unverschämte Befleckung seiner Autorität konnte nur mit Blut abgewaschen werden.

Die Weisheit siegte. Rodrigue fand zurück zu seiner gewohnten Gelassenheit. Durch das Fenster sah er das Meer ebenso schnell wie den Lastwagen, nur in Gegenrichtung, laufen. Er zupfte an seinem angegrauten Bart, verspürte ein schreckliches Bedürfnis zu rauchen, verzichtete aber aus Rücksicht auf die anderen Passagiere darauf. Immerhin nahm er die Havanna, die er sich in die Hemdtasche gesteckt hatte, und setzte sie sich zwischen die Zähne. Seit seiner Rückkehr nach Haiti zahlte er einen hohen Preis für diese aus Kuba geschmuggelten Zigarren, die über ein spezialisiertes Netz von Belize über Jamaika, Haiti und die Turksinseln bis zu den Bahamas in die gesamte Karibik ausgeführt wurden. Er zog am duftenden Mundstück, genoss ihr Aroma kalt. Der Kontakt des Tabaks mit seiner Zunge bescherte ihm ein sinnliches Vergnügen. Ah! Havanna, Santiago de Cuba …

Rodrigue erinnerte sich an seine Reise zur Zucker-, Tabak und Liebesinsel, als wäre es gestern. Damals rann in seinen Adern ein wildes, hitziges Blut. An der Universität war er aktiv in Studentenvereinigungen, die die Allmacht einer Klasse von Männern anfochten, welche im Besitz aller Macht, aller Reichtümer waren. Er hatte aber Port-au-Prince an Bord eines Handelsschiffs verlassen müssen. Niemand aus seiner Familie wusste von seinem Vorhaben. Niemand kannte das Ziel seiner Reise, mit Ausnahme derer, denen er seine Überfahrt bezahlt hatte. Er war enttäuscht und angewidert von familiären und sozialen Zwängen abgereist und hatte geschworen, nie mehr zurückzukehren. Er hatte gehofft, anderswo ein Land zu finden, in dem er den Zwiespalt zwischen den Ambitionen des nach Teilhabe dürstenden Studenten und seiner Herkunft aus dem Volk nicht erfahren würde. Schweren Herzens hatte er gesehen, wie der Hafen, die Silhouette der Kathedrale und das Fort Lamentin sich entfernten. Er floh, weil für ihn und seine Träume nicht genügend Platz auf seiner Insel war. Nach einer heftigen Diskussion zwischen ihm und seinem Vater war Letzterer mit dem Gesicht flach auf die Erde gefallen, um als halber Mensch wieder aufzustehen. Rodrigue hatte nicht mehr ertragen, Tag für Tag mit diesem Bild zu leben, die stumme Missbilligung der anderen Familienmitglieder zu spüren. Der Vater hatte nicht verstehen können, dass er ihr traditionelles Elend beseitigen wollte. Er bekämpfte seine Träume von einer anderen Zukunft, vereitelte seine Hoffnungen. Allerdings bangte der Vater um sein Leben, denn Mitglieder der Geheimpolizei waren mehr als einmal auf der Suche nach ihm zum *lakou* aufgestiegen. Wie aber dem Alten begreiflich machen, dass gerade die Gefahren seinem Kampf einen Sinn verliehen, ihm Begeisterung und Mut einflößten?

Kuba öffnete ihm seine Pforten und das Herz seiner Frauen. Als er als Agronomiestudent im zweiten Jahr Haiti verließ, konnte er sich dank der Hilfe seiner neuen Freunde Papiere verschaffen und seine Studien in dem Moment fortsetzen, als die Herrschaft des Diktators Fulgencio Batista begann, der durch einen Staatsstreich an die Macht gekommen war. Allerdings wehte sehr schnell ein Wind der Revolte über den riesigen Zuckerrohrfeldern der Insel. Das notleidende kubanische Volk, frustriert und überdrüssig zu arbeiten, um die Reichen zu bereichern, begann seine Unzufriedenheit zum Ausdruck zu bringen. Diese subversive Atmosphäre passte gut zu den revolutionären Trieben Rodrigues. Er schloss sich dem studentischen Widerstand an, verteilte Flugblätter, erfand geheime Kodes und lernte an den Wänden entlang durch die von der Ausgangssperre gelähmten Straßen zu schleichen. Vor dem Hintergrund von *típico, mambo* und *són* trank er nächtelang Zuckerrohrschnaps, diskutierte mit seinen *compadres* und entwarf mit ihnen eine neue Gesellschaft, aus der soziale Ungleichheit und ihre erniedrigenden Folgen verbannt wären. In allen Universitätszentren, in Kirchen, auf Märkten, in den Haushalten gab man im Flüsterton die Nachrichten von der Guerilla weiter, die verschanzt in den südöstlichen Bergen der Sierra Maestra die reguläre Armee in Schach hielt. Grausame Repression und Folter konnten die Flut der Forderungen nicht eindämmen, die das ganze kubanische Volk langsam zu seinem neuen Schicksal führte.

Rodrigue träumte oft, dass sich auch auf seiner Insel die Stimme der Unterdrückten wie die eines einzigen Mannes erheben würde, um alle Diktate, alle Ungerechtigkeiten zu beseitigen. Außerdem gab es auf Kuba die Santería ... Auch wenn er Erzulie unter den Zügen von Oshún verehrte, auch wenn Ogou zu

Oggún und Simbie zu Yemaya wurde, fand er in den Zeremonien, die von den *babalawo* oder *iyalosha* in den geheimen heiligen Stätten des üppigen kubanischen Landes angeführt wurden, die gleiche allwissende Weltanschauung wieder, die ihn mit seinen afro-karibischen Ursprüngen verband.

Die Revolution triumphierte. Rodrigue erlebte mit seinen Kampfgefährten den Siegesrausch. Er tanzte auf den Straßen, küsste die Frauen auf den Mund, brüllte Slogans, die allein schon imstande waren, die Welt zu erneuern. Noch bevor er dazu aufgefordert wurde, engagierte er sich freiwillig in der Alphabetisierungskampagne, die dank zweihunderttausend jungen Menschen die hintersten Winkel der Insel erreichte.

Drei Jahre später bestieg er jedoch ein illegales Segelboot. Mit einer Handvoll Haitianer trat er, verbittert in Herz und Mund, die Rückreise zu seiner Insel an. Nach den ersten euphorischen Wochen bedeckten die Tentakel der Unterdrückung das ganze Land. Das neue Regime sicherte seine Grundlagen mit Gewalt, Inhaftierungen und Folter. Versuche der Destabilisierung von innen her und die der amerikanischen Geheimdienste vergrößerten nur noch die Zahl der Revolutionsopfer. Eine Diktatur folgte auf die andere. Verdächtigungen auf allen Ebenen verdarben die Beziehungen zwischen Männern und Frauen. Rodrigue lernte zu schweigen. Die Opfer von gestern wurden die Henker von heute. Schon im ersten Revolutionsjahr begann eine Massenflucht zur Ostküste der Vereinigten Staaten von Amerika. In Scharen flohen Großgrundbesitzer und Intellektuelle vor Enteignung, Unterdrückung und Denunzierungen. Bald folgten ihnen die Söhne des Volkes, Bauern und kleine Beamte, Opfer der Agrarreform oder der Intoleranz. Für die nicht zu leugnenden sozialen Veränderungen wie Alphabetisierung und Gesundheit für alle wurde mit den individuellen Freiheiten bezahlt. Nicht einmal die Religionsfreiheit entging dem Zugriff der Bärtigen an der Macht.

Obwohl ein neuer Diktator aus der farbigen Mittelschicht sein Land mit Hilfe blind ergebener Schergen mit eiserner Faust lenkte, wählte Rodrigue dennoch die Rückkehr nach Hause. Seine Diktatur war ihm immer noch lieber als die der anderen. So kam es, dass an einem Sonntag im Februar 1961 sein Segelboot im Norden von Haiti strandete. Rodrigue sah in der Tatsache, dass er an der Nordküste seiner Insel gelandet war, einen Wink des Schicksals und beschloss, dort zu bleiben. Ermutigt von einem seiner Reisegefährten aus Quartier-Morin ließ er sich in diesem kleinen, etwa zehn Kilometer von Cap-Haïtien entfernten Ort nieder. Ihm gefiel sofort diese grüne Natur mit ihrem Wechsel zwischen Nebel und Sonne, deren Umgebung ihn an die kubanische Provinz Pinar del Rio erinnerte.

Rodrigue, der sich für einen eingefleischten Junggesellen hielt, verliebte sich in Quartier-Morin in Destina, eine junge Frau, deren saftige Lippen ihn, seit er sie erblickt hatte, wahnsinnig machten. Die junge Person erlebte eine schwierige Phase ihres Lebens, sie hatte gerade erst von ihrem Vater, dem *houngan*, dessen einziger Nachkomme sie war, einen *hounfort** und einige landwirtschaftlich nutzbare Parzellen geerbt. Die verstörte junge *mambo*** fand mit Rodrigue Liebe, Unterstützung und Mut zur Arbeit. Obwohl ihr Vater sie auf die Nachfolge vorbereitet hatte, behinderten sie ihre mangelnde Erfahrung und die Feindschaft gewisser Familien, die sie um ihr Los beneideten. Rodrigue wurde zu ihrem Lebensgefährten, zum Teilhaber, zum Verwalter ihrer Gärten, zu ihrem *Vertrauen**** in der Praxis spiritueller Dinge.

Im Lastwagen, der ihn nach Port-au-Prince brachte, dachte Rodrigue zurück an die letzten fünfzehn Jahre seines Lebens. Acht Jahre nach seiner kubanischen Phase hatte er auf seinem Gut in Quartier-Morin gelebt, das Land und eine kleine Destillerie bewirtschaftet, umgeben von seinen drei Töchtern, die ihm seine Gefährtin geschenkt hatte. Fern von Druck und Gefahren der Politik erlebte er eine Art bukolisches Glück. Er verstand, sich das Wohlwollen der örtlichen Behörden zu sichern, indem er sie zu den Festen mit Vieh, Lebensmitteln und Korbflaschen voll *clairin* beschenkte. Seine Familie wusste nicht, dass er auf haitianischer Erde wohnte. Es kam ihm nie in den Sinn, nach Kasalé

* Voodootempel.

** Voodoopriesterin.

*** Vertrauten (*confiance*): Bezeichnung für einen besonders engen Mitarbeiter eines *houngan* oder einer *mambo*.

zurückzukehren, dessen Name, wie der von Kuba, eine noch empfindliche Wunde in seiner Seele aufschürfte. Kasalé, sein an Elend gewöhntes Volk, lastete schwer auf seinem Gewissen. Er mied sogar die Erinnerung daran. Seit seiner Rückkehr hatte er die Hauptstadt nur dreimal aufgesucht, immer nur für kurze geschäftliche Aufenthalte.

Bis zu diesem Traum gestern Abend. Antoinette würde sterben. Er hatte sie deutlich schwach und schon von Todesengeln umgeben gesehen. Sie rief ihn, um ihm einen Auftrag anzuvertrauen. Sein Land verlangte nach ihm. Er musste zurück nach Carrefour, nach Kasalé, zum *lakou* seiner Kindheit.

52

Nicht der Wiederaufbau des *kay-mistè* selbst bereitete Schwierigkeiten, sondern die Beschaffung der notwendigen Materialien zu seiner Errichtung. Boss Valbrun musste bis Léogâne fahren, um Holzlatten zu kaufen. Sie mussten zuerst in einem gemieteten *tap-tap* nach Carrefour verfrachtet, dann von Männern auf dem Kopf nach Terre-Rouge hochgetragen werden. Dafür nahm er nicht die Straße nach Rivière-Froide und fuhr auch nicht über Kasalé. Er stellte den Lastwagen einige Kreuzungen höher an die Landstraße, von wo man über die Hügel nach Terre-Rouge abschneiden konnte. Nicht geringe Schwierigkeiten bereitete es auch, Wasser und Sand in Eimern vom ausgebluteten Fluss hinaufzubefördern.

Valbrun ließ sich von diesen Hindernissen nicht aufhalten. Er würde sein Versprechen halten, die Arbeit in vier Tagen zu beenden. Mit Hilfe seines Sohns Olgens und eines Hilfsarbeiters arbeitete er vom Aufgang der Sonne bis zu ihrem Untergang. Sie sprachen wenig, konzentrierten ihre Energie auf mehr Ertrag. Vorsichtig verteilten sie die Überreste des Häuschens, um so viele Materialien zu retten wie möglich. Sie nahmen das leichte

Fundament auseinander und bargen so einige Klafter Steine, denen sie noch zwei weitere hinzufügten, um das neue Fundament zu verstärken. Die Wände aus geflochtenen Holzlatten wurden anschließend mit Mörtel aus Flusssand und Erde ummäntelt. Sie verwendeten nur einen einzigen Topf Zement, für die Beschichtung des *pé*. Die verrosteten und verbogenen Blechplatten wurden wiederverwendet. Sie glätteten sie mit Hammerschlägen und dichteten die Löcher mit Mastix ab. Es war aber unerheblich, ob die Bedachung leckte, die Geister würden ein paar Regentropfen auf dem gestampften Boden ihrer Wohnung nicht stören.

Valbrun und seine Helfer aßen am Ort, nahmen unter dem Geäst eines Mangobaums, wie unter den Flügeln eines den Tag begrüßenden Hahns, ihr Mittagsmahl ein.

Am Nachmittag des vierten Tages schlug Valbrun den letzten Nagel ein, der das Schloss der Eingangstür hielt. Er verriegelte sie doppelt. Mit einer neuen Jugend versehen schloss sich das Häuschen wieder über seinen *Mysterien*.

53

Ein schwacher Uringeruch schwebte im Raum, vermischt mit dem Duft des Todes. Rodrigue stand und betrachtete Antoinettes totenbleiches Gesicht in ihrem Bett, verloren wie eine kleine Insel mitten im Meer. Er musste sich ganz dicht zum Gesicht der Alten hinunterbeugen, um ihren schwachen Atem wahrzunehmen. Es war heiß und dunkel. Rodrigue öffnete die Fensterflügel. Das Gold des Nachmittags floss in schrägen Strichen ins Zimmer, holte den Kalk der Wände und das veraltete Mobiliar aus ihrer Trägheit. Antoinettes Augenlider zuckten. Die plötzliche Helligkeit brannte auf ihrem Gesicht, das sich schon an den Schatten, auf den sie zusteuerte, gewöhnt hatte. Nach endlos langer Zeit gelang es ihr, die Augen zu öffnen und in Richtung der Silhouette zu drehen, die vor ihrem Bett stand. Rodrigue meinte eine

Bewegung in ihrem Mundwinkel wahrzunehmen, aber es drang kein Laut hervor. Antoinette betrachtete ihn lange, dann bewegte sich zweimal der Zeigefinger ihrer rechten Hand, die auf ihrer Brust lag. Das war das einzige Erkennungszeichen, das sie ihrem Neffen gab.

Als Rodrigue die Hütte betrat, fand er niemand bei Gran'n. Nativita war gerade erst nach Hause zurückgekehrt, um ein frisches Laken zu holen. Sophonie erhitzte im Hof auf ihren drei Steinen einen Becher Tee, von dem sie Antoinette einige Löffel einflößen wollte. Neugierige Blicke hatten Rodrigues Gang vom Kopf der alten Brücke bis zu Antoinettes Wohnung verfolgt. Aber niemand hatte ihn erkannt. Niemand fand nach fünfzehnjähriger Abwesenheit eine Ähnlichkeit zwischen diesem bärtigen Mann mit ergrautem Haar, beginnendem Bauch und dem jungen, schlanken und leidenschaftlichen Studenten, dem Sohn von Andrénor, der nach einer schrecklichen Auseinandersetzung mit seinem Vater verschwunden war.

Altagrâce jedoch, die ihn bei Antoinette hatte eintreten sehen, unterrichtete Nativita schnell von seiner Anwesenheit. Bruder und Schwester standen sich auf der Türschwelle gegenüber. Beide starrten sich ergriffen an. Rodrigue fand seine Schwester erheblich übergewichtig, mit Hängewangen, Doppelkinn und zahnloser vorderer Gebisshälfte. Nativita bemerkte den Abdruck der Jahre um Rodrigues Augen, seine Schläfen, seinen graumelierten Bart und die Plumpheit seiner einst sehnigen und dynamischen Muskeln. Sie war doppelt überrascht, einmal, weil sie Rodrigue für tot hielt, und dann wegen Gran'ns Prophezeiung vom Tag zuvor, dass er zurückkehren würde. Noch am Rand des Grabes überraschte Antoinette sie.

Ihr Wiedersehen war unbehaglich und kurz. Rodrigue wusste nicht, was er Nativita sagen sollte, dieser mehr als zwanzig Jahre älteren Schwester, mit der er nie Gemeinsamkeiten gehabt hatte. Fünfzehn Jahre Abwesenheit, Entwicklung in verschiedenen Welten schufen einen Nebelvorhang zwischen ihnen, durch den sie sich nicht erkennen konnten. Und vor allem schluckte die Anwesenheit des Todes ihre Worte. Der Tod ihres verstorbenen Vaters und der in dem kleinen Zimmer lauernde Tod Antoinettes.

Rodrigue saß auf Gran'ns Veranda, wo er den Besuch der Familienmitglieder empfing, die über seine Rückkehr informiert worden waren. Nachdem sie ihn begrüßt hatten, wussten sie ihm eingeschüchtert nichts zu sagen und blieben untereinander plaudernd im Sträßchen stehen. Dieser Besuch erinnerte sie wieder an den unmittelbar bevorstehenden Abschied Gran'ns und bestätigte ihnen, dass der Tod etwas wahrhaft Außergewöhnliches war, weil er diesen Sohn, den man für immer verschwunden glaubte, in den Schoß der Familie zurückrief. Rodrigue stellte ihr Elend fest. Männer und Frauen, die er als Kinder gekannt hatte, mit denen er früher aus den Flussbecken Wasser verspritzt hatte oder auf die Bäume des Anwesens geklettert war. Er fand Matronen wieder, unförmig von den zahlreichen Schwangerschaften und den Entbehrungen, Arbeiter mit schwieligen Händen und resigniertem Blick. Er erkannte sie fast alle, außer den Jüngsten und dieser kleinen Frau, die man Sophonie nannte und die ihn durch ihre Charakterstärke und ihre intelligente Ausstrahlung beeindruckte. Sie war die Partnerin seines Vetters Démétrius gewesen, dessen Tod ihm sehr nahe gegangen war.

Rodrigue fühlte sich fremd unter seinen Leuten. Zwar leugnete er seine Abstammung von ihnen nicht, aber eine zu große Distanz trennte sie. Er war gereist, hatte studiert, er war ein *savé**. Er hatte nichts mehr mit seinen Vettern gemein, die kaum lesen und schreiben konnten. Gleichzeitig vermochte er sich eines Schuldgefühls nicht zu erwehren, als wäre er ein wenig verantwortlich für ihre Ignoranz. Ein Gefühl, das ihn seit seiner Rückkehr ins Land von Kasalé ferngehalten hatte.

Und dennoch hatte Rodrigue, als er vor einer Stunde über die Hauptstraße ging, sein Land, sein Licht, seine Wärme, seine Gerüche mit Freude wiedergefunden. Besonders die Gerüche waren ihm unter die Haut gegangen. Eben erst aus dem *tap-tap* gestiegen, das ihn von der Busstation Portail Saint-Joseph nach Carrefour gefahren hatte, war er die Kilometer bis Kasalé in bewegtem, verzücktem Zustand gelaufen. Der Markt verströmte

* Intellektueller.

immer wieder die gleichen Wohlgerüche von *manje-kwit** und Ziegenmist, den flüchtigen Duft von billigem Kölnisch-Wasser, vermischt mit Schweiß. Er sah wieder weiter entfernt das Fußballfeld, den Adventistentempel im Schatten eines riesigen Gummibaums. Trotz der Austrocknung des Flusses, die ihn beunruhigte, vermutete er Wasser im Bauch der Erde. Er stellte fest, dass eine Bäckerei das Kaffeewiegezentrum abgelöst hatte. Der Rauchgeruch der Backöfen war an die Stelle des grünen und herben Geruchs des gewaschenen Kaffees getreten. Ein Zeichen des Elends der Zeiten, dachte er. Die darniederliegende Landwirtschaft machte der anarchischen Holzwirtschaft Platz. Ihn befremdete die Baustelle. Die Haufen von Materialien, die so ziemlich überall abgestellten Fahrzeuge, das Hin und Her der Arbeiter veränderten deutlich den Anblick des alten Brückenkopfs. Dahinter die Hügel von Rivière-Froide, deren sanfte Rundung wie der hundertmal dargebotene Bauch einer geliebten Frau verlief. Nachdem Rodrigue einmal in das Sträßchen nach Kasalé eingebogen war, kehrte er nach Hause in seine Wiege zurück, die sein Herz niemals verlassen hatte.

*

Sophonie beeilte sich, vor Einbruch der Nacht den Markt zu erreichen. Sie wiederholte laut die Anweisungen Valbruns, um beim Kauf keinen Artikel zu vergessen. Geröstete Pistazien, gerösteter Sesam, Maniok und Brot, Sirupbonbons, *bonbons-dos-roses***, Tafeln aus geraspelter Kokosnuss. Ach ja, einen *layé*, um alles darin unterzubringen. Sie nahm auch zwei leere Flaschen, die eine für den milden, die andere für den scharfen *clairin*. Auch viele Kerzen und Streichhölzer brauchte sie. Esther würde sich um den Kaffee kümmern, der in Terre-Rouge selbst gebrüht werden sollte. »Der Kaffee muss dort oben gebrüht werden, dann wissen *sie*, dass sein Duft *ihnen* gewidmet ist«, hatte Valbrun gesagt.

* Essen, das von Garköchinnen verkauft wird.

** Kleine Kuchen mit rosafarbenem Zuckerguss.

Nach ihrem Wiedersehn nahm Valbrun Rodrigue mit in sein Haus. Er beschloss mit Nativita, ihn bei sich zu behalten, weil seine Wohnung die größte der Familie war. Unverzüglich sagte Valbrun dort seinem Besucher:

»Rodrigue, ich glaube nicht, dass deine Anwesenheit hier auf einem Zufall beruht. Was hat dich bewogen, zurückzukehren?«

Rodrigue antwortete ohne zu zögern:

»Antoinette. Sie ist mir im Traum erschienen. Sie bat mich, zum *lakou* heraufzukommen. Meine Anwesenheit sei notwendig.«

Valbrun lächelte. Die Alte überließ also nichts dem Zufall. Sie hatte sich an einen Blutsverwandten gewandt, damit er an der Wiederherstellung des *kay-mistè* mitwirkte. Er sagte zu Rodrigue:

»Antoinette muss gehen, sie kann nicht mehr. Wir müssen sie befreien. Morgen gehen wir sofort bei Tagesanbruch nach Terre-Rouge hinauf. Ich habe auf Bitten der Alten den *kay-mistè* wieder aufgerichtet, der nach dem letzten Regen auf Kasalé eingestürzt ist. Ich erzähle dir das später im Einzelnen. Um die Arbeit abzuschließen, müssen die *Gefäße* wieder ins Häuschen gebracht werden. Im Augenblick befinden sie sich bei Sophonie. Bei dieser Gelegenheit machen wir auch eine kleine Opfergabe ... ein paar Leckereien für die, die unseren Hunger und Durst kennen ...«

Rodrigue nickte zustimmend. Kurz vorher hatte Valbrun seiner Frau und Sophonie Anweisungen gegeben und sie gebeten, sich ihnen anzuschließen. Das Geld für die Einkäufe stammte von Rodrigue. Nachdem man sich den Formalien gewidmet hatte, kredenzte Valbrun seinem Gast einen Grog und Esther servierte ihm ein Reisgericht mit Hering und frittierten, reifen Bananen. Sie saßen auf der Veranda des Hauses, sahen dem Kommen und Gehen der Anwohner zu, die damit beschäftigt waren, die Stücke des Lebens zusammenzufügen, und erzählten sich bis spät in die Nacht fünfzehn Lebensjahre zwischen Kasalé, Kuba und Quartier-Morin.

54

Am letzten Abend, dem Abend, an dem Rodrigue zurückkehrte, ließ entgegen der Erwartung des *lakou* keine Umzugslaune die Alte nach Terre-Rouge aufbrechen. Selbst die wahnhafte Unruhe im Angesicht des Todes konnte ihren Körper von nun an nicht bewegen. Sie akzeptierte nur noch einige Schlucke Wasser, die sie mit Mühe hinunterbrachte. Sie lag reglos, starren Blicks, von zwei Kissen gestützt, kurzatmig auf ihrem Bett.

Nach Einbruch der Nacht, als die bei ihr wachende Frau hinausgegangen war, um ihre Notdurft zu verrichten, näherte Sophonie sich einen Moment möglichst dicht Antoinettes Bett. Wie an den anderen Abenden, an denen sie zu ihr gekommen war, um über die Dinge des Lebens zu reden, sprach sie zu ihr mit gedämpfter Stimme. Sie erzählte ihr die Ankunft von Rodrigue, den Abschluss des Wiederaufbaus durch Valbrun und ihre Absicht, früh am nächsten Morgen nach Terre-Rouge hinaufzugehen, motiviert von dem hartnäckigen Gefühl, die Alte könne sie trotz ihrer großen Erschöpfung noch verstehen. Sie erhoffte eine Antwort, aber es kam nichts. »Gran'n, Gran'n hörst du mich? Gran'n, sag, dass du mich verstehst. Vergiss nicht unseren Blutspakt, ich bin dein Augenlicht, ich richte deinen wankenden Willen auf. Schau wenigstens zu mir her ... wir kommen endlich ans Ziel ... Gran'n, deine Erlösung naht.« Die Lippen auf ihre Ohrmuschel gedrückt sprach Sophonie in Angst mit Antoinette. Obwohl sie überzeugt war, dass die Alte sie verstand, war sie tief enttäuscht, dass diese keinerlei Reaktion zeigte. Sie seufzte, als sie bereits die Schritte der anderen Wächterin hörte. Mit Tränen in der Kehle beschloss sie, den Raum kurz zu verlassen. Bevor sie die Tür schloss, warf sie einen letzten Blick auf das Bett. Fast zersprang ihr das Herz vor Freude, als sie sah, dass sich Antoinettes Zeigefinger der rechten Hand mühsam bewegte.

55

Ohne sich Zeit zu nehmen, sich auszuziehen, fiel Sophonie sofort erschöpft auf ihr Bett, wo sie zu ihrer Überraschung Jasmin fand, der auf sie wartete. Mit schläfriger Stimme fragte das Kind sie:

»Ist Gran'n tot?«

»Nein, Lieber ... noch nicht.«

»Mama ...?«

Jasmins Stimme zögerte.

»Ja, Jasmin.«

»Ich habe Angst ...«

Sophonies Müdigkeit schwand. Sie näherte sich dem Körper ihres Sohnes. Wie groß er geworden ist, dachte sie, ihre Zehen berührten sich fast. An ihr Kind geschmiegt, um ihm ihre Wärme mitzuteilen, stellte sie fest, dass Jasmin die Rundungen des zarten Alters verlor. Sein Körper wurde härter, machte sich bereit, die Schläge des Lebens abzuwehren. Auch sein Geruch änderte sich. Seine Achseln verbreiteten jetzt einen Pflanzenduft, der an zertretene Quecke erinnerte. Mit elf Jahren verließ Jasmin behutsam die Kindheit. Sophonie sah es nicht. Ihre größte Sorge galt dem Kampf gegen den Hunger im Körper ihrer Kinder. Sie bekämpfte die Parasiten in ihren Eingeweiden und auf ihrer Kopfhaut. Sie bekämpfte fehlendes Wissen, indem sie Opfer brachte, um sie zur Schule zu schicken. Sie sorgte dafür, dass ihnen nicht zu heiß oder zu kalt war, und schonte Gürtel und Pantoffeln nicht, um ihre schlechten Krümmungen zu begradigen. Dass Jasmin gekommen war, um in ihrem Bett Zuflucht gegen die Grimassen des Dunkels zu suchen, erinnerte sie daran, dass er nicht nur Hunger auf Reis mit Bohnen oder Gemüseeintopf mit Speck hatte. Er brauchte ihre Wärme, ihren eigenen Geruch. Ihn dürstete nach ihren Worten.

Sophonie streichelte die Haare ihres Kindes und fragte:

»Wovor fürchtest du dich, mein Sohn?«

Der Junge antwortete ihr mit ferner Stimme. Sophonie ahnte das Funkeln seiner Augen in der Dunkelheit.

»Mmm ... vor dem Tod ... ich möchte nicht, dass Gran'n stirbt, nicht du, nicht meine Brüder ... Ich habe Angst, weil Eddy eines Tages nach New York geht ... weil man auch sagt, dass ihr, du und Gran'n, mit den *baka* sprecht ...«

Jedes Satzbröckchen von Jasmin trieb Sophonie einen Stachel ins Herz. Sie wusste so wenige Dinge von ihrem Sohn, von seinen Ängsten. Sie litt unter all diesen Fragen, auf die er selbst antworten musste oder Antworten aus dem Mund von Leuten erhalten würde, die ihn womöglich verletzten ... Aber auch sie wusste nicht, wie sie ihm das Leben erklären, wo sie beginnen sollte. Plötzlich verlangte das Leben an diesem Abend von ihr, etwas anderes, eine Mutter zu sein.

Sophonie schloss ihre Augenlider sehr fest, um die Nacht noch dunkler zu machen, die sie einhüllte. Sie suchte nicht nach Worten in ihrem Kopf, fand auch keine, ließ aber mit entschlossen zugedrückten Augen Worte aus ihrem Herzen aufsteigen.

»Weißt du, Jasmin, Gran'n hat Glück. Der Ewige hat ihr ein langes Leben geschenkt. Heute, wo sie sehr erschöpft ist, kommt der Tod, sie zu befreien. Ihr alter Körper bittet um Gnade. So musst du das sehen. Ich verstehe, dass das für dich schwer zu akzeptieren ist ... aber wir alle müssen das durchmachen. Die Ewigkeit gehört nur Gott. Von ihm allein hängt ab, uns daran teilhaben zu lassen. Am Wichtigsten ist, was wir mit diesem Leben in der Zeit machen, in der es uns verliehen ist. Am Wichtigsten ist die Liebe, die wir geben oder empfangen, und unsere unablässigen Bemühungen, besser zu leben. Am Wichtigsten ist, unsere Erde zu achten, die uns trägt. Statt dich vor der Zeit zu fürchten, in der Eddy nicht mehr bei dir sein wird, denk lieber daran, jeden Augenblick zu genießen, den ihr zusammen verbringt. Lerne ihn noch lieber zu haben, noch mehr mit ihm zu teilen. Weder Zeit noch Entfernung werden deinem Herzen diese Freundschaft rauben können. Du wirst sie behalten, bis das Leben euch wieder zusammenführt.«

Sophonie holte tief Luft, um fortzufahren.

»Jasmin, weißt du, woher die ersten Haitianer, die ersten Schwarzen kamen, die das Land hier bewohnt haben?«

Jasmin bewegte sich und schob seinen steif gewordenen Arm unter den Hals seiner Mutter.

»Es heißt, dass sie aus Afrika kamen ...«

»Ja«, antwortete Sophonie. »Wir sind unserer Erde entrissen worden. Afrika ist unser Gedächtnis. Dort waren wir frei ... frei zu singen, zu tanzen, das Land zu bestellen, Holz, Stein oder Kupfer zu bearbeiten. Wenn unsere Herzen froren, entzündeten wir große Feuer, um unsere Götter zu rufen, die Geister unseres Volks waren nie sehr fern, sie antworteten auf unseren Ruf. Und auch in der Not unseres Exils, unserer Knechtschaft, brachten unsere *Mysterien* uns Hoffnung und Mut. Jasmin, wenn Gran'n und ich die Geister grüßen, wenn sie in unseren Träumen mit uns sprechen, dann ist das ein Weg für uns, unsere Wurzeln nicht zu vergessen. Wir tun das ganz selbstverständlich, es tröstet uns. Oft wissen wir nicht mehr, wer wir sind. Dieses Nichtwissen macht uns Angst, macht uns böse. Der Ewige in seiner Weisheit lässt dem Menschen die Wahl ... den *baka* oder den guten Geistern zu dienen. Wer sagt, dass wir Böses tun, hat einfach nur Angst vor unserer Wahrheit.«

Das Kind seufzte, verharrte lange schweigend, bevor es fragte:

»Wenn Gran'n ... fort ist, können wir dann noch in diesem Haus wohnen?«

Wie konnte Sophonie sich vorstellen, dass eine solche Frage ihrem Sohn durch den Kopf ging? Mein Gott, die Kinder erleben dieselben Ängste wie wir!, stellte sie bestürzt fest.

»Im Augenblick beunruhigt mich das nicht, Jasmin. Du weißt sicherlich nicht, dass Gran'n, der das Haus zugefallen ist, als Démétrius ohne Erben verstorben ist, Nativita das Versprechen abgenommen hat, mich in dieser Hütte wohnen zu lassen, solange ich in Kasalé lebe. Wir verwenden hier weder Papier noch Unterschrift, um unsere Versprechen zu besiegeln. Ich glaube, der Wille Antoinettes wird respektiert werden.« Sophonie drückte ihren Sohn noch fester und fügte hinzu: »Und wir werden, wo es auch sei, immer zusammen bleiben, das verspreche ich dir ...«

Ein neuer, noch tieferer Seufzer bekundete Jasmins Erleichterung. Daraufhin nahm seine Stimme einen herausfordernden Ton an, als er seine Mutter zu fragen wagte:

»Mama, wer ist dieser Mann ... der dich zweimal hierher begleitet hat?«

Sophonie lächelte in die Nacht hinein. Jasmin nahm seine Rolle als Erstgeborener ernst.

»Sein Name ist Athanaël. In seinem kleinen Geschäft an der Straße nach Rivière-Froide macht er Skulpturen aus Stein.«

»Ich weiß«, antwortete Jasmin. »Ich kenne sein Haus. Ist ...? Wirst du ... Das heißt, ich will sagen ... Werdet ihr ...?«

»Ja, Jasmin«, antwortete Sophonie einfach. »Es gibt zwischen uns etwas, was viel mächtiger ist als wir ...«

»Wird er bei uns wohnen?«, fragte Jasmin.

»Nein, erst einmal haben wir beschlossen, dass jeder in seinem Haus bleibt. Er wird mich aber oft aufsuchen, er will euch kennenlernen und euch ein Freund sein ...«

Jasmin drehte sich auf die Seite und antwortete mit verschlafener Stimme:

»Mal sehn ...«

56

Sobald Esther und Sophonie in Terre-Rouge angekommen waren, fegten sie den Boden des *kay-mistè*, um ihn danach mit Wasser vom Fluss zu besprengen. Sie mischten *clairin* mit Wasser, um die Erde rund um den *pé* zu wässern. Ogou gehörte zu den Geistern, die es nicht duldeten, wenn man ihnen kalte Flüssigkeiten darbrachte. Daraufhin breiteten sie eine Decke mit roten Blumen über den Altar, bevor sie die Gefäße nacheinander zwischen die frischen Basilikumbündel setzten. Zum Abschluss der Vorbereitungen entzündeten sie zu Füßen des bestückten Altars drei Kerzen.

Anschließend machte Esther ein großes Feuer aus trockenem Holz, um den Kaffee zu bereiten. Einige der *Mysterien* liebten ihn mild, andere bitter. Valbrun saß auf einem niedrigen Ast des Mangobaums und dachte an die alten Zeiten, während sein Blick über die Hügel abwärts schweifte. Jasmin folgte seiner Mutter, die an jedem Baum Kerzen entzündete und das Unkraut um die Wurzeln herauszupfte. Wie üblich rannten Milo und Andrisse überall herum. Eddy, der Nativitas Wachsamkeit entwischt war, beobachtete das Geschehen von seinem Mombinpflaumenbaum aus.

*

Keine einzige Wolke an diesem Morgen am Himmel von Kasalé, nicht die geringste weiße Spur. Ein ewig blaues Firmament. Von einem Blau, das alle Formen bodenlos, grenzenlos, nirgendwo anders als in sich selbst auflöste. Rodrigue konnte seine Augen nicht davon lösen. Sein Blick schweifte über die angestaute Leere, traf dort auf keinen Widerstand. Ein weites Himmelsblau, in das sich sein ganzes verfangenes Dasein verirrte. Das Himmelsgewölbe atmete ihn ein, rief ihn, stahl ihm seine Seele. Ein schmerzhaft reiner Himmel, der ihn verrückt machte. Er kämpfte gegen ein drängendes Bedürfnis an, mit diesem spiegelverkehrten Ozean zu verschmelzen, zur Quelle dieses Unermesslichen zu gelangen. Seine Glieder lösten sich stückweise. Eine Vierteilung in Zeitlupe. Das Gewicht der unermesslichen Weite pulverisierte ihn. Ihn schwindelte. In seinem Körper zahlte er den Preis für seine lange Abwesenheit.

Er grüßte Legba an der Absperrung von Terre-Rouge. Mit der rechten Hand berührte er die Muttererde, erklärte sich als getreu. Seinen ganzen Körper durchzuckte eine elektrische Ladung. Der schreckliche Herr der Wege und Tore kam mit kalter Heftigkeit über ihn. Eine intensive und kurze Besessenheit, die ihn unter dem ernsten und aufmerksamen Blick seiner Gefährten in die Knie zwang. Rodrigue klammerte sich an die Baumstämme, biss in ihre Wurzeln, sprach mit ihnen. Das Grün der Zweige hielt ihn auf der Erde und verlieh ihm Kraft. Das Grün der Wahrheit bewahrte ihn vor geistiger Umnachtung. Er vergaß alles und blies mit angehobenen Ellbogen *clairin* in die Luft. Er sang mit den anderen, zündete Kerzen an, versprengte Wasser. Aus vollen Händen bestreute er den *kay-mistè* innen und außen mit Sesam, gerösteten Pistazien, Brotkrumen, zerbröckelten Maniokfladen und zerstoßenen Süßigkeiten, warf davon auch auf das Dach und in die Bäume überall um das Häuschen herum. Die kleinen, vom Wind manchmal niedergedrückten Kerzenflammen glänzten wie Sonnensamen. Alle vollführten dieselben Gesten, reichten sich den *layé*, die Flaschen und die Kaffeebecher. Sie machten einen Knoten in ihre Gedächtnisschnur. Baten um Gnade und Erbarmen.

Rodrigue aß in ihrer Gesellschaft Brot und trank Kaffee. Andere Personen kamen, die man nicht erwartet hatte. Madame Lumanès, eine Bewohnerin des *lakou,* und ihre Tochter Justine, deren Hütte ganz am Rand lag. Josué, der alte Steineklopfer mit bloßen Füßen, ein entfernter Cousin. Danach ein junges Paar, das kürzlich nach Kasalé gezogen war. Sie teilten den Kaffee und ein paar Worte. Man sprach vom Regen, der nicht mehr fiel, vom Hühnerfieber, vom Fortschritt der Baustelle, vom zerfetzten und entstellten Leichnam eines Mannes, den man im Gestrüpp gefunden hatte. Von Zeit zu Zeit schwiegen sie, magisch erfasst vom Unendlichen.

Rodrigues Körper überkam die Ermattung derer, die soeben von der Gunst der Geister unterworfen worden waren. Er beobachtete seine Gefährten. Er versuchte, sich in ihnen wiederzufinden. Man sagt, Blut übe keinen Verrat. Er behielt ein offenes Ohr für das Blut. Vielleicht würde er es schließlich vernehmen. Im Augenblick tat es gut, dort, genau dort, zu sein.

57

Nativita ließ ihren Becher fallen, stieß den ersten *rèl** aus. Sofort gefolgt von Altagrâce und Man Saint-Fleur, der Nachbarin Esthers, die zu Besuch war. Als steckten sie einander an, stieg jeder der Schrei aus der Brust zu den Lippen hoch. Die eine setzte da ein, wo die andere schwächer wurde, jedes Mal in höherer

* Lauter Schrei.

Tonlage. Sie konnten nicht aufhören zu schreien, das einzige Mittel, den Schauder des Todes loszuwerden, der sich ihrer Überwachung entzogen hatte. Die Kinder, die diese Schreie ihr Lebtag nicht vergessen würden, schluckten das Geschehen mit riesengroßen, glänzenden Augen. Altagrâce reagierte als Erste, ergriff die schmalen Stoffstreifen, die sie in ihrer Tasche aufbewahrte, und zurrte Gran'n den Kiefer fest, band ihr Füße und Hände zusammen. Mit geschlossenen Lidern schlief Antoinette ihren letzten Schlaf.

*

Sie hatten den Tod nicht kommen hören. Auf den niedrigen Verandastühlen tranken sie die Limonade, die Man Saint-Fleur gebracht hatte, um die Wächterinnen zu unterstützen. Sie plauderten miteinander und vermieden dabei, von der kleinen Gruppe zu reden, die im Morgengrauen nach Terre-Rouge aufgestiegen war.

Eine Wolke hatte die Sonne verdeckt, das Haus mit purpurnem Schatten umhüllt. Nativita hatte sich mit gerunzelter Stirn zum Zimmer begeben. Sie war grundlos gestolpert, hatte sich gerade noch rechtzeitig am Türpfosten festgeklammert. Eine neue Stille nahm den Raum zwischen den vier Wänden ein, füllte ihn wie ein Ei. Keine Fliege flog. Nativita hatte nicht begriffen, dass sie in ein Stück angehaltener Zeit eingedrungen war. In den Augenblick, in dem die Seele um sich selbst kreist, bevor sie sich in die Unendlichkeit aufschwingt.

58

Schlag zwölf Uhr kam das Beerdigungsunternehmen die Leiche abholen. Der Wagen hielt außer Atem am Kopf der alten Brücke und stieß unter seiner Kühlerhaube dicken, weißen Dampf hervor.

Der Fahrer in schwarzem Jacket mit steifem Kragen bat um einen Eimer Wasser für den Kühler. Das schweigende kleine Volk zu beiden Seiten des Sträßchens sah die Bahre vorüberziehen, die Gran'ns sterbliche Hülle mit einem weißen Laken bedeckt zum Fahrzeug trug. Bis zum Markt folgte dem über den steinigen Weg holpernden Auto eine Kinderschar mit bloßen Füßen. Die Trauerfeierlichkeiten sollten am folgenden Nachmittag in Saint-Charles stattfinden. Die zur Verfügung stehenden Mittel ließen eine lange Trauer nicht zu. Gran'ns Haus war unverzüglich ausgeräumt worden. Es trank jetzt, Fenster und Tür weit aufgesperrt, die Abendluft. Dadurch sollte sichergestellt werden, dass die Seele der Verstorbenen nicht in die Wärme ihres vertrauten Orts zurückkehrte, um die Lebenden heimzusuchen.

*

Auf Tabletts mit Blumenmuster, die man für die Gelegenheit aus den Schränken geholt hatte, wurden den ganzen Abend *clairin* und Kaffee serviert. Zwei *tèt-gridap* beleuchteten die Vorderseite von Nativitas Haus. Auf der Veranda drängten sich *lakou*-Bewohner und Nachbarn. Sogleich wurde vor Altagrâces Grundstück ein Dominotisch aufgestellt. Die scheinbar gleichgültigen Männer tranken kräftig und spielten Partie um Partie. Spiel und Tod gehörten für sie zusammen. Der Tod war nur eine zusätzliche Partie, die zu gewinnen oder zu verlieren war.

Nativita, Altagrâce und Man Saint-Fleur erzählten den kopfschüttelnden Besuchern zum hundertsten Mal die letzten Momente Gran'ns. Aber keiner stellte die Fragen, die auf den Lippen brannten. Ja wirklich, Gran'ns Tod markierte im Leben des *lakou* einen großen Augenblick, was aber würde danach geschehen? Warum war übrigens Rodrigue, dieser aus dem Vergessen aufgetauchte intellektuelle Cousin, zum *lakou* zurückgekehrt? Und die Geschichte vom Zimtapfelbaum? Der Baum hing noch über dem Uferrand des Flusses ... Der *kay-mistè* war, wie alle wussten, wieder aufgerichtet. Und nun?

Rodrigue saß in einer Verandaecke und kämpfte mit dem Schlaf. Betäubt von all dem *clairin*, den er zusammen mit

Valbrun getrunken hatte, teilte er die Rührung der Wachenden nicht. Gevatter Valbrun, Hut ab! Für einen Sechziger verträgst du den *tafia* gut! Tags zuvor hatte er im Morgengrauen Quartier-Morin zu Pferd verlassen, um in Le Cap den Bus zu nehmen. Er dachte an den gebrauchten Geländewagen, den er im nächsten Jahr kaufen würde, wenn die Geschäfte gut gingen. Seit seiner Ankunft hatte er hier noch kaum ein Auge zugetan. Er würde am Tag nach der Beerdigung abfahren. Sein Aufenthalt dauerte schon länger als geplant. Beim Gedanken an die Rückreise schmerzte ihm der Kopf. Vielleicht würde er eines Tages nach Kasalé zurückkehren. Im Moment konnte er in dem Zustand, in dem sich sein Kopf befand, keine Entscheidung über die Nacht hinaus treffen.

59

Die Luft wurde immer schwerer, ferne Gewitter rollten in Richtung des *lakou*. Als sich die ersten Regentropfen auf der Erde verteilten, kehrte Sophonie im Laufschritt nach Hause zurück. In der völligen Dunkelheit war keine Grenze zwischen Himmel und Erde zu erkennen. Die Nacht deckte alles zu. Sie war dem Wasser dankbar dafür, dass es die Besucher zerstreute und die Totenwache für Gran'n beendete. Es musste nach Mitternacht sein. Sie war müde, vor allem aber wollte sie wieder allein sein.

Als sie auf dem Rücken lag und auf den zögernden Regen horchte, dachte sie an Vieles zugleich. Die Bilder der letzten Tage tanzten wie ein paar Glühwürmchen vor ihren Augen. In ihrem Kopf hallten gesprochene Worte nach, deren Echo nicht verging. Alles vermengte sich. Sophonie begriff, dass sie Zeit brauchte, um eine Bestandsaufnahme ihres Lebens vorzunehmen. Ohne Gran'n würde das Leben in Kasalé nicht mehr dasselbe sein. Sie war eine andere Frau, schwach wie ein neugeborenes Kalb auf dem Stroh, stark wie ein Stier in der Savanne. Ihr Leben würde nun darin bestehen, all ihre Wahrheiten zu versöhnen. Dann, sich Zeit für die Liebe zu nehmen ...

Sophonie lächelte, als sie an ihrem Fenster die Klage des Windes hörte. Die Pinien von Saint-Roc sangen für sie, nur für sie. Ein ergreifend sanfter Hauch wehte unter ihrer Tür hindurch. Athagwe ... Der Wind suchte sie, der Regen erwartete sie. Ihr Körper brannte von demselben Durst wie das nackte Flussgestein. Diesmal verspürte sie keine Angst. Sie schloss die Augen und versank in ihren Wassertraum, während der befreite Regen auf die Dachbleche prasselte.

60

»Weißt du das Neueste?«

»Nein, gibt es was Neues?«

»Bist du seit Tagesbeginn durch Gran'ns Hof gegangen?«

»Nein, und ich werde auch nicht dorthin gehen, bevor die Beerdigung stattgefunden hat ... Ich mache lieber noch einen Umweg über das Grundstück von Man Saint-Fleur.«

»Ach was! Du und deine alten abergläubischen Anwandlungen. Aber sag mir, weißt du, was sich in Gran'ns Hof abspielt?«

»Nein, was spielt sich denn da noch ab?«

»Der Zimtapfelbaum ... man sieht auf der nassen Erde nicht einmal mehr den Abdruck von ihm.«

»Wie? Du willst sagen, dass er endlich nachgegeben hat?«

»Nein! Ich will sagen, dass er nicht mehr zu sehen ist, weder Stamm, noch Zweige, noch Wurzeln, nichts. Man hat gesucht, ist dem gesamten Wasserlauf bis nach unten zur Hauptstraße gefolgt. Nichts. Er ist verschwunden. Nicht mehr aufzufinden ...«

»Du willst sagen ... verschwunden? Einfach weg? Wupp?«

»Richtig. Übrigens wirst du dich ja selbst überzeugen können. Gestern Abend ist der Fluss während des Regenschauers angeschwollen. Ich habe immerzu meinen Rosenkranz gebetet, weil das Wasser so sehr gegrollt und wirr vor sich hin geredet hat, als würde es zum Leben erwachen. Ich kann schwören, dass im *lakou* letzte Nacht keiner ein Auge zugetan hat. Das Wasser hat seinen Weg gefunden, hat den Damm der Brückenbaugesellschaft durchbrochen und in seinem Lauf den Zimtapfelbaum verschlungen, es hat ihn sich im Ganzen einverleibt …«

KETTLY MARS bei Litradukt

Die zwielichtige Stunde

Vier Stunden im Leben von Jean François Eric L'Hermitte, genannt Rico, Gigolo in Port-au-Prince. Einen Nachmittag lang hängt er seinen Erinnerungen nach, während er sich von einer durchfeierten Nacht erholt. Hinter seinem vordergründigen Zynismus werden immer wieder die Zwänge einer Gesellschaft sichtbar, »die einem Mann alles verzeiht [...], nur nicht seine Armut.« Ricos Gedanken kehren immer wieder zu einer überraschenden Begegnung zurück, die seine Gewissheiten ins Wanken gebracht hat ... Ausgezeichnet mit dem *Prix Senghor de la Création littéraire*.

146 S., Softcover, 12,00€
ISBN: 978-3-940435-26-2

»Über Klassenverhältnisse und Sextourismus in Lateinamerika lässt sich unterschiedlich schreiben. Kettly Mars aus Haiti tut dies unsentimental, freimütig und ohne Vorurteile.«

Margrit Klingler-Clavijo, *WOZ*

KETTLY MARS bei litradukt

Wilde Zeiten

Haiti zu Beginn der Sechzigerjahre. Um ihrem inhaftierten Mann zu helfen, lässt die schöne Mulattin Nirvah sich auf eine Affäre mit dem Staatssekretär Raoul Vincent ein. Nach und nach ergreift der Emporkömmling Besitz von ihr und ihren Kindern und wird zur Metapher für die Herrschaft der Duvalier-Diktatur über ein gelähmtes Land. Eine intimistische Schilderung von Situationen, in denen Gewissheiten und die Begriffe von Gut und Böse zerfallen, und zugleich ein spannender Politthriller.

214 S., Softcover, 13,80€
ISBN: 978-3-940435-10-1

»Wilde Zeiten *von Kettly Mars ist nicht nur literarisch ein großer Wurf – das Buch ist ein Meilenstein auf Haitis holprigem Weg zur Aufarbeitung seiner Vergangenheit.*«
Hans Christoph Buch, *Die Zeit*

KETTLY MARS bei litradukt

Fado

Anaïse, eine Frau aus der haitianischen Bourgeoisie, erfindet sich nach der Trennung von ihrem Mann eine neue Identität und wird zu Frida, einer Prostituierten in einem schäbigen Bordell. Dank Frida ergreift sie wieder Besitz von ihrem Körper und glaubt aufs Neue an die Liebe. Im Rhythmus des Fado verschwimmen die Grenzen von Vernunft und Wahn, Leben und Tod. Ein Hauch von *Belle du jour* in Port-au-Prince.

85 S., kartoniert, 11,90€
ISBN: 978-3-940435-07-1

»Ein Roman wie ein Fiebertraum.«

Jutta Sommerbauer, *Die Presse*, Wien

Mehr Informationen und Leseproben auf unserer Website

LITRADUKT.de

KETTLY MARS bei litradukt

Vor dem Verdursten

Haiti Anfang 2011. Fito könnte als Erfolgsautor und Architekt ein ruhiges Leben führen, wäre da nicht eine dunkle Seite seiner Persönlichkeit, die er in Canaan, einem Lager für Erdbebenopfer, auslebt. In dem »Gelobten Land« in der Nähe der Hauptstadt leben in Notunterkünften über 80 000 Menschen. Fito kämpft vergeblich gegen seine Neigung zu den Mädchen an, die sich dort aus Not dem Meistbietenden hingeben. Der Besuch von Tatsumi, einer japanischen Journalistin, die eine Reportage über Haiti verfassen soll, bringt ihn zusätzlich in Bedrängnis: Fito muss sein Geheimnis vor ihr verbergen, fühlt sich aber auch zu ihr hingezogen ...

124 S., Softcover, 12,90 €
ISBN: 978-3-940435-13-2

»Kettly Mars' ungewöhnliches Talent vermag die Trostlosigkeit der Verhältnisse drastisch zu beschreiben und sie zugleich immer wieder in poetischen Metaphern zu verdichten. Diese Geschichte ist ein adäquates Spiegelbild von Haiti: eines Landes, geschlagen von vielen Katastrophen, aus denen immer wieder Poesie entsteht.«

Peter B. Schumann, SWR2

Mehr Informationen und Leseproben auf unserer Website

LITRADUKT.de

KETTLY MARS bei litradukt

Ich bin am Leben

Port-au-Prince: Das Anwesen der Familie Bernier ist vom Erdbeben verschont geblieben, aber die Katastrophe vom 12. Januar 2010 erschüttert ihr Leben dennoch. Alexandre, der älteste Sohn, leidet an Schizophrenie. Die Anstalt, in der er vierzig Jahre gelebt hat, muss wegen der Choleraepidemie schließen, seine Familie hat 48 Stunden Zeit, ihn nach Hause zu holen. Die Rückkehr des zum Fremden gewordenen Familienmitglieds verändert das Leben aller Hausbewohner. In den verwobenen Erzählungen der Personen treten verschüttete Erinnerungen wieder zu Tage, Konflikte brechen auf, Gewohnheiten und scheinbare Gewissheiten geraten ins Wanken.

128 S., Bindung, 12,90€
ISBN: 978-3-940435-17-0

»Ein beeindruckendes Stück Literatur aus einem Land, das […] eine äußerst lebende literarische Szene unterhält.«

Cornelius Wüllenkemper, *Süddeutsche Zeitung*